Legend On the Fracturing of the Soul
For Those Who Die On Key West
U0014255
Boston Daily Journal
Friday, December 18, 1835
SOCIETY: COUNTRY CLUB IS THE SCENE OF LUNCHEON
PORT WORKERS TO STRIKE
Workers at the port are planning to strike over poor wages and work conditions.
"We feel our wages are not suitable considering the risks and conditions we work under. Until Port Authority is willing to consider our requests, all loading of outgoing goods will cease" said a Union official.
Colburn's Meed
Wallace Colburn's medicated meed. Cures all ailments. Available from good drug stores in the Boston area
Gleasons Dept. Store
For all your winter clothing needs. Fashionable, Sturdy apparel for men, women, and youngsters. Furniture, Books, Cloth, and more. High Street.
NOTICES
Rooms to Let
Guests Welcomed at the the Commons Hotel-Rooms $1.10 a night and up. 179 Park Street.
Weekly, Monthly rates available at the Central City Hotel – $0.90 per day. 124 Washington Street.
Fellowship
Copps Hill area academics and philosophers, we meet monthly to
CAPRICORNVS
VIGILANT
CTHULHU FHTAGN
EMMA
R'LYEH
Wonder Pep
Purest Colorado Mineral Water. Apply Lodgers Alley Lower East End.
Bancker & Harrington Circus!
Boston Common, December 19—24.
A Christmas Extravaganza!
Mr Webber only completed the house this past spring, but neighbors are hopeful that Mr Corbitt will be a fine addition to the area.
THE ANGLICAN TIMES
Supplément au n° 3 du Petit Echo de la Mode du 19
COQUELUCHE
FER BRAVAIS
ANEMIE
SOUNDLY THRASHED
AVIS
CRÉPATTE
"WAYCURL"
TOUS LES NEZ
ROZY
ary stories from
e Lake District
NIGHTMARE: One of Andy Paciorek's illustrations from the Cumbrian Cthulhu collection of horror stories
ALAN CLEAVER
SOLVE
COAGULA
MAUX DE REINS
PILULES FOSTER
MESDAMES
HEMAGENE TAILLEUR
ÉPOQUES DOULOUREUSES
IRRÉGULARITÉS
TROUBLES MENSTRUELS
L'ALBUM de LINGERIE et TRAVAUX de DAMES
des Patrons Français Écho

H.P. LOVECRAFT

CTHULHU MYTHOS I

克蘇魯神話

I

呼喚

To R. H. Barlow, Esq., whose Sculpture
hath given Immortality to this trivial
Design of his oblig'd obt Servt

Cthulhu

11th May, 1934 H. P. Lovecraft

那永恆長眠的並非亡者，
在詭祕的萬古中即便死亡本身亦會消逝。

——阿卜杜·阿爾哈茲萊德《死靈之書》

各界推崇

史蒂芬・金（故事之王、驚悚小說大師）：

「他是二十世紀恐怖小說最偉大的作家，無人能出其右。」

尼爾・蓋曼（文學傳記辭典十大後現代作家、《美國眾神》作者）：

「他定義了二十世紀恐怖文化的主題和方向。」

喬伊斯・卡羅爾・歐茨（美國當代著名作家）：

「他對後世恐怖小說家施加了無可估量的影響。」

陳浩基（作家）：

「近代不少類型小說、動漫畫以至戲劇都加入了克蘇魯元素，如果您想一窺原文、了解出典，這套書是不二之選。」

Faker 冒業（科幻推理評論人及作者）：

「每篇都使人SAN值急速下跌的《克蘇魯神話》原典，華文讀者總算有幸一一親眼目睹了。這些近百年前對歐美日等普及文化影響深遠的小說本身，就是文化史上的不朽『神話』。」

冬陽（推理評論人）：

「閱讀《克蘇魯神話》，像是經歷一場溯源之旅，曾經看過聽過的許多故事、好奇過恐懼過的紛雜情緒，以及一個接一個宛如家族叢生的各式創作，就是出自這個深具想像啟發的傳奇文本，令人掩卷之餘臣服它的奇魅召喚，自願扮演下一個傳承者。」

何敬堯（奇幻作家、《妖怪臺灣》作者）：

「毛骨悚然的詭音，奇形怪狀的觸手暗影，人們卻豎耳瞪眼，如飢似渴想要理解怪物的玄祕存在，這就是克蘇魯神話的蠱惑魔力。廣袤宇宙之中，人類微不足道，自從H・P・洛夫克萊夫特揭示此項真理，來自遠古的恐怖奇幻於焉降臨。」

馬立軒（中華科幻學會常務理事）：

「一百年前，洛夫克萊夫特奠定克蘇魯神話的基礎，讓讀者得以窺見宇宙中令人恐懼的少數未知；一百年後，收錄二十篇經典作品的《克蘇魯神話》在臺問世，臺灣讀者終於可以看到影響西方創作幾個世代的原典！虛實莫測的夢境、天外異界的生命，超越常理的新發現、突破認知的新研究，未知的驚懼、無名的恐怖……全都在《克蘇魯神話》！」

廖勇超（臺灣大學臺灣文學研究所副教授）：

「詭譎的空間，異樣的神祇，陰翳的邪教，以及瘋狂的人們——這是洛夫克萊夫特筆下的克蘇魯世界觀。克蘇魯世界的毀滅力量，每每在他敘事的層次肌理中惘惘地散發而出，從身體、心理、群體、到最終整個世界的物理準則都不可抗地被其邪誕的宇宙觀拉扯墜入，終究灰飛煙滅，消隱在其宏大的邪物秩序中。簡而言之，克蘇魯神話說的不是人類，而是人類如何從一開始便缺席於這宇宙的故事。」

Div（另一種聲音）（華文靈異天王）、Miula（M觀點創辦人）、Nick Eldritch（克蘇魯神話與肉體異變空間社團創建者）、POPO（歐美流行文化分析家）、羽澄（臺灣克蘇魯新銳作家）、阿秋（奇幻圖書館主講人）、氫酸鉀（知名畫家）、笭菁（華文靈異天后）、陳郁如（暢銷作家）、雪渦（d/art策展人）、龍貓大王（粉絲頁「龍貓大王通信」主人）、譚光磊（版權經紀人）、難攻博士（中華科幻學會會長兼常務監事）

各方名人列名推薦！

導讀〈看一封信，然後夜不成眠的克蘇魯——無以名狀的書信敘事恐怖〉

臺灣克蘇魯新銳作家　羽澄

提及克蘇魯神話或這個神話體系的創造者H．P．洛夫克萊夫特，就會想到「無以名狀的恐懼」這個招牌，在網路社群的時代，已經有不少推廣或科普何謂「克蘇魯」或誰是「H．P．洛夫克萊夫特」的文章了。

我首次正式接觸正宗洛氏克蘇魯神話小說，是網路上的簡體版翻譯，無論是閱讀的方便性或體驗都跟紙本書有極大落差，而今年各大出版社開始注意到了克蘇魯神話與洛氏恐怖這種影響後世創作深遠的題材，儼然是發現了未知的藍海。奇幻基地發行的《克蘇魯神話》系列，也讓我有機會再次細讀過去沒有辦法仔細體驗的正宗洛氏克蘇魯經典作品。

本書最大的突破，在於呈現了克蘇魯神話中很重要的一個元素——書信，為什麼書信在洛氏恐怖是重要的，又或者該問說：為什麼洛氏這麼常用書信來表達恐怖氛圍呢？

洛夫克萊夫特作者的恐怖文學的調性是「無以名狀的恐懼」，也就是強調未知的事物令人感到恐懼，這在文學當中會使用到相當多的「留白」技巧，即是刻意不做具象化的描寫，任憑讀者的想像力發酵，讀者所能想到多恐怖離奇的樣子，就會成為那個樣子。

我們在進行文學創作時會使用這個技巧在許多的面向，描寫負面的事物的如虐待、酷刑、血腥場面或是單純角色間的爭執，刻意不描寫而只在行文脈絡中帶出氣氛，就會讓讀者自行想像著事件嚴重的程度，這無非是一個高段的技巧，寫作者利用讀者本身的想像力，以及文字這個載體本身帶有的「不具象」（不如圖像、影片那般視覺具象，全仰賴讀者在腦海中想像文字描述之畫面），就可以將留白技巧發揮得淋漓盡致，讓人不寒而慄於無形。

因為洛氏恐怖具有這樣的體質，作品裡有許多「不清不楚」的描寫，而這樣的描寫大多是主敘事者或主角拾獲、收到、讀到某篇文章或是遭遇恐怖事故的當事人所撰寫的信件。故事的敘事者會在信件的內容呈現於讀者面前時達到視角轉換的效果，而作為「一封信」，內容會依照撰寫者書寫當下的精神狀況而有所不同：可能是筆跡顫抖的、可能是精神錯亂不知所云的、也可能異常冷靜到讓人感覺異樣的。更重要的是，除了這種角色轉換帶給讀者幽微又細思極恐閱讀體驗的同時，書信的敘事可以合理地模糊故事的恐怖事件（如：我無法確切告訴你那東西像什麼、我形容不出是什麼在看著我……等等），也就是讓真相蒙上一層神祕的面紗，這樣的效果烘托出所謂無法名狀的氛圍。

奇幻基地此次的《克蘇魯神話》系列，除了收錄比較大量的洛氏作品篇章之外，也在「書信」這個元素以別致的設計做安排，讀者可以在類似信紙的頁面上讀到那些駭人聽聞又無以名狀的可怕事件，真正身歷在洛氏營造的恐怖氣氛當中，我認為這是在閱讀體驗上進行的另一大突破。

克蘇魯神話無疑是影響最多現在奇幻、科幻作品的體系，洛氏是此集大成者，無論在創作靈感、或純粹欣賞，甚至作為學術上、作為比較文本的資料，奇幻基地這一套《克蘇魯神話》都能夠提供足夠分量的素材。

值得一提的是，這部書收入了洛氏許多著名的經典篇章，除了著名的〈克蘇魯的呼喚〉、〈敦威治恐怖事件〉、〈女巫之屋的噩夢〉等故事外，也收錄了在歐美地區多次改編成漫畫文本的〈神殿〉、〈牆中之鼠〉，第一人稱的敘事角度讓撲朔迷離的劇情顯得謎霧重重，還有前半部由主角跟友人通信的〈黑暗中的低語〉，更是能從信件往返的內容逐一拆解故事描述的恐怖事件，讀完真的會產生冷汗直流的驚悚緊張，相當過癮與暢快。

很高興能夠看見又有一部收錄如此大量洛氏作品的套書在臺灣出版，由衷感覺到這個世代的克蘇魯愛好者、恐怖文學讀者是幸運的，是臺灣的克蘇魯圈、文學創作圈、恐怖文學圈的一大進展，也讓讀者有更多選擇，共同為推廣此類創作和著作而努力。

霍華·菲力普·洛夫克萊夫特生平年表

1890年
8月20日出生於美國
羅德島州普羅維登斯

1892年
2歲能朗誦詩歌

1893年
3歲能閱讀
父親因精神崩潰
被送進巴特勒醫院

1895年
5歲閱讀了《一千零一夜》
啟發了他日後寫作中創造出
虛構的《死靈之書》的
作者阿拉伯狂人
阿卜杜·阿爾哈茲萊德

1896年
6歲能寫出完整詩篇

1897年
洛夫克萊夫特留存下來最早的
創作品《尤利西斯之詩》
The Poem of Ulysses

1898年
父親去世
開始接觸到化學與天文學

1899年
製作編輯出版膠版印刷
刊物《科學公報》
The Scientific Gazette

1903年
製作編輯出版
《羅德島天文學期刊》
The Rhode Island Journal of Astronomy
進入當地Hope Street高中就讀

1904年
14歲時外祖父去世
家族陷入財務困境，被迫搬家

1908年
18歲高中畢業之前經歷了
一場「精神崩潰」而輟學
接下來5年開始隱居的生活

1915年
洛夫克萊夫特成為
美國聯合業餘報刊協會的會長
United Amateur Press Association
與正式編輯

1919年
母親精神崩潰
被送往巴特勒醫院

1921年
5月21日母親去世

1923年
開始投稿作品至
紙漿雜誌《詭麗幻譚》
Weird Tales

1924年
34歲時與索尼婭·格林結婚
婚後移居至紐約布魯克林
婚後不久即分居

1926年
返回家鄉普羅維登斯

1929年
離婚

1936年
46歲患腸癌

1937年
3月15日去世

年表審定：Nick Eldritch

克蘇魯神話 I～III 作品執筆寫作年表

1917年7月
大袞
Dagon
I 短篇小說 發表刊載於1919年11月

1920年6月15日
烏撒之貓
The Cats of Ulthar
I 短篇小說 完成於1920年11月

1920年約6月-11月
神殿
The Temple
I 短篇小說 發表刊載於1925年9月

1920年11月16日
自彼界而來
From Beyond
I 短篇小說 發表刊載於1934年6月

1920年約11月前後
奈亞拉托提普
Nyarlathotep
III 短篇小說 發表刊載於1920年11月

1921年春-夏
異鄉人
The Outsider
III 短篇小說 發表刊載於1926年4月

1922年10月
獵犬
The Hound
I 短篇小說 發表刊載於1924年2月

1922年11月
潛伏的恐懼
The Lurking Fear
III 短篇小說 發表刊載於1923年1月-4月

1923年約8月-9月
牆中之鼠
The Rats in the Walls
II 短篇小說 發表刊載於1924年3月

1923年10月
節日慶典
The Festival
III 短篇小說 發表刊載於1925年1月

1926年約8月-9月
克蘇魯的呼喚
The Call of Cthulhu
I 短篇小說 發表刊載於1928年2月

1926年9月
模特兒
Pickman's Model
III 短篇小說 發表刊載於1927年10月

1928年8月
敦威治恐怖事件
The Dunwich Horror
I 短篇小說 發表刊載於1929年4月

1929年12月-1930年1月
土丘
The Mound
與吉莉雅・畢夏普合著
發表刊載於1940年11月
III 未刪減完整版於1989年出版

1930年2月24日-9月26日
黑暗中的低語
The Whisperer in Darkness
I 短篇小說 發表刊載於1931年8月

1931年2月24日-3月22日
瘋狂山脈
At the Mountains of Madness
II 中篇小說 發表刊載於1936年2月-4月

1931年11月-12月3日
印斯茅斯小鎮的陰霾
The Shadow Over Innsmouth
II 中篇小說 發表刊載於1936年4月

1932年2月
女巫之屋的噩夢
The Dreams in the Witch House
III 短篇小說 發表刊載於1933年7月

1934年11月10日-1935年2月22日
超越時間之影
The Shadow Out of Time
II 中篇小說 發表刊載於1936年6月

1935年11月5日-9日
暗魔
The Haunter of the Dark
III 短篇小說 發表刊載於1936年12月

年表審定：Nick Eldritch

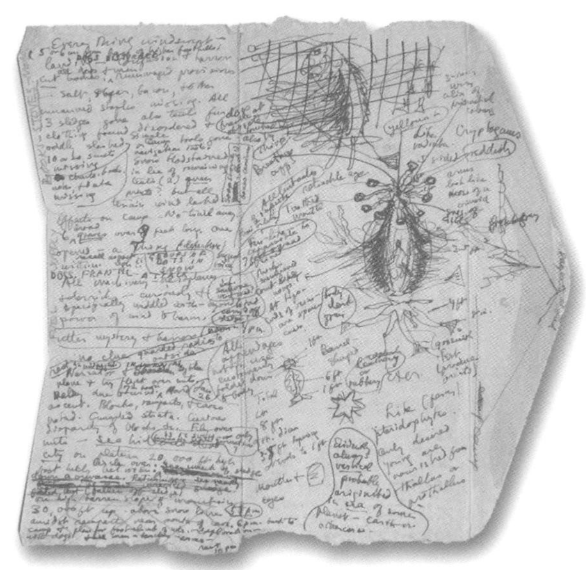

發現於已故波士頓人士
法蘭西斯・維蘭德・瑟斯頓的文稿中

克蘇魯的呼喚

「這些大能者或生物體中的一些無疑有可能存活至今……來自一個異常遙遠的年代，那時候……意識或許以某些形態顯現，而這些形態早在人類演進的大潮前就已消亡……關於這些形態，只有詩歌和傳說捕捉到了一絲殘存的記憶，稱其為神祇、怪物和各種各樣的神話造物……」

——阿爾傑農・布萊克伍德

陶像中的恐怖

依本人之見，這個世界最仁慈的地方，莫過於人類思維無法融會貫通它的全部內容。我們生活在一個名為無知的平靜小島上，被無窮無盡的黑色海洋包圍，而我們本就不該揚帆遠航。科學——每一種科學——都按照自己的方向勉力前行，因此幾乎沒有帶來什麼傷害；但遲早有一天，某些看似不相關的知識拼湊到一起，就會開啟有關現實的恐怖景象，揭示人類在其中的可怕處境，而我們或者會發瘋，或者會逃離這致命的光芒，躲進新的黑暗時代，享受那裡的靜謐與安全。

神智學者曾經猜想，宇宙擁有宏偉得不可思議的迴圈過程，我們的世界和人類在其中只是匆匆過客。根據他們的推測，有一些造物能從這樣的迴圈中存活下來；在虛假的樂觀主義外殼下，他們的描述會讓血液結冰。本人瞥見過一眼來自遠古的禁忌之物，但並非來自神智學者的知識，每次想起都會讓我毛骨悚然，每次夢見都會逼我發瘋。和窺見真實的所有恐怖遭遇一樣，那一眼的緣起也是因為互不相關之物偶然拼湊到了一起——在這個事例中，是一份舊報紙和一位逝世教授的筆記。本人衷心希望不要再有其他人拼湊出真相了；當然，只要我活著，就不會有意識地為這可怖的聯繫提供關鍵的鏈條。我認為那位教授同樣打算就他所了解的知識保持沉默，若不是死神突如其來地帶走了他，他肯定會銷毀他的筆記。

本人對此事的了解始於一九二六至一九二七年的那個冬季，我的叔祖父喬治・甘默爾・安傑爾不幸逝世，他生前是羅德島普羅維登斯市布朗大學的名譽教授，專攻閃米特族的各種語言。安傑爾教授是聲名遠播的古銘文權威，各大博物館的頭面人物都經常向他請教問題，因此應該有許多人記得他以九十二歲高齡過世的消息。但在他居住的地方，人們更感興趣的是他神祕的死因。教授下了從紐波特（注）回來的渡船，在歸家路上突然與世長辭。從岸邊到他在威廉街的住所可以走一條陡峭的坡道捷徑，據目擊者說，一名看似海員的黑人突然從坡道旁的一條暗巷衝出來，粗暴地推了他一把，隨後他就突然倒在地上。醫生沒有發現明顯的身體問題，在一番不知就裡的討論後得出結論稱他的年紀太大，過於陡峭的坡道給他的心臟造成了某種不明損傷，最終導致他的死亡。當時我沒有理由要反對醫生的判斷，但最近我卻開始懷疑——不，遠遠不止是懷疑。

叔祖父的妻子早已過世，他們沒有孩子，因此遺產繼承人和遺囑執行人就成了我，我有義務仔細查看一遍他留下的檔案，為此我將他的全部卷宗和箱子運到了我在波士頓

注　羅德島東南城市，與普羅維登斯有渡船往來。

的居所。我整理出的大部分資料將交給美國考古學會出版，但其中有一個箱子給我帶來了極大的困惑，而我非常不情願向別人展示它。這個箱子原本是鎖著的，我找不到鑰匙，直到我想起了教授總是裝在口袋裡的那串鑰匙。我成功地打開了箱子，但眼前卻赫然出現了一道更加難以逾越、封閉得更加嚴實的障礙。箱子裡有一塊怪異的陶土淺浮雕，還有諸多雜亂無章的字條、筆記和剪報，它們究竟意味著什麼呢？難道說我的叔祖父到了暮年，也開始輕信那些一眼就能看穿的騙局了嗎？我決心要找到那個偏離正軌的雕塑者，因為看起來他應該為攪亂一位老人的平靜心境負上責任。

這塊淺浮雕大致是個矩形，厚度不到1英吋，長寬大約是5乘6英吋，看起來像是現代作品。但圖案在基調和蘊意上都與現代文明相去甚遠；雖說立體派和未來派有許多狂野的變種，但很少能重現潛藏於遠古文字中的那種神祕的規則感。這些圖案中有很大一部分顯然是某種文字，但儘管我已經頗為熟悉叔祖父的論文和收藏品，卻無論如何也分辨不出它們究竟是哪一種文字，甚至想不到它與哪一種文字有著最微弱的相似之處。

在這些看似象形文字的符號之上，有一幅旨在圖示某物的繪像，但印象派的手法卻未能清楚地表現出那究竟是什麼。它似乎是某種怪物，也可能是符號化表現的怪物，但那個形象只有病態的想像力才能構思出來。假如我說我那或許過度活躍的想像力同時看見了章魚、惡龍和扭曲的人類，我應該也沒有偏離這幅畫像的精神。頭顱質地柔軟、遍覆觸鬚，底下的軀體奇形怪狀，覆蓋著鱗片，長有發育不全的翅膀；但最讓人感到驚愕和恐怖的是它的整體輪廓。這個形象的背後能隱約看見巒石堆砌的建築物。

有些文字資料與這件怪異物品放在一起，除了一疊剪報之外，無疑都是安傑爾教授不久前寫下的手稿，而且絕對不是文學作品。最主要的一份檔案以「克蘇魯異教」為標題，這幾個字一筆一畫寫得非常清楚，以免讀者看錯這個聞所未聞的詞語。這份手稿分為兩個部分：第一部分的標題是「一九二五年——羅德島普羅維登斯市湯瑪斯街七號之H．A．威爾考克斯的夢境及夢境研究」，第二部分的標題是「路易斯安那州紐奧良市比安維爾街一二一號之約翰．R．萊戈拉斯巡官在美國考古學會一九〇八年大會上的發言，及同一會議上的筆記和韋伯教授的報告」。其餘的手稿都是簡短筆記，有些記錄了多名人士的離奇夢境，有些是神智學書籍和雜誌的摘抄（值得注意的是W．斯科特－艾略特的《亞特蘭提斯和失落的雷姆利亞》），還有一些是對源遠流長的祕密社團和隱祕異教的評論，筆記中引用的篇章來自神話學和人類學典籍，例如弗雷澤（注1）的《金枝》和穆雷小姐（注2）的《西歐女巫崇拜》。剪報的主題是異乎尋常的精神疾病和一九二五年春爆發的集體躁狂與荒唐行為。

注1 詹姆斯．弗雷澤（Sir James George Frazer，1854～1941）爵士著作《金枝：巫術與宗教之研究》（*The Golden Bough: Astudy in Magic and Religion*）。

注2 瑪格麗特．穆雷於一九二一年發表《西歐女巫崇拜》。

手稿的前半部講述了一個異常離奇的故事。根據敘述，一九二五年三月一日，一名瘦削陰鬱的年輕人前來拜訪安傑爾教授，他看起來緊張而興奮，帶著一塊古怪的陶土淺浮雕，淺浮雕當時才剛做成，還非常潮溼。他的名片上印著「亨利・安東尼・威爾考克斯」，我叔祖父認出這個名字，記起他來自一個與我叔祖父略有交情的顯赫家族，是家族中最年輕的子嗣，近年來在羅德島設計學院學習雕刻，獨自居住在學校附近的百合公寓裡。威爾考克斯是個早熟的年輕人，公認天賦過人但生性古怪，從小就喜愛講述詭異的故事和離奇的夢境，因而頗受眾人矚目。他自稱「精神高度敏感」，但居住在這個古老商業城市的沉穩家人只是認為他「為人怪異」。他從不和親屬來往，漸漸消失在了社交視野之外，現在僅在來自其他城鎮的唯美主義者小團體裡享有名聲。就連致力於維護其保守傾向的普羅維登斯藝術俱樂部都認為他無藥可救。

按照手稿的描述，在那次拜訪時，這位雕塑家唐突地請求主人運用考古學的知識，幫助他辨認淺浮雕上的象形文字。他說話時神情恍惚而不自然，顯得做作而疏離；我叔祖父在回答時語氣有些尖刻，因為這塊雕版明顯是新做出來的，與考古學不可能存在任何聯繫。年輕的威爾考克斯的回答給我叔祖父留下了深刻的印象，以至於事後能夠逐字逐句地記錄下來，這段話反映出的空幻詩意無疑是威爾考克斯式的典型語言，我後來發現這段話高度體現出了他的性格。他說：「對，這是新做的，是我昨夜在怪異城市的夢中做的；那些夢比蔓生的提爾城（注1）、沉思的斯芬克斯（注2）和被花園環繞的巴比倫都要古老。」

他於是開始講述那個稀奇古怪的故事，故事突然喚醒一段沉睡的記憶，勾起了我叔祖父的狂熱興趣。前天夜裡發生了一次輕微的地震，不過在新英格蘭已經是多年來感覺最強烈的一次了；威爾考克斯的想像力受到了嚴重的影響。入睡後，他做了一個前所未有的夢，夢中他見到了蠻石堆砌的城市，龐然石塊和插天石柱比比皆是，全都沾滿了綠色黏液，滲透出險惡的恐怖氣氛。牆壁和石柱上覆蓋著象形文字，腳下深不可測的地方傳來很難算是聲音的聲音，那是一種混沌的感覺，只有靠想像才能將它轉化為聲音，他在其中勉強捕捉到了一些幾乎不可能發音的雜亂字母：「Cthulhu fhtagn」（克蘇魯─弗坦）。

正是這兩個雜亂的詞語打開了記憶之門，使得安傑爾教授既興奮又不安。他以科學研究的嚴謹態度盤問雕塑家，以近乎狂熱的勁頭研究那塊淺浮雕，因為年輕人從夢中漸漸清醒過來時，困惑地發現自己正在做著這個浮雕，身上只穿著睡衣，凍得發抖。威爾考克斯後來說，我叔祖父稱要不是他上了年紀，否則肯定早就認出淺浮雕上的象形文字和怪異繪像了。威爾考克斯覺得教授的許多問題離題萬里，尤其是試圖將來訪者與離奇

注1 古代腓尼基著名的城市，建於公元前三千年之初，位於黎巴嫩首都貝魯特以南約80公里，一九八四年根據文化遺產遴選標準被列入《世界遺產目錄》。

注2 Sphinx，最初源於古埃及神話，是長有翅膀的怪物，通常為雄性，當時傳說有三種斯芬克斯——人面獅身 Androsphinx、羊頭獅身 Criosphinx（阿曼的聖物）、鷹頭獅身 Hieracosphinx。此處指埃及第四王朝法老哈夫拉按斯芬克斯形象建造「獅身人面像」的石像。

異教或祕密社團聯繫在一起的那些問題；更讓威爾考克斯難以理解的是教授一遍又一遍保證他會保持沉默，希望能換得威爾考克斯承認屬於某個枝繁葉茂的神祕社團或異教組織。教授最終相信了雕塑家確實不了解任何異教或神祕團體，他懇求來訪者繼續向他報告以後的夢境。這個要求定期結出果實，在第一次面談後，手稿每天都會記下年輕人打來的電話，他在電話中描述了令人驚詫莫名的夢魘片段，其中總是有可怖的黑色蠻石城市和滴淌黏液的石塊，還有從地下傳來的叫聲或智慧生物的單調呼喊，這些聲音有著不可思議的情感衝擊力，但內容永遠難以分辨。其中重複得最多的兩小段音節轉為文字就是「Cthulhu」（克蘇魯）和「R'lyeh」（拉萊耶）。

手稿繼續寫道，三月二十三日，威爾考克斯沒有聯繫教授。聯繫他的住處後，教授得知他染上了不明原因的熱病，被送回了沃特曼街的家中。他半夜大喊大叫，吵醒了那幢樓裡的另外幾位藝術家，之後時而失去知覺，時而陷入譫妄。我叔祖父立刻打電話到他家裡，從此開始密切關注他的病情。他得知負責治療威爾考克斯的是一位托比醫生，於是經常打電話到醫生在薩爾街的診所。聽起來，年輕人被熱病折磨得頭腦沉迷於各種怪異的幻覺，醫生轉述時偶爾會毛骨悚然地打個寒顫。其中不但有他先前夢到過的內容，還提到了一個「高達數英哩」的龐然巨物，它或走或爬地緩慢移動。他無論如何也不肯詳細描述那個巨物，只會偶爾吐露一些瘋狂的隻言片語。聽著托比醫生的轉述，教授確定它一定就是年輕人在夢中雕刻出的那個無可名狀的畸形怪物。醫生還說，每次只要這個巨物出現，緊接著年輕人必然會失去意識。奇怪的是，雖然他的體溫並不特別高，但從整體情況來看，他卻更像是真的在發燒，而不是患上了精神疾病。

四月二日下午3點左右，威爾考克斯的所有症狀突然消失。他在床上坐起來，驚訝地發現自己居然在家裡，從三月二十二日夜間到此刻發生的所有事情，無論是做夢還是現實，他都完全沒有任何印象。醫生宣布熱病已經痊癒，三天後他回到了原先的住處，但對安傑爾教授來說，他再也幫不上什麼忙了。隨著身體的康復，奇異的怪夢消散得無影無蹤。從此他講述的全是普普通通的幻夢，毫無意義且無關緊要。一週之後，我叔祖父就不再記錄他的夢境了。

手稿的第一部分到此結束，但索引的某些零散筆記成了我進一步思考的材料——它們為數眾多，事實上，我之所以依然無法信任這位藝術家，僅僅因為塑造本人世界觀的是根深蒂固的懷疑論。這些筆記是不同的人對各自夢境的描述，都出自年輕人威爾考克斯陷入離奇夢境的那段時間。我叔祖父似乎很快就建立起了一個龐大而廣泛的調查計畫，能受他盤問而又不生氣的朋友幾乎全被包括在內，他請他們報告每晚做了什麼夢，還有過去一段時間內值得一提的夢境及做夢日期。對於他的請求，人們的反應各自不同，但總的來說，他依然得到了很多回饋，普通人若是沒有秘書協助，恐怕就無法處理如此海量的材料了。原始文稿沒有保留下來，但他摘錄的筆記完整而詳盡。上流社會和商界人士，這些新英格蘭傳統的「中堅份子」差不多全給出了否定的答案，只偶爾有零星幾個人在夜間有過不安但難以形容的感覺，都是在三月二十三日到四月二日之間，也就是年輕人威爾考克斯出現譫妄的那段時間。科研人士受到的影響略大一些，但也只有四例模糊的描述，稱他們短暫地瞥見了奇異的地貌，其中有一個人提到了對某種異常之物的恐懼。

值得關注的結果來自藝術家和詩人，我不得不說，要是他們有過對照筆記的機會，肯定會爆發出驚恐的情緒。事實上，由於缺少原始信件，我有些懷疑編輯者提出的問題是不是過於具有誘導性，或者只收錄了自己想看到的內容。因此我依然認為威爾考克斯不知怎的得知我叔祖父知曉某些往事，於是前來欺騙這位老科學家。唯美主義者的回饋講述了一個令人不安的故事。從二月二十八日到四月二日，他們之中的很大一部分人夢到了非常怪異的事物，在雕塑家譫妄的那段時間裡，他們夢境的強烈度也增加了無限多倍。在所有報告的那些人的敘述中，有四分之一提到了特定的感覺和不是聲音的聲音，與威爾考克斯的描述不無相似之處；有些做夢者承認，在最終見到那個無可名狀的龐大怪物時，他們感覺到了劇烈的驚恐。筆記中著重描述了一個悲慘的事例。中心人物是一位廣為人知的建築師，愛好神智學和神祕學，在年輕人威爾考克斯抽搐發病的那一天，他陷入了嚴重的瘋狂狀態；他不斷尖叫有什麼逃脫的地獄居民抓住了他，懇求別人拯救他，幾個月後終於死去。要是我叔祖父用人名而非編號索引這些事例，我肯定會嘗試親自確認和調查；可惜事與願違，我只查證到了寥寥數人。然而，我查到的結果完全符合筆記的描述。我時常會想，教授的訪談物件是不是都像這幾個人那樣滿心困惑。最好他們永遠都不會知道實情。

我前面提到過的那些剪報，涉及的也是這段時間內的恐慌、癲狂和發瘋事例。安傑爾教授肯定僱傭了一家剪報社，因為剪報數量巨大，來源遍布全球。倫敦發生一起夜間自殺案，獨自睡覺的男人發出可怕的尖叫，隨即跳出窗戶。南美洲一份報紙的編輯收到前言不搭後語的信件，一個瘋子從他見到的幻象中推斷出可怕的未來。加利福尼亞的官方通訊稿稱一個神智學群體為了某種「光榮圓滿」而穿上白袍，但他們等待的事件卻沒有發生。來自印度的稿件語帶保留地稱臨近三月末，印度國內發生了嚴重的社會動盪。海地的巫毒活動加劇。非洲的前哨營地報告出現了險惡的傳聞。美國駐菲律賓的人員發現某些部落在這段時間內變得特別棘手。三月二十二至二十三日夜間，紐約員警遭到歇斯底里的黎凡特（注）裔暴徒的襲擊。愛爾蘭西部同樣充滿了瘋狂的流言和傳說。一位名叫阿爾多伊—邦諾的畫家在一九二六年春的巴黎畫展上掛出褻瀆神聖的作品《夢中景象》。另有大量剪報記錄了精神病院中的騷動，醫學界自然也注意到了這種奇異的一致性，因此得出了各種難以想像的結論。這些剪報無疑都怪異莫名；到了這個時候，我已經很難繼續秉持無情的理性，將這些事件拋諸腦後了。不過，我依然認為年輕人威爾考克斯本來就知道教授搜集的某些往事。

注 地中海東部自土耳其至埃及地區諸國。

萊戈拉斯巡官的故事

雕塑師的夢和淺浮雕之所以對我叔祖父這麼重要，正是因為早年發生的一些往事，它們構成了長篇手稿的第二部分。根據記錄，安傑爾教授曾經見過那個無可名狀的畸形怪物的恐怖繪像，研究過那種未知的想像文字，聽到過只能轉寫為「Cthulhu」的那幾個險惡音節。有了這麼令人不安的可怕聯繫，也難怪他會苦苦盤問威爾考克斯並要求年輕人持續提供後續情況了。

這段往事發生於十七年前的一九〇八年，美國考古學會在聖路易召開年會，安傑爾教授以其權威和成就，在全部研討會上都扮演了不可或缺的角色；有幾位非專業人士想藉著年會的機會尋求專家的解答和幫助，他也是他們首選的諮詢對象。

這些非專業人士中最顯眼的是一位相貌普通的中年男子，一時間成了整場會議的焦點。他從紐奧良遠道而來，想獲得一些在紐奧良難以得到的特別知識。他名叫約翰·雷蒙德·萊戈拉斯，論職業是一位員警巡官。他帶來尋求專家意見的物品是一件看似非常古老的石雕，奇形怪狀，令人厭惡，他無法確定它的來源。請不要誤會，萊戈拉斯巡官對考古學沒有絲毫興趣。恰恰相反，他的好奇心完全來自純粹的職業需要。幾個月前，警方突襲了紐奧良以南的森林沼澤地帶，目標是一起疑似巫毒集會，在行動中繳獲了這尊石雕——偶像、物神或天曉得什麼東西；與它相關的儀式過於獨特而凶殘，警方意識到他們偶然撞上了一個未知的黑暗異教，比最黑暗的非洲巫毒教派還要殘忍無數倍。至於石雕的來歷，警方從被抓獲的成員嘴裡只問出了一些不可能採信的離奇故事，因此等於什麼都不知道。警方希望能得到古文物研究者的指點，幫助他們搞清楚這個駭人的象徵物究竟是什麼，從而順藤摸瓜將這個異教團體連根拔除。

萊戈拉斯巡官沒料到他拿出的東西能引來那麼大的關注。濟濟一堂的科學研究者看見那尊石雕，頓時興奮得眼睛放光，迫不及待地聚攏過來，端詳那尊小石像——它怪異莫名，給人以古老得難以想像的感覺，無疑能打開某個尚未被觸及的遠古世界。沒有人認得這個可怖物件的風格屬於哪個雕塑流派，石像出處不明，黯淡發綠的表面記錄了幾百甚至幾千年的歲月。

研究者慢慢地傳看這尊石像，他們仔細地打量它：石像的高度在7到8英吋之間，雕刻手法精巧得出奇。它描繪的是個略有人形的怪物，但頭部類似章魚，面部是無數觸手，覆蓋鱗片的身軀有著橡膠的質感，前後肢都長著巨爪，背後拖著長而狹窄的翅膀。這個怪物似乎充滿了恐怖和非自然的惡意，身體浮脹而臃腫，邪惡地蹲伏在一個矩形石塊或臺座上，臺座上覆蓋著無法識別的字，它的臀部佔據了臺座的中央位置，後腿蜷曲收攏，長而彎曲的鉤爪抓住臺座前沿，向下伸展到基座的四分之一處，巨大的前爪抓住後腿抬高的膝蓋，酷似頭足綱生物的頭部向前低垂，面部觸鬚的尾端掃過前爪的爪背。它的整體形象異乎尋常地栩栩如生，由於來源徹底未知，因而顯得更加可怖。怪物的龐大、恐怖和難以想像的古老都是毋庸置疑的；但雕像與人類文明早期甚至其他全部時代的所有類型的藝術都沒有顯示出任何聯繫。另外還有一點，雖然與所雕刻的東西關係不大，但石像的材質也完全是個謎；它外表光滑，墨綠色中帶著金色或虹色的斑塊與條紋，在地質學和礦物學方面都顯得完全陌生。基座上的文字同樣令人困惑；全世界這個領域內的半數專家都出席了大會，但誰都想不到有任何語言與這些文字有著哪怕最遙遠的親緣關係。這些文字與石像的主題和材質一樣，也屬於某個與我們所知的人類歷史迥異的陌生時代；它令人驚恐地暗示著古老而汙穢的生命週期，我們的世界和人類的觀念在其中並無立足之地。

在場的研究者紛紛搖頭，承認巡官的問題難倒了他們，但有一位會員聲稱那個怪物和那些文字勾起了一絲詭異的熟悉感，猶豫著說出了他所知的一件瑣事。這位已故的威廉·強尼·韋伯是普林斯頓大學的考古學教授，也是個沒什麼名聲的探險家。四十八年前，韋伯教授參加了前往格陵蘭和冰島的探險隊，目的是尋找一些盧恩符文（注1），但卻徒勞無功；他們在格陵蘭西海岸的高原遇到了一群愛斯基摩人，這個怪異的部落信奉某種墮落的異教，那是一種奇特的惡魔崇拜，異常嗜血和噁心，讓他感覺毛骨悚然。其他愛斯基摩人對這種信仰知之甚少，每次提到都會嚇得發抖，說它來自創世前某個遙遠得可怕的時代。除了無可名狀的祭典和殺人獻祭之外，部落內還有代代相傳的怪異儀式，崇拜某個tornasuk（至高的遠古邪魔）（注2）。韋伯教授從一位年長的angekok（巫祝）那裡錄得了一份語音學紀錄，盡他所能用羅馬字母標注出發音。但在這裡，最重要的一點是這個異教拜祭的物神，部落成員會在極光高懸冰崖上空時圍繞它跳舞。根據教授的陳述，它是個粗陋的石刻淺浮雕，上面有可怖的圖像和神祕的文字。據他所知，它與此刻出現在會場上的這個怪異雕像在各個特徵方面都有著共通之處。

在場會員聽到這裡，表示出了欣喜和驚詫，萊戈拉斯巡官的興奮則還要多出一倍，他立刻向教授投出一個接一個的問題。他的部下在逮捕那些沼澤地異教信徒之後，記錄了信徒在祭典上吟誦的內容，因此他請教授盡量回憶那位愛斯基摩巫祝的祭文音節。在仔細對比細節之後，警探和科學家一時間驚愕得說不出話，因為他們確認出遠隔萬里的這兩段邪異祭文竟然幾乎完全相同。簡而言之，愛斯基摩巫祝和路易斯安那沼澤祭司在

注1 Runes，又稱路尼字母，北歐字母，每一個字母都有對應的咒語，以簡單的直線條構成的符文字母，易於在木料上雕出，言簡意賅，並不冗贅，基礎的十六個字母依照起首的六個字母為名，稱為「符拓刻」（futhark）。

注2 因紐特神話中的天神或邪靈。

崇拜相似偶像時唸誦的內容大致如下，詞語間的分隔來自吟誦時的自然間斷：

「*Ph'nglui mglw'nafh Cthulhu R'lyeh wgah'nagl fhtagn*。」

萊戈拉斯比韋伯教授知道的還多一點，因為有幾名混血兒囚犯向他複述了長者祭司對這些文字的解釋。他們的原話大致是這樣的：

「在拉萊耶他的宮殿裡，沉睡的克蘇魯等待做夢。」

隨後，在與會者一致的迫切請求之下，萊戈拉斯巡官盡可能詳盡地講述了他與沼澤崇拜者打交道的經歷；我看得出我叔祖父極為重視他講述的故事。這個故事堪稱神話作者和神智論者最狂野的夢境，揭示出這些混血兒和下等人渴望主宰的幻想宇宙究竟有多麼令人驚愕。

一九〇七年十一月一日，紐奧良警方接到來自南部沼澤和潟湖區域的驚恐報案。那裡的絕大多數居民過著原始的生活，都是拉菲特船隊（注）的後代，生性善良而本分；在夜裡悄然而來的某些未知人物給他們帶來了極大的恐懼。那些人似乎是巫毒教徒，但比他們所知道的巫毒要可怕得多。自從飽含惡意的手鼓在定居者不敢涉足的黑森林中不斷敲響之後，女性和兒童就開始失蹤。他們聽見了瘋狂的喊叫聲、痛苦的慘叫聲和令人膽寒的吟誦聲，見到了鬼火的舞動；被嚇破了膽的信使還說，定居者再也忍受不下去了。

傍晚時分，二十名員警坐上兩輛馬車和一輛汽車，在心驚膽顫的信使帶領下出發了。他們來到通行道路的盡頭停車，悄無聲息地走進從未見過陽光的柏樹林，在沼澤中艱難跋涉了好幾英哩。醜陋的樹根和絞索般的寄生藤阻攔著他們的腳步，每一棵畸形的樹木和每一簇真菌群落都在營造病態的氣氛，間或出現的溼滑石牆和殘垣斷壁更是加深了這種氣氛。終於，定居者的村莊——一片擁擠的淒慘窩棚——浮現在了視野內；欣喜若狂的居民跑出來，圍住這些拎著提燈的員警。前方遠處已經飄來了隱約的手鼓聲，風向變化時還能斷斷續續地聽見讓人血液結冰的尖叫聲。在看不見盡頭的黑夜森林中，能見到灰暗的下層灌木中透出一團紅光。膽怯的定居者寧可被再次拋下，也不願朝那瀆神祭典的現場多走哪怕一英吋了，萊戈拉斯巡官和十九名部下失去了嚮導，只能自己走進從未涉足過的黑暗樹廊。

員警現在走進的這個區域向來有著邪惡的名聲，但白人一無所知，也從不接近此地。傳說中這裡有個凡人看不見的隱祕湖泊，棲息著無可名狀的水螅狀怪物，它的身體是白色的，長有會發光的眼睛；定居者中有傳聞說蝙蝠翅膀的惡魔會在午夜時分飛出地

注 金・拉菲特（Jean Lafitte，約1776～1823），十九世紀初橫行墨西哥灣的海盜，從事走私活動。

底洞窟，前來膜拜這個怪物。他們說怪物出現的時候比德伊貝維爾（注1）要早，比拉薩爾（注2）要早，比印第安人要早，甚至比森林裡的鳥獸都要早。怪物就是噩夢本身，見到它只有死路一條。怪物有讓人做夢的能力，所以他們都懂得要避開它。事實上，現在這場巫毒祭典就在被詛咒區域的最邊緣處舉行，但那裡已經足夠可怕了；因此，比起令人驚駭的叫聲和種種變故，祭典選擇的地點很可能更讓定居者害怕。

萊戈拉斯一行在黑暗中穿過沼澤，朝著紅光和隱約的手鼓聲而去，聽著只有詩人和瘋子才能平靜對待的怪異聲音。有些聲音只可能出自人類的喉嚨，有些聲音只可能出自野獸的喉嚨；恐怖的是有些聲音聽起來屬於其中之一，但源頭卻更像另外一個。動物般狂野但整齊的放肆呼號鞭策著自身爬向魔幻高度，飽含迷醉的嚎叫和嘶喊劃破黑夜，在森林中迴蕩不息，猶如地獄深淵裡颳起的致命風暴。不太整齊的吠叫偶爾會停下，許多個沙啞嗓音突然齊聲吟誦，那段可怕的頌詞就出現在此時：

「*Ph'nglui mglw'nafh Cthulhu R'lyeh wgah'nagl fhtagn.*」

這時他們來到了一個樹木比較稀疏的地方，祭典的場面赫然出現在眼前。四名員警腿腳發軟，一名員警當場昏倒，兩名員警嚇得瘋狂尖叫，但還好很快就被祭典的瘋狂喧囂淹沒了。萊戈拉斯用沼澤水潑醒昏倒的同伴，所有員警都站在那裡，渾身顫抖，在恐懼之下幾乎無法動彈。

沼澤中有個自然形成的小島，面積大約有一英畝，沒有樹木，覆蓋著青草，算是比較乾燥。島上有一群人正在跳躍扭擺，他們的醜惡難以用語言描述，只有席姆或安格羅拉（注3）的畫筆才有可能描繪出來。這些混血兒赤身裸體地圍著怪異的環形篝火扭動身體，嘶喊號叫。火焰的帷幕偶爾被風吹開，露出中央的一塊花崗巨岩，石塊高約八英呎，頂上放著那尊相比之下小得不協調的陰森雕像。小島上以篝火環繞的巨岩為中心，以一定的間距搭起了十個絞架，可憐的失蹤定居者被倒掛在上面，屍體都遭到了奇異的損毀。這些絞架圍成一圈，異教信徒們在裡面跳躍號叫，他們大致從左向右轉圈，在屍體與篝火構成的兩個環內無休止地狂歡。

有一位容易興奮的西班牙裔員警，也許是因為想像力過於活躍，也許受到此情此景的刺激，竟然幻想自己聽見了應和的輪唱，聲音來自這片古老的恐怖森林那不見天日的遙

注1 德伊貝維爾（1661～1706），法國士兵、船長、探險家、殖民地總督，法屬路易斯安那新法蘭西殖民地的奠基人。

注2 拉薩爾（1643～1687），法國探險家，勘探了大湖地區、密西西比河流域和墨西哥灣。

注3 西德尼．席姆（1867～1941），英國畫家。安東尼．安格羅拉（1893～1929），美國畫家，風格怪誕。

遠深處。這位先生名叫約瑟夫・D・蓋爾貝斯，我後來找到他並向他提問；事實證明他的想像力豐富得讓人頭疼。他甚至聲稱他聽見了巨翅搧動的隱約響動，還在最遙遠的樹木間看見了發光的眼睛和龐大如山的白色身軀，但我覺得他只是聽多了當地人的迷信傳說。

實際上，驚恐只讓這些員警暫時駐足片刻而已，他們很快就想起了自己的職責。儘管有近百名混血兒聚集在篝火周圍，但員警畢竟有槍，他們義無反顧地衝向那群令人作嘔的野蠻人。接下來五分鐘的混亂和嘈雜委實難以形容。拳打腳踢，子彈橫飛，暴徒落荒而逃；不過，最後萊戈拉斯還是擒獲了四十七名沮喪的罪犯，他逼著他們以最快速度穿上衣服，在兩列員警之間排隊站好。五名信徒當場死亡，兩名受重傷的躺上簡易擔架，由他們的同夥抬著。巨岩頂端的雕像當然被小心翼翼地取下，萊戈拉斯親自將它帶了回去。

他們緊張而疲憊地回到警局總部，調查之後發現，所有囚犯都是精神異常的混血低等人，其中大部分是海員，除了少數幾個黑人和黑白混血兒外，多數是西印度群島的島民和佛德角群島的布拉瓦葡萄牙人，給這個多種人群構成的異教染上了巫毒色彩。警方不需要詳細盤問就已經知道他們的信仰比黑人拜物教（注）要晦暗和古老得多。這些人儘管墮落而無知，但他們對這個可憎信仰的核心理念的認識卻一致得驚人。

按照犯人的說法，他們崇拜的是舊日支配者，它們從天空來到年輕的世界，早在人類出現之前就已經存在了無數年。舊日支配者後來遠離世間，潛入地底和海洋深處，但遺留的軀體透過夢境向最初的人類述說了它們的祕密，人類於是創造了一個代代相傳的異教。他們所屬的就是這個異教，犯人說它過去一直存在，未來也將永遠存在，它隱藏於世界各地的偏遠廢墟和黑暗場所，等待大祭司克蘇魯從海底城市拉萊耶的黑暗宮殿甦醒，將地球重新置於其統治之下。總有一天，當群星排列整齊，他將發出呼叫，而祕密異教時刻準備著前去解放他。

員警再也問不出什麼了。有些祕密即便動用酷刑也無法得到。人類絕對不是地球上唯一有意識的生物，曾有異物從黑暗中前來拜訪極少數最虔誠的信徒。但它們不是舊日支配者。沒有任何人類見過舊日支配者。那尊偶像雕刻的就是偉大的克蘇魯，但誰也不肯說其他古神是否與他相似。現在已經沒有人能看懂那種古老的文字了，但有些事情依然在口耳相傳。吟誦的頌詞並不是祕密，但不會有人大聲相告，只會輕聲耳語。頌詞含義如下：「在拉萊耶他的宮殿裡，沉睡的克蘇魯等待做夢。」

只有兩名犯人神智正常得足以被送上絞架，其他人則被分別送往多家精神病院。他們全都否認參與了祭典上的殺戮，信誓旦旦地說殺人的是黑翼怪物，它們來自幽暗森林中的遠古聚會之地。關於這些神祕的犯罪同黨，警方沒有問出任何前後一致的描述。警

注 Fetishism，是一種原始宗教。信仰拜物教的人們以為某種人造物品有超自然能力，繼而把它當作神來崇拜。

方得到的線索主要來自一名極為年老的麥斯蒂索人（注），他名叫卡斯楚，自稱曾搭船去過異域的港口，與中國深山中不死不滅的異教領袖有過交談。

老卡斯楚只記得可怖傳奇的一些片段，但已經足以讓神智學者的推測相形見絀；根據他講述的內容，人類和我們的世界只是初來乍到的匆匆過客。曾有他者統治地球數十億年，它們擁有過巨大的城市。他說，不死不滅的中國人告訴他，我們依然能找到這些城市的遺跡，例如太平洋島嶼上的巨石堆。它們早在人類出現前就已經沉睡了無數萬年，但當星辰在永恆迴圈中再次運轉到特定位置時，就可以透過某些手段喚醒它們。它們事實上就來自星辰，同時帶來了自身的影像。

卡斯楚還說，這些舊日支配者並非血肉之軀。它們確實有形體，來自星辰的影像不就是明證嗎？但那種形體不是由物質構成的。當星辰運轉到正確的位置，它們就能透過天空在世界之間穿梭；但星辰的位置不正確時，它們就會失去生命。然而，儘管現在它們不能算是活著，卻也永遠不會死亡。它們安息在拉萊耶巨城的石砌宮殿中，由克蘇魯的強大魔咒保護，等待星辰與地球恢復正確的排列，迎接它們光榮的復活。到了那個時候，必須有外力來釋放它們的軀體。咒語一方面保護著它們，另一方面也限制了它們的行動，它們只能清醒地躺在黑暗中思考，任憑無數百萬年的時光滾滾而逝。它們知道宇宙中發生的所有事情，它們透過傳遞思想交流，即便是這一刻，它們也正在墳墓中交談。無盡的混沌時光之後，最初的人類出現了，舊日支配者影響最敏感的人類的夢境，與他們交談，因為只有透過這種手段，它們的語言才有可能觸及哺乳類動物的血肉頭腦。

卡斯楚壓低聲音說，舊日支配者向最初的人類展示高聳偶像，人類圍繞偶像建立起異教；這些偶像來自晦暗天空的黑暗星辰。這個異教永遠不會消亡，直到群星回到正確的位置，到了那個時候，祕密祭司將從墳墓中釋放偉大的克蘇魯，復活它的僕從，重建它在地上的統治。那個時刻將很容易分辨，因為人類將變得和舊日支配者一樣——自由狂野，超越善惡，拋開律法和道德，所有人都將叫喊殺戮，在喜悅中狂歡。然後，被釋放的舊日支配者將教人們學會叫喊、殺戮、狂歡和享樂的新手段，整個地球將在迷醉和自由中陷入火焰和屠殺。而現在，這個異教必須透過正確的祭典，保存那些古老方式的記憶，講述諸神回歸的預言。

在更早的時候，被選中的先民曾和墳墓中的舊日支配者在夢中交談，但後來發生了變故。巨石城市拉萊耶帶著石柱和墓室沉入海底，深海充滿了最原初的祕物，連意念也無法穿透，因此隔斷了靈魂的交流。但記憶永不消亡，高級祭司說，當星辰運轉到正確的位置，拉萊耶將再次升出海面。地底的黑暗邪靈將鑽出大地，它們腐朽而鬼祟，來自早被遺忘的海底洞窟，充滿了在那裡捕捉到的晦澀流言。關於它們，老卡斯

注 歐洲與美洲原住民的混血兒。

楚不敢多說什麼了。他匆匆忙忙地結束發言，無論再怎麼勸誘威脅，都不肯再次提起這個話題。另外一點有意思的是，他也拒絕提起舊日支配者的尺寸。談到那個異教，他說他認為它的中心是千柱之城埃雷姆，這座城市位於人蹤不至的阿拉伯沙漠，夢境隱藏在那裡無人觸碰。這個異教與歐洲的女巫異教毫無關係，除了教內成員外無人知曉。沒有任何書籍提到過它，但不死不滅的中國人說，阿拉伯瘋人阿卜杜·阿爾哈茲萊德的《死靈之書》擁有兩層意思，學徒可以按照他們的選擇去理解，尤其是其中被討論得最多的一句兩行詩：

永遠長眠的未必是死亡，
經歷奇異萬古的亡靈也會死去。

萊戈拉斯深受觸動，難以鎮定，他詢問這個異教的過往歷史，但卻徒勞無功。卡斯楚說那是祕密的時候顯然沒有說假話。圖蘭大學的權威人士無論就異教本身還是那尊雕像都給不出什麼解釋；警探今天見到了全美國最權威的一批專家，尤其重要的是他聽到了韋伯教授講述的格陵蘭故事。

萊戈拉斯的故事加上小雕像的佐證，不但在會場上激起了狂熱的興趣，與會人員還在會後的通信中繼續討論，但學會的正式出版物卻幾乎沒有提到這些事情。他們習慣於面對欺詐和誇大，謹慎是他們處世的首要原則。萊戈拉斯將小雕像借給了韋伯教授，但教授去世後，雕像回到他的手上，目前依然由他保管，不久前我在他那裡親眼見過。它確實相當恐怖，無疑與年輕人威爾考克斯的夢中雕塑有著相似之處。

難怪我叔祖父聽完雕塑家講述的故事會那麼興奮，因為他知道萊戈拉斯掌握的異教情況，而這位敏感的年輕人不但夢到了與沼澤石像及格陵蘭惡魔石板完全相同的怪物和象形文字，而且還在夢中確切地聽見了愛斯基摩惡魔崇拜者和路易斯安那混血教徒喊出過的三個詞語。安傑爾教授立刻開始了最細緻詳盡的調查，這實在是再自然不過的事情；但私底下我懷疑年輕人威爾考克斯或許從其他途徑得知了那個異教，於是捏造出一系列夢境，以我叔祖父的精力為代價，提升和延續這件事的神祕性。教授搜集的夢境報告和剪報無疑是強而有力的佐證，但我頭腦裡的理性主義和整件事的荒謬絕倫還是讓我認準了心目中最符合邏輯的結論。我再次徹底研讀手稿，將萊戈拉斯描述的異教與教授的神智學和人類學筆記進行對比，然後啟程前往普羅維登斯去見那位雕塑家，打算嚴厲譴責他肆意欺騙一位博學長者的荒唐行徑。

威爾考克斯依然住在湯瑪斯街的百合公寓裡，這幢醜惡的維多利亞時代建築物模仿了十七世紀的布列塔尼風格，在山坡上可愛的殖民風格房屋中炫耀著它灰泥粉刷的門面，恰好位於全美國最精緻的喬治王朝風格尖塔的陰影之中。我找到他的時候，他正在自己的房間裡工作，見到四處散放著的作品，我立刻明白他的天賦確實出眾。我認為，假以時日，他一定會被公認為一位重要的頹廢派藝術家；亞瑟．馬欽（注1）用文字、克拉克．阿什頓．史密斯（注2）用詩歌和繪畫講述的噩夢和幻想，已經被他用黏土賦予了形狀，遲早有一天他會用大理石將它們表現出來。

他陰鬱、脆弱，有些衣冠不整，他聽見我的敲門聲，沒精打采地轉過身，也不起身就問我有什麼事情。我表明身分，他顯示出少許興趣；我叔祖父打探他的怪異夢境，激起了他的興趣，但我叔祖父卻從來沒有解釋過個中原因。我也沒有向他透露更多的情況，只是拐彎抹角地套他的話。沒多久，我就相信了他說的確實是真話，因為他提到那些夢境的語氣是誰都無法懷疑其真實性的。這些夢境和夢境在潛意識中留下的殘跡深刻地影響了他的藝術風格，他向我展示了一件令人毛骨悚然的雕塑，其輪廓中所蘊含的黑暗與邪惡讓我顫抖不已。除了他在夢中塑造出的淺浮雕，他不記得還在哪裡見過這東西的原形，只知道它不知不覺間就在手底下逐漸成形。毫無疑問，這就是他在譫妄胡話中提到的巨大怪物。我很快就弄清楚了，除了我叔祖父在無休無止的盤問中吐露出的隻言片語外，他對那個祕密異教確實一無所知；我再次開始思索，他是否還有可能從其他途徑得到那些怪異的印象。

他帶著奇特的詩意說起他的夢境，讓我栩栩如生地見到了潮溼的巨石城市和黏滑的綠色石塊，他提到一個怪異的細節：石塊的線條全都違背幾何原理；也讓我懷著驚恐的期待半聽見半心靈感受到了地下傳來的永不停息的呼號：「Cthulhu fhtagn」、「Cthulhu fhtagn」。這兩個詞語是那段恐怖祭文的構成部分之一：克蘇魯沉睡於拉萊耶的石窟，在夢中等待復活。儘管我篤信理性，但我還是被深深地打動了。我確信威爾考克斯曾在無意中聽說過那個異教，但很快就在他大量閱讀怪異讀物和胡思亂想時忘記了這回事。後來，它形成的深刻印象透過潛意識表現在了他的夢境中，也表現在那塊淺浮雕和此刻我手中的這尊可怖雕像上；因此他對我叔祖父的欺騙純屬無心之舉。我不喜歡這位年輕人，既有些裝模作樣又有些缺乏禮貌的做派，但我依然願意承認他的天賦和他的誠實。我友善地與他道別，祝願他能借助天賦取得應有的成功。

那個異教依然令我著迷，有時候我甚至幻想自己能因為探求其起源和關聯而聲名遠揚。我去了紐奧良，探訪萊戈拉斯和突襲行動的其他參與者，查看那尊可怕的雕像，甚至盤問了依然在世的幾名混血兒囚犯。可惜老卡斯楚已經去世數年。我掌握了許多第一

注1 Arthur Machen（1863～1947），英國作家，作品包含超自然小說、恐怖小說與奇幻小說。一八九〇年發表的小說《大潘神》（*The Great God Pan*）被美國作家史蒂芬·金認為「可能是史上最出色的英文恐怖小說」。

注2 Clark Ashton Smith（1893～1961），美國作家，早年靠寫詩出名，詩風學自喬治·斯特靈。他和H·P·洛夫克萊夫特有交情，後來也曾在《詭麗幻譚》上寫作，是洛夫克萊夫特作家圈的成員。

手資料，雖說只是更詳盡地印證了我叔祖父寫下的文字，但同時也讓我心潮澎湃；因為我確信我正在探尋一個非常真實和祕密的古老宗教，這個發現能幫助我成為著名的人類學專家。我依然完全秉持唯物主義——此刻我真希望我還能繼續堅持——因此忽視了安傑爾教授的夢境筆記和剪報之間難以解釋的反常聯繫。

有一點我開始有所懷疑——但現在我已經知道了真相——那就是我叔祖父絕非自然死亡。他從滿是外來混血兒的古老碼頭回家，在山坡窄街上被一名黑人水手不經意地推了一把，因而摔倒在地。我沒有忘記路易斯安那的異教成員都是靠海吃飯的混血兒，他們擁有神祕的儀式和信仰，就算得知他們還會用毒針隱祕地殺人，我也不會吃驚。萊戈拉斯和部下確實活到了今天，但挪威有一位海員就因為見到某些東西而不幸失去了生命。叔祖父在得知雕像的存在後展開了進一步的調查，這會不會傳到了某些惡人耳中呢？我認為安傑爾教授之所以會喪命，不是因為他知道得太多、就是因為他還想知道得更多。我是否也會喪命還有待觀察，因為我現在知道得比他還多。

來自大海的瘋狂

假如上天願意賜我一點恩惠，那麼我希望神能消除我偶然間看見一張墊紙而引發的種種後果。按照我平時的生活軌跡，我絕對不會撞見這張破紙，因為那是一份澳大利亞的舊報紙：一九二五年四月十八日出版的《悉尼公告報》。它甚至逃脫了剪報社的視線，因為出版時間恰好就在剪報社為我叔祖父的研究瘋狂搜集素材的那段日子裡。

我的大部分精力都用在了探求安傑爾教授所說的「克蘇魯異教」上，那天我去紐澤西的派特森拜訪一位博學多識的朋友；他是當地博物館的館長和著名的礦物學家。我在博物館的內室查看儲物架上的凌亂藏品，視線落在墊石塊的舊報紙上，赫然看見了一張怪異的照片。這就是我前面說到的那份《悉尼公告報》，因為我這位朋友在世界各國都擁有廣泛的聯繫。那是一張半色調照片，拍攝的是一塊醜惡的石像，與萊戈拉斯在沼澤中找到的那塊石像幾乎一模一樣。

我急切地推開珍貴的藏品，仔細閱讀那篇文章，很失望地發現文章很短。但內容與我逐漸走進死胡同的探究有著千絲萬縷的聯繫，我小心翼翼地將文章撕了下來。內容如下：

海上發現神祕棄船

「警醒號」拖曳失去動力的紐西蘭武裝快船抵埠。快船上發現一名倖存者和一名死者。據稱海上發生殊死戰鬥和人員傷亡。獲救海員拒絕詳述詭奇經歷，其所有物中發現怪異偶像。（詳見下文）

莫里森公司的貨船「警醒號」自瓦爾帕萊索啟航，於今晨抵達達令港的公司碼頭，拖曳有因戰鬥致殘但全副武裝的蒸汽快船「警覺號」。「警覺號」自紐西蘭的達尼丁啟航，四月十二日在南緯34度21分、西經152度17分處被發現時，船上有一名倖存者和一名死者。

「警醒號」於三月二十五日離開瓦爾帕萊索。四月二日，由於遭遇了異乎尋常的強烈風暴和巨浪，船隻被推向南方，偏離航道。四月十二日，船員看見了上述棄船；儘管看似空無一人，但登船人員在船上發現了一名處於半譫妄狀態的倖存者和一具死亡已超過一週的屍體。倖存者抱著一個來源不明的可怖石雕偶像，石雕高約一英呎，悉尼大學、皇家學會和學院街博物館的專家均承認對其一無所知，而倖存者稱他在快船的船艙中發現了這尊雕像，發現時它被安放在一個刻有粗陋花紋的小神龕中。

這位先生在恢復神智後講述了一個有關海盜和殺戮的荒誕故事。他名叫古斯塔夫·約翰森，是一位聰慧的挪威人，在奧克蘭的雙桅船「艾瑪號」上擔任二副。「艾瑪號」於二月二十日啟航前往卡亞俄，船員共計十一人。據他說，「艾瑪號」於三月一日遇到大風暴，船期因此延誤，向南嚴重偏離航線。三月二十二日，「艾瑪號」在南緯49度51分、西經128度34分處遇到「警覺號」，操縱「警覺號」的是一群怪異而相貌凶惡的南太平洋土人和劣等混血兒。他們蠻橫地命令「艾瑪號」返航，柯林斯船長嚴詞拒絕；怪異船員在沒有任何提醒的情況下，即刻使用重火力銅製排炮發動殘忍的攻擊。這位倖存者稱，「艾瑪號」的船員奮勇還擊，炮彈擊中雙桅船吃水線下的位置，「艾瑪號」開始下沉，船員操縱雙桅船靠上敵艦，登船後與那群野蠻人在甲板上展開搏鬥，在不得已的情況下將其悉數殺滅。野蠻人的數量稍佔優勢，儘管異常凶惡、悍不畏死，但在戰鬥技巧方面略遜一籌。

「艾瑪號」的三名船員不幸遇難，柯林斯船長和格林大副也在其列；剩下的八名船員在約翰森二副的領導下駕駛俘獲的快船按原方向航行，希望能找出那些野蠻人命令他們返航的原因。這個原因在第二天出現了，他們看見並登上了一個小島，但海圖上並沒有這個小島的記錄。六名船員出於某些原因死在島上，但約翰森很奇怪地沒有仔細講述當時的情況，只說他們掉進了岩石間的裂隙。後來，他和一名同伴重新登上快船，嘗試駕駛它返航，但又遭遇了四月二日的風暴。從那天到十二日獲救期間的事情，他幾乎完全記不起來了，甚至不記得他的同伴威廉·布里登是哪一天過世的。布里登的死因不得而知，很可能是曝曬脫水或受到了強烈刺激。從達尼丁發來的電報稱「警覺號」是一艘著名的島間商船，在港口的名聲很不好。該船由一群怪異的下等混血兒操控，他們頻繁集會，常在夜間前往森林，引來的關注絕非一星半點。三月一日的風暴和地震後，「警覺號」匆忙出海。我們在奧克蘭的記者稱外界對「艾瑪號」及其船員的評價很高，約翰森是公認冷靜鎮定和值得信任的人。海軍部將從明天起對整件事展開調查，並將盡可能地勸說約翰森吐露更多的真相。

文章就這麼簡單，外加一張恐怖的偶像照片；但它在我腦海裡激起了一連串什麼樣的念頭啊！這是有關克蘇魯異教的寶貴的新資料，能證明它不但在陸地有影響，在海上也一樣。那群混血兒船員載著邪惡偶像航行，見到「艾瑪號」就命令他們返航，究竟是出於什麼動機呢？「艾瑪號」的六名船員到底死在一個什麼樣的未知小島上？約翰森守口如瓶的事情究竟是什麼呢？海軍部的調查會揭開什麼樣的罪行？達尼丁的居民對那個邪惡異教有什麼了解呢？還有最詭譎的一個問題，這些事件的日期對於我叔祖父仔細記錄下的事件有著險惡但無法否認的重大意義，這其中有著什麼樣的超乎尋常的深刻聯繫呢？

地震和風暴發生於三月一日，由於隔著國際換日線，因此在我們這裡是二月二十八日。「警覺號」及其邪惡的船員像是受到了緊急召喚，匆匆忙忙從達尼丁啟航。與此同時，在地球的另一頭，詩人和藝術家夢到一座溼滑怪異的巨石城市，一名年輕的雕塑家在睡夢中塑造出了克蘇魯的恐怖形象。三月二十三日，「艾瑪號」的船員登上一座未知島嶼，六個人失去生命；同一天，敏感人群的夢境的清晰程度達到高峰，緊追不放的巨大怪物讓夢境變得更加陰森，一名建築師發瘋，那位雕塑家突然陷入譫妄！四月二日再次颳起風暴，關於潮溼城市的噩夢戛然而止，威爾考克斯從怪異熱病的束縛中醒來，沒有受到任何傷害，這又是怎麼一回事呢？所有這一切，還有老卡斯楚講述的來自星辰的古神即將再臨、忠實於古神的異教和古神操縱夢境的能力，這些到底代表著什麼？我難道正在人類無法掌控的宇宙大恐怖的邊緣蹣跚而行嗎？假如真是這樣，它們肯定是作用於心靈的恐怖，出於某些原因，四月二日的某些事情阻止了那些恐怖存在對人類靈魂的圍攻。

我花了一整天發電報和安排各種事情，當晚就辭別招待我的朋友，乘火車前往聖法蘭西斯科。不到一個月，我來到了達尼丁，但我發現當地人對那些流連於海邊酒館的異教信徒知之甚少。碼頭上的下等人渣太多了，沒有誰值得特別關注；但我還是聽說了一些流言蜚語，稱那些混血兒曾經去過一趟內陸，在此期間，偏遠的丘陵上出現了微弱的鼓聲和紅色的火光。來到奧克蘭，我得知約翰森在悉尼經歷了詳盡的盤問，但調查沒有給出任何結論，他回來時滿頭黃髮變得雪白，他賣掉了西街的住所，帶著妻子乘船去了奧斯陸的老家。有關那場驚心動魄的冒險，他告訴海軍部職員的和告訴朋友的一樣多，因此他的朋友能告訴我的只有他在奧斯陸的地址。

隨後我前往悉尼，向海員和海軍部調查庭的人員瞭解情況，卻一無所獲。我在悉尼灣的環形碼頭見到了「警覺號」，這艘船已被賣掉並轉為商用，它平凡的外形沒能給我任何線索。那尊雕像保存在海德公園的博物館裡，怪物長著烏賊的頭顱和惡龍的身體，翅膀上覆蓋鱗片，蹲伏在刻有象形文字的底座上。我仔細認真地研究了一番，發現這件恐怖物品的雕工異常精細，與萊戈拉斯那尊比較小的雕像一樣，也極其神祕、無比古老，材質也同樣異乎尋常。館長告訴我，地質學家認為這是個巨大的謎團，他們發誓說世間不存在這種石材。我不禁顫慄，想到了老卡斯楚提到舊日支配者時對萊戈拉斯說的話：「它們來自星辰，帶來了自身的影像。」

我的精神遭受了前所未有的巨大震動，於是決定去奧斯陸拜訪約翰森二副。我乘船來到倫敦，立刻轉船前往挪威首都，在秋季的一天登上了艾奇伯格城堡陰影下的整潔碼頭。我發現約翰森的住址位於無情者哈拉爾國王的舊城裡，在這座偉大城市更名為「克利斯蒂安納」的那幾個世紀內，全靠舊城保存了「奧斯陸」這個名字。我乘計程車走了一小段路，來到一幢整潔而古老的灰泥外牆房屋前，忐忑不安地敲開大門。開門的是一位女士，她身穿黑衣，表情哀切。她用結結巴巴的英語說古斯塔夫・約翰森已經不在了，我不禁大失所望。

約翰森的妻子說，他回來後像是變了個人，一九二五年在海上遇到的事情擊垮了他。他告訴妻子的事情並不比他告訴公眾的更多，但他留下了一份關於某些「技術問題」的長篇手稿。手稿是用英語寫的，顯然是為了保護她，以免她無意讀到後引來禍事。約翰森走在哥德堡碼頭附近的一條窄巷裡，被一扇閣樓窗戶掉落的一捆文書砸倒在地。兩位印度水手連忙攙扶起他，但還沒等救護車趕到，他就不幸去世了。醫生沒有找到明確的死因，只好歸咎於心臟問題和體質衰弱。

此刻我感到擔憂啃噬著我的內臟，黑暗的恐怖絕對不會放過我，直到所謂的「偶然事件」也讓我長眠。我說服約翰森的遺孀，讓她相信我與她丈夫的「技術問題」有所聯繫，於是拿到了那份手稿。我帶著手稿離開，在回英國的船上開始閱讀。手稿瑣碎而龐雜，是一名淳樸水手在事後寫下的日記，一天一天地記錄了最後那次恐怖航行。手稿的文字晦澀而冗繁，因此我就不逐字逐句抄錄了，但僅僅複述其精髓就足以說明，為什麼連海浪拍打船身的聲音對我來說都變得難以忍受，甚至不得不用棉花堵住耳朵。

感謝上帝，約翰森儘管見過那座城市和邪神本身，但並不了解整件事情。可是，當我想到永遠潛伏於時間與空間背後的巨大恐怖，想到來自遠古星辰的汙穢怪物就在海底沉睡，噩夢般的異教知曉並崇拜它們，準備並樂於釋放它們，等待下一次地震將它們的巨石城市托向陽光和空氣。

約翰森的航程初期與他向海軍部做出的陳述完全相同。「艾瑪號」載著壓艙物於二月二十日離開奧克蘭，遭遇了地震引發的強烈風暴，無疑正是充滿人們噩夢的巨大恐怖從海底升起導致了這場風暴。「艾瑪號」恢復控制後，航程相當順利，直到三月二十二日遇見「警覺號」；二副寫到「艾瑪號」被炸沉的經過時，我能感覺到他胸中的哀慟；寫到「警覺號」上的黑膚異教狂徒時，語氣含著強烈的恐懼。那些人帶著一種特別的邪惡氣質，因此殺死他們簡直成了一項責任。在調查庭的處理過程中，約翰森等人被指為冷酷無情，約翰森對此表示出錯愕和不解。出於好奇，約翰森指揮船員駕駛俘獲的快船繼續前進，看見遠處有一根巨大的石柱伸出海面，隨後在南緯47度9分、西經126度43分處見到了一道海岸線，這道海岸線上混雜著淤泥、黏液和掛滿海草的巨石建築，那無疑就是地球上最可怕的場所——噩夢般的死城拉萊耶。隱藏在歷史背後的萬古世代之前，龐大如山的可憎怪物從黑暗星辰來到地球，修建了這座城市。偉大的克蘇魯和族人隱藏在塗滿綠色黏液的廳堂裡，在難以計量的無數個時間迴圈之後，終於對外傳送出了它的思想，向敏感者的夢境播撒恐懼，專橫地呼喚信徒前去朝拜和釋放它。約翰森對此一無所知，但上帝知道他很快就將看到什麼！

我猜升出水面的只是一個山頂，山頂上可怖的巨石堡壘是克蘇魯的埋身之處。當我想到海面下還隱藏著什麼東西的時候，真是恨不得立刻殺死自己。遠古惡魔建造的巴比倫巨城極盡雄偉與恢弘，讓約翰森和船員瑟縮不已，他們不需要專家的指點，也能猜到它絕對不可能出自地球或任何一顆普通星球。他們感嘆於綠色石塊那難以置信的尺寸、巨大石柱那令人眩暈的高度，詫異地發現龐大的雕像和淺浮雕與「警覺號」神龕裡的怪異偶像幾乎完全相同。讀著二副那令人驚恐的描述，這些場景栩栩如生地浮現在我眼前。

約翰森雖說不知道未來主義是什麼，但他描述這座城市的筆法卻像極了這種藝術。他沒有描述具體的結構體或建築物，只說出了對於巨大角度和石塊表面的寬泛印象——那些表面過於巨大，不可能屬於任何正常物體，更不適合我們的地球，上面刻滿了邪惡的可怖圖像和只存在於想像中的文字。我之所以會提起他說到了「角度」，是因為它讓我想到了威爾考克斯向我講述的可怕夢境。他曾說他在夢中見到的場景違背了幾何原理，不屬於歐幾里得空間，令人驚恐地讓人聯想起球面和與我們這個世界迥然不同的維度。而日記裡這位沒有受過教育的海員看著恐怖的現實場景時，居然也產生了同樣的感覺。

約翰森和船員在這座龐然城池的爛泥斜坡上登陸，吃力地爬上溼滑的巨型石塊，而這絕對不可能是供凡人使用的階梯。從海水浸泡的魔窟中升出能夠偏光的瘴氣，隔著瘴氣望去，天上的太陽像是被扭曲了，變態的威脅和危險潛伏在巨石那難以捉摸的瘋狂角度之中，那些角度第一眼望去是凸起，第二眼卻成了凹陷。

雖說眼睛看見的只有岩石、爛泥和水草，但某種類似於恐懼的情緒籠罩了這幾位探險者。要不是害怕被其他人嘲笑，他們每個人都想轉身就逃。他們半心半意地搜索著，想找一件能搬動的紀念品帶走，結果卻徒勞無功。

葡萄牙人羅德里格斯爬上石柱的根部，高喊他有了發現。其他人跟著爬上去，好奇地看著刻有圖案的巨門，門上的章魚頭龍身怪物淺浮雕對他們來說已經不陌生了。約翰森說，那扇門像是一扇巨大的庫房門；船員之所以認為那是一扇門，是因為它有著華麗的門楣、門檻和門框，但他們無法確認它究竟是平放的翻板活門還是地窖外斜置的那種拉門。正如威爾考克斯所說，這個地方違背了幾何學原理。你無法確定海面和地面是不是水平的，其他物體的相對位置也就變得光怪陸離。

布里登在幾個地方推按石塊，卻沒能打開門。多諾萬順著門的邊緣仔細摸索，邊摸邊按下每一處突起。他順著怪異的石雕無休止地攀爬，之所以說他在攀爬，是因為你無法確定那扇門是不是水平的；他們難以想像宇宙中怎麼會存在這麼巨大的一扇門。漸漸地，慢慢地，以英畝計算的門扇從頂部向內打開；他們發現門是在中部保持平衡的。多諾萬滑下來（或爬下來或沿著門框滾下來），回到夥伴身旁，龐大的石雕門詭異地向內轉動。在彷彿稜鏡變形的幻象之中，門以不規則的對角路線移動，所有的物理法則和透視規則彷彿都失效了。

門裡漆黑一片，就好像黑暗是有形的物質，但這裡的黑暗卻是一件好事，因為它遮蔽了應該被他們看見的內牆，黑暗像濃煙似的從萬古囚籠中噴湧而出，拍打著肉膜翅膀逃向已經縮小和隆起的天空，明顯地擋住了陽光。從剛打開的深淵中飄來了難以忍受的氣味，聽覺敏銳的霍金斯認為他聽見底下傳來某種濺水的噁心聲音。所有人豎起耳朵聆聽，就在這個時候，它拖著龐大的身軀出現在了人們的視野內，凝膠狀的綠色身軀擠出黑色巨門，來到瘋狂有毒的城市那腐臭的室外空氣中。

可憐的約翰森到這裡幾乎寫不下去了。在六個未能回到船上的同伴中，他認為有兩位就在這時被活活嚇死。文字無法形容那個物體，任何語言都不可能描述充滿尖叫和遠古瘋狂的那種深淵，那種恐怖之物違背了一切物質、能量和宇宙秩序。它像一座山似的行走或蠕動；上帝啊！難怪地球另一頭那位偉大的建築家會發瘋，難怪可憐的威爾考克斯會因為心靈感應而譫妄狂叫！那些偶像所摹繪的怪物，星辰的綠色黏液之子，它甦醒了，要來宣布它的權柄了。群星的排列已經就位，古老的異教在計畫中沒能完成的任務，卻要被一群無知的水手在偶然間實現了。克蘇魯在沉睡無數億萬年之後，重新獲得了自由，準備為了取樂而蹂躪世界。

他們還沒轉身，鬆弛的巨爪就將三個人掃飛出去。假如宇宙間真的存在安息，那就請上帝保佑他們安息吧。他們是多諾萬、圭雷拉和艾格斯特朗。另外三個人發瘋般地跑過沒有盡頭的結著綠苔的岩石逃向登陸艇，派克滑倒在地，約翰森發誓一個本來不存在的石塊角度吞噬了派克；那個角度看似銳角，表現卻像個鈍角。最後只剩下布里登和約翰森回到登陸艇上，拚命划向「警覺號」，龐大如山的怪物沉重地爬下黏糊糊的石階，猶豫片刻後就在水邊翻騰起來。

儘管船員都上岸了，但蒸汽機沒有完全關閉，因此他們只在舵輪和引擎之間爬上爬下忙活了幾分鐘，「警覺號」就重新啟航了。在難以描述的扭曲恐怖之中，舵輪開始慢慢攪動致命的海水；陰森得不似地球的石砌海岸上，來自群星的龐然巨物滔滔不絕地胡言亂語，就好像波呂斐摩斯詛咒奧德修斯逃跑的船隻。但偉大的克蘇魯比故事裡的獨眼巨人要有勇氣，它滑進海水，開始追趕「警覺號」，它以可怕的力量揮動肢體，掀起陣陣波濤。布里登回頭張望，頓時發了瘋，他尖聲狂笑，笑個不停，直到一天晚上在船艙裡被死神帶走，留下譫妄的約翰森四處徘徊。

但當時約翰森並沒有放棄。他知道蒸汽機若是不出全力，「警覺號」就會被那怪物追上，他決定冒死一搏；他將發動機推到全速運轉，以光速衝回甲板上，操舵調轉船頭。有毒的鹹水掀起巨浪和泡沫，蒸汽機運轉得越來越快，勇敢的挪威人駕著快船衝向追趕他的膠凍怪物，那怪物浮在不潔的泡沫上，活像惡魔旗艦的船尾。恐怖的烏賊頭部和蠕動的觸手幾乎碰到了「警覺號」船首斜桅的頂部，但約翰森義無反顧地繼續前進。

緊接著怪物就像球膽一般地爆裂，汙穢狼藉得彷彿翻車魚炸開時的場面，氣味惡臭得宛如一千個墳墓同時打開，巨響怪異得連記事者都不願寫在紙上。有那麼一個瞬間，酸臭刺鼻的綠色雲團徹底籠罩了快船，下一個瞬間，翻湧的毒氣就被甩在了船尾之後。上帝保佑！分崩離析的無名外來生物像星雲似的重新聚攏成它可憎的原形，隨著蒸汽機的運轉，「警覺號」得到的推動力越來越大，與怪物之間的距離也越來越遠。

終於結束了。之後的那些天，約翰森只是凝視著船艙裡的雕像沉思，為他和身旁的狂笑瘋子準備簡單的食物。經歷過生平第一次勇猛突進後，他放棄了導航，因為那次行動的反作用力取走了他靈魂中的某些東西。接下來，四月二日的風暴突然襲來，烏雲同時也圍困了他的心靈。那種感覺就彷彿幽魂在永恆的流質溝壑中盤旋，彷彿乘著彗尾穿過混亂宇宙的暈眩旅程，彷彿從深淵突然飛到月球然後又落回深淵，扭曲歡樂的舊日支配者和綠色蝙蝠翅膀的地獄小鬼齊聲大笑，讓這一切都好像身臨其境。

他在夢中得到了拯救——「警醒號」，海軍部調查庭，達尼丁的街道，漫長的歸鄉旅程，艾奇伯格城堡旁的老屋。他不能開口，否則別人會認為他發瘋了。他要在死亡降臨前寫下他所知道的事情，但絕不能讓妻子起疑心。假如死亡能抹掉那段記憶，那就是一種恩惠了。

我讀到的手稿就是這些，我將它連同那塊淺浮雕和安傑爾教授的手稿一起放進了那個白鐵箱子。我本人的這份記錄也會放進去，它能夠證明我的精神是否健全，我在其中拼湊起了我希望永遠不要再有人拼湊起來的真相。我見到了宇宙蘊含的全部恐怖，見過之後，就連春日的天空和夏季的花朵在我眼中也是毒藥。但我不認為我還能存活多久。我的叔祖父已經走了，可憐的約翰森也走了，因此我也將隨他們而去。我知道得太多了，而那個異教依然存在。

我猜克蘇魯也依然活著，回到了從太陽還年輕時就開始保護它的石塊洞窟。受詛咒的城市再次沉入海底，因為「警醒號」在四月的風暴後曾駛過那個位置；但它在地面上的祭司依然在偏遠的角落裡，圍著放置偶像的巨石號叫、跳躍和殺戮。它肯定在沉沒中被困在了黑暗深淵中，否則我們的世界此刻早已充滿了驚恐和瘋狂的尖叫。誰知道以後會怎麼樣呢？已經升起的或會沉沒，已經沉沒的或會升起。可憎之物在深淵中等待和做夢，衰敗蔓延於人類岌岌可危的城市。那一刻終將到來——但我不願也不能去想像！我衷心祈禱，假如我在死後留下了這份手稿，希望遺囑執行人會用謹慎代替魯莽，別再讓第二雙眼睛看到它。

黑暗中的低語

1

請牢記一點，直到最後，我也沒有看到任何可見的恐怖。但要說是精神震撼使得我推斷出那樣的結論——這個結論成為最後一根稻草，壓得我逃出偏僻的埃克利農莊，在黑夜中駕著借用的汽車穿過佛蒙特的丘陵荒野——那也是對我最終這段經歷中最明白的事實視而不見。儘管我能夠和盤托出我對亨利·埃克利的了解和揣測、我目睹和聽見的事情和這些事情給我留下的深刻印象，但哪怕到了現在，我也無法證明我那可怕的推論是否正確。埃克利的失蹤說明不了任何問題。除了屋裡屋外的彈痕，人們沒有發現任何可疑之處。就彷彿他漫不經心地出門散步，結果一去不返。甚至沒有任何跡象能說明這裡有過訪客，保存在書房裡的可怖圓筒和機器也消失得無影無蹤。他在鬱鬱蔥蔥的綠色山丘和淙淙流淌的溪水之間出生和長大，但他對這些事物的恐懼也同樣說明不了任何問題，因為世上有千千萬萬的人有這種病態的恐懼症。更何況精神不正常這個理由很容易被用來解釋他在最後這段時間裡的怪異行為和強烈憂懼。

對我來說，整件事情是從一九二七年十一月三日佛蒙特州那場史無前例、毫無預兆的洪水開始的。我當時和現在一樣，是麻薩諸塞州阿卡姆鎮米斯卡托尼克大學的文學講師，也是熱衷於新英格蘭民間傳說的業餘研究者。洪水過後不久，在艱難困苦和組織救援的新聞充斥報紙的時候，也出現了泛洪河流上漂來奇異物體的離奇故事；我的許多朋友出於好奇開始討論，並向我徵求這方面的意見。我的民間傳說研究能得到這樣的重視，我自然受寵若驚，盡可能地貶低那些荒誕不經的含混故事，它們顯然是鄉野迷信這棵老樹上長出的新芽。有幾位受過教育的人居然堅持認為那些傳聞之下暗藏著變形的事實，我不禁覺得非常可笑。

拿來讓我鑑別的故事通常以剪報為載體，但有個奇談來自口耳相傳，我一位朋友的母親住在佛蒙特哈德威克鎮，她寫信給我朋友時提到了這件事。這個奇談從類型上來說與別的傳聞沒什麼區別，只是其中牽涉到了三個不同的事例。第一件發生在蒙彼利埃附近的威努斯基河，第二件是努凡以北溫德姆縣的西河，第三件是林登維爾以北卡列多尼亞縣的帕薩姆西克河。當然了，還有許多零星傳聞提到了其他事例，但分析下來，它們似乎都發源於以上三件。每一個事例中都有鄉村居民自稱在從人跡罕至的山嶺奔騰而來的洪水中，見到了一個或多個令人不安的怪異物體。這些目擊事件引得老人重新說起一些幾乎被遺忘的隱祕傳說，將目擊事件與那些原始粗糙的傳說聯繫起來的趨勢愈演愈烈。

人們認為他們看到的是一些前所未見的有機生物。當然了，在那場人間悲劇中，洪水沖來了很多人類的屍體；但聲稱見到了怪異屍體的村民卻很確定，儘管它們在尺寸和大致輪廓上都與人類相近，但它們絕對不是人類。目擊者還說，它們也不可能是佛蒙特這片土地上出沒的任何動物。它們體長約5英呎，呈粉紅色，外覆硬殼，長有成對的背鰭或膜翅以及多雙有關節的肢體，應該是頭部的位置卻是個滿是褶皺的橢球體，上面長著無數極短的觸鬚。值得注意的是不同來源的報告居然這麼一致，但考慮到古老的傳說曾在丘陵鄉野廣泛流傳，所描繪的生動而可怖的畫面很可能感染了所有目擊者的想像力，我也就沒那麼驚訝了。我得出結論，每一個事例中的目擊者都是頭腦簡單的淳樸鄉民，他們在激流中見到了人類或牲畜被泡脹的殘缺屍體，潛藏在記憶中的民間傳說給那些可悲的物體增添了幻想元素。

那個古老的民間傳說含混而晦澀，已經被大多數當代人遺忘，它擁有極其與眾不同的特殊之處，明顯反映出了更古老的印第安傳說的影響。儘管我沒有去過佛蒙特，但我很熟悉這個故事，因為我讀過伊萊·達文波特那本非常罕見的專著，其中輯錄了一八三九年前在此州最年長的人群中獲得的口頭材料。更有甚者，這些材料幾乎完全符合我在新罕布夏山區的年長村民那裡聽到的故事。簡而言之，這個傳說暗示有一族隱祕的可怖生物出沒於偏僻山區中的某處：崇山峻嶺的密林深處，無源溪水流淌的黑暗山谷。很少有人見過這種生物，但總有一些人敢於在某些山坡上比其他人走得更遠，或者深入連野狼都避而遠之的陡峭河谷，他們偶爾會聲稱見到了它們存在的證據。

所謂證據是荒原或溪水旁泥地上的怪異腳印或爪印，是石塊擺成的奇特圓環，圓環周圍的青草已被磨平，而圓環和石塊本身的形狀都不像出自大自然之手。所謂證據也是山麓上深不可測的洞穴，洞口被石塊封死，但無論如何都不像是偶然事件，洞口處還有多得異乎尋常的怪異腳印進進出出，當然了，前提是腳印的指向符合一般規律。最可怕的地方在於，在非常罕見的情況下，那些膽大妄為之徒偶爾會在偏僻山谷或人類不可能攀爬而至的密林中看見一些怪物。

要是有關這些怪物的零散描述不是如此一致，人們大概也就沒有那麼不安了。但事實上，幾乎所有傳聞都有幾點共同之處：它們體型巨大，狀如螃蟹，外殼呈鮮紅色，長著許多條腿，背脊中部有一對類似蝙蝠的巨大翅膀。它們有時候用所有腿行走，有時候只用最後兩條腿行走，用其他肢體搬運用途不明的大型物體。有一次，膽大者見到一大批這種怪物，一排三個排列成明顯具備紀律性的隊伍，沿著森林中的淺溪涉水而行。也曾有人目擊一個怪物飛行，它在夜間躍下寸草不生的孤山頂峰，滿月有一瞬間勾勒出它在搧動巨大的翅膀，隨即就消失在了夜空中。

大體而言，這些生物似乎滿足於與人類互不打擾的生活，但有些時候，它們要為一些膽大妄為之徒的失蹤負上責任，尤其是選擇了錯誤的地點建造房屋的那些人，他們或者過於靠近某些山谷，或者在某些山峰上爬得太高。很多當地人漸漸明白不該在某些地點定居，原因被遺忘之後，那種感覺卻長久地留了下來。人們在仰望臨近的山峰懸崖時會心悸顫抖，儘管他們根本不記得就在那些猙獰的綠色崗哨腳下，有多少定居者曾經失蹤，有多少農舍被燒成白地。

根據最早的傳說，這些生物似乎只會傷害貿然闖入它們領地的人類；但在較晚的記述中，它們會好奇地觀察人類，甚至嘗試在人類世界內建立祕密哨站。有些傳聞稱人們清晨起來，在農舍窗戶周圍發現了怪異的爪印，還有傳聞稱在它們出沒區域外的地點，偶爾也會有人類離奇失蹤。另外還有傳聞稱，曾有孤身旅人在密林中的小徑或車道上，聽見以嗡嗡聲模仿人類說話的聲音向他們發出讓人驚訝的邀約；在住得離原始森林很近的人家裡，常有孩童被見到或聽到的東西嚇得魂不附體。一層一層抽絲剝繭，在距離迷信與禁忌只差最後一層的傳說中，你會找到一些令人震撼的故事：隱士和偏遠地區的農民在生命中的某一段時期經歷了精神上的可怕改變，其他人會避開他們，在暗地裡說他們將自己出賣給了奇異生物。一八〇〇年前後的東北某縣有過一陣風潮，人們指責行為古怪且不受歡迎的隱士是可憎怪物的盟友或代理人。

至於那些怪物究竟是什麼，答案自然五花八門。它們通常被稱為「那些東西」或「古老的東西」，但各個地區在不同時期也給它們起過其他的名稱。大多數清教徒定居者直截了當地認為它們是魔鬼的奴僕，圍繞它們做出了充滿敬畏的神學推測。凱爾特傳奇的繼承者——主要是新罕布夏的蘇格蘭與愛爾蘭人，還有他們的一些親友，這些人獲得溫特沃斯州長許可後來到佛蒙特定居——將怪物與邪惡妖精以及沼澤、丘陵中的「小人」聯繫在一起，他們用世代相傳的長短咒語保護自己。但印第安人對這件事情有著最離奇的解釋。儘管不同的部落擁有不同的傳說，但在某些關鍵問題上的看法卻一致得出奇：這些怪物並不是這顆星球上的居民。

其中最完整也最生動的當屬彭納庫克神話，稱有翼者來自天空中的大熊座，在群山中開礦，採集一種它們在其他星球上找不到的石塊。神話稱它們並沒有在地球上定居，只是建立了哨站，帶著開採到的海量石塊飛回北方母星。它們只傷害過於靠近或窺探它們的地球人類。動物會避開它們，那是出於本能的厭惡，而不是害怕被獵殺。它們無法消化地球上的產物和動物，而是從母星帶來自己的食物。靠近它們不是好事，有一些年輕獵人走進它們盤踞的山嶺，然後就一去不返了。聽它們在深夜森林中的低語也不是好事，那聲音就像蜜蜂企圖模仿人類說話。它們能聽懂人類的所有語言，無論是彭納庫克、休倫還是五大部落的語言都能聽懂，但它們似乎沒有也不需要自己的語言。它們透過頭部交流，用各種方式變幻出各種顏色，藉此表達各種意思。

當然了，所有的傳奇故事，無論屬於白人還是印第安人，進入十九世紀後都漸漸消亡，但偶爾也會重新煥發出生機。佛蒙特人的生活方式固定下來；他們根據某種特定的布置，確定了慣用路線和定居地點，然後就漸漸忘記了是什麼樣的恐懼和禁忌催生了那個布置，甚至忘記了這些恐懼和禁忌的存在。絕大多數人只知道某些山區被公認為高度危險和有害無益，居住在那裡會引來厄運，總而言之就是離這種地方越遠越好。風俗習慣和經濟利益的傳統在已經建成的定居地點變得深入人心，人們不再有理由走出邊界；怪物出沒的山林之所以遭到棄置，更多是出於偶然而非蓄意。除了罕有的區域性恐慌時期，只有熱愛奇聞的老祖母和懷念過往的耄耋老者會悄聲說起那些山區居住的怪物；但就連這些老人也承認，我們不需要害怕那些怪物，因為它們已經習慣了房屋和定居點的存在，而人類也絕對不會去侵擾它們選定的領地。

憑藉閱讀和本人親自在新罕布夏採集的民間傳說，我對這些情況早就瞭若指掌。因此，當洪水時期的傳聞開始氾濫時，我很容易就能猜到是什麼樣的想像土壤催生了這些傳聞。我費了很大的精力向朋友們解釋，但有幾位喜歡爭辯的非要固執己見，認為那些報導中有可能存在真實的元素，我也只能一笑了之了。他們想要證明的是那些早期傳說中存在值得注意的延續性和一致性，而佛蒙特的群山幾乎沒有得到過勘探，武斷地認定那裡是否居住著什麼東西是非常不明智的。我向他們保證，那些神話都符合一個眾所周知的模式，這個模式對全人類來說都很常見，文明早期的想像體驗總會創造出同一種類型的幻想，但他們依然不肯讓步。

我向對手們證明，佛蒙特神話與大自然化身的普遍傳說幾乎毫無區別，正是這樣的傳說，讓古代世界充滿了人頭羊身的法翁（注1）、樹木化身的林仙和半人半羊的薩堤爾（注2），給近代希臘留下了卡利坎札羅斯，在威爾斯和愛爾蘭的荒野中創造出了怪異、矮小而可怕的潛藏種族穴居人和地底人，但同樣無濟於事。我指出尼泊爾山區部落也相信類似的怪物「米戈」（也就是「可怖的雪人」）出沒於喜馬拉雅山脈頂峰的冰雪和岩石中，但還是沒能說服他們。我提出這條論據的時候，對手卻拿它反駁我，聲稱這無疑說明各種古老傳說有著真實的歷史起源，聲稱它證明了某些更古老的怪異種族確實存在，在人類出現並取得支配地位後被迫躲藏起來，種群數量雖說越來越少，但極有可能存活到了相對較近的時期，甚至到現在還依然沒有滅絕。

我越是嘲笑這種推測，我那些頑固的朋友就越是不肯改口；還說就算去掉過往傳奇的影響，新近的報導也那麼清晰、一致和詳盡，敘述口吻更是平淡而乏味，因此無法徹底置之不理。有兩、三位思想極度狂放的人甚至開始說，印第安古老傳說有可能暗示著那些潛藏的生物並非起源於地球；他們引用查爾斯．福特的荒誕書籍，說什麼其他星球和外太空的旅行者時常造訪地球。不過，我這些對手中的大多數人只是浪漫主義者，看多了亞瑟．馬欽精彩的恐怖小說，試圖將因小說而變得家喻戶曉的潛伏「小人」傳奇帶進現實生活。

注1 Faun，羅馬神話中，是指一些半人半羊的精靈，生活在樹林裡。羅馬人將其與希臘神話中的潘連結對應。在魔幻小說與遊戲中一般被譯成「半羊人」或「羊男」。

注2 Satyrus，又譯薩特、薩提洛斯或薩提里，即羊男，一般被視為是希臘神話裡的潘與狄俄倪索斯的複合體的精靈。薩堤爾擁有人類的身體，同時亦有部分山羊的特徵，例如山羊的尾巴、耳朵和陰莖。

2

這種情形下的結果可想而知，我們的激辯最終以信件形式出現在了《阿卡姆商報》上，佛蒙特曾傳出洪水故事的那些地區也在報紙上轉載了部分內容。《拉特蘭先驅報》以半個版面摘抄了爭論雙方的信件，《布萊特爾博羅改革家報》全文刊登了我的一份歷史與神話長篇綜述，「閒筆」哲思專欄的附加評論則對我的懷疑性結論表示支持和稱許。一九二八年春，儘管我從沒去過佛蒙特，但在那兒幾乎成了一位知名人物。也就是在這個時期，我收到了亨利．埃克利向我挑戰的信件，這些信件給我留下了極深刻的印象，讓我第一次也是最後一次踏上那片富有魅力的土地，親眼目睹鬱鬱蔥蔥的山崖和林間呢喃的溪流。

我對亨利．溫特沃斯．埃克利的了解主要來自信件；在他的孤獨農莊裡經歷了種種事件後，我與他的鄰居以及他在加利福尼亞的獨子建立了通信聯繫。我得知他出身於當地一個很有名望的家族，這個家族中誕生了多位法官、行政官員和鄉村士紳。但到了他這一代，家族的關注焦點已經從社會事務轉移到了純學術研究上，他在佛蒙特大學念書時是一位優秀學生，精通數學、天文學、生物學、人類學和民俗學。我沒有聽說過他的名字，他在寄給我的信件中也沒有多介紹他的個人背景；但從一開始，我就認為這個人很有教養，受過教育，智慧出眾，只是有些不通人情世故。

儘管他在信中講述的一切都那麼地令我難以置信，但我對他比對待其他挑戰本人觀點的人士要嚴肅得多。原因很簡單：首先，他近距離接觸過那種離奇事件，親眼看見也親手觸摸了，從而做出如此光怪陸離的推論；其次，非常了不起的是，他願意將結論擺在有待論證的位置上，這是真正的科學研究者的態度。他沒有因為個人偏好而妄自冒進，永遠以確鑿證據指出的道路為前進方向。當然了，我的出發點依然是認為他犯了錯誤，但我必須承認他連犯錯時也表現出了智慧；我從頭到尾都沒有效仿他的某些朋友，將他的怪異想法和他對偏遠青山的恐懼歸咎於精神失常。我看得出這個人無疑經歷了許多事情，知道他講述的內容肯定來自值得一再調查的怪異情形，雖說這些情形與他認定的離奇原因很難說有什麼關係。然而，後來我收到了他寄來的某些物證，整件事的基調因此變得迥然不同，並且怪異得讓我困惑不已。

說到這裡，我恐怕只能直接抄錄埃克利的這封長信了，埃克利在這封信中介紹了他的情況，這封信也是本人的思想發展史上的重要地標。信已經不在我手上了，但我幾乎能逐字逐句地背誦那些預示著災難的文字；另外，我要重申一遍，我堅信寫信者的心智完全正常。文本如下——我收到這封信時，看見那密密麻麻的古樸字跡，就知道寫信者顯然過著平靜的學者生活，與外部世界幾乎沒什麼來往。

鄉村免費遞送（注）2號信箱
湯申德村，溫德姆縣
佛蒙特州
一九二八年五月五日
艾爾伯特．N．威爾瑪斯，閣下
薩爾頓斯托爾街118號
阿卡姆，麻薩諸塞州

尊敬的先生：

我懷著極大的興趣閱讀了一九二八年四月二十三日《布萊特爾博羅改革家報》刊出的您的信件，其中提到去年秋天本州曾有人在洪水中目睹奇異的屍體漂過，以及有一些離奇的民間傳說與這些報告完全吻合。很容易理解外鄉人為何會選擇您這樣的立場，連「閒筆」專欄都支持您的看法。無論是在佛蒙特州內還是州外，受過教育的人士通常都會採取與您相同的態度，我年輕時（本人現年五十七歲）尚未深入研究此事前也不例外，但廣泛閱讀和鑽研達文波特氏的著作後，我最終親自前往附近常人罕至的山區，做了一些調查工作。

我曾經從一些比較愚昧的年長農民那裡聽說了一些怪異的古老傳說，因而引導我開始研究這方面的問題，但現在我只希望我根本沒有接觸過這整件事情。請允許本人謙虛地自誇一下，人類學和民俗學的主題對我來說並不陌生。我在大學裡學習過許多相關的知識，也熟悉絕大多數公認的權威專家，例如泰勒、盧布克、弗雷澤、卡特勒法熱、默里、奧斯本、基斯、布勒和G．艾略特．史密斯等人。與人類同樣古老的隱藏種族的傳說對我來說也不是新鮮事。我讀過《拉特蘭先驅報》刊出的您的信件，也讀過與您爭辯的信件，因此我認為本人很清楚你們的論戰目前停留在哪個階段。

但現在我想說的是，儘管所有邏輯似乎都站在您那一邊，但我不得不說您的對手比您更接近真相，甚至比他們自己意識到的還要接近，因為他們只能憑空推測，不可能了解我知道的情況。假如我知道的事情和他們一樣少，我恐怕不可能像他們那樣對此深信不疑，我會完完全全站在您那一邊。

唉，您看得出我一直在逃避談論正題，很可能是因為我非常害怕觸及正題；我想說的重點是，我掌握了確鑿的證據，能夠證明那種恐怖的怪物確實居

注 R.F.D，美國政府的郵政服務系統之一，負責在偏遠鄉村免費遞送郵件。

住在人跡罕至的高山森林中。我沒有見過洪水裡漂流的屍體，但我曾在我不敢回顧的情形下見過類似的東西。我見過腳印，最近甚至在我住處附近見到了腳印（我住在湯申德村以南黑山山麓上的埃克利老宅裡），近得我都不敢告訴你有多近。我在森林中的某些地點聽見過聲音，我都不願在紙上將它們描述出來。

我在一個地方多次聽見那種聲音，於是我帶著留聲機、拾音器和空白唱片去了那裡，我可以安排您來聽一聽我錄下的東西。我向這附近的一些老人播放過錄音，其中一個聲音嚇得他們幾乎無法動彈，因為它很像他們兒時聽祖母提到並模仿的那種聲音，也就是達文波特氏所說的森林中的嗡嗡聲。我明白一個人說他「聽見怪聲音」會引來什麼樣的目光，但在您下結論之前，我懇請您先來聽一聽錄音，問一問偏僻地區的年長居民對此有什麼看法。假如您依然認為此事不足為奇，那就最好不過了；但我認為這聲音背後必有蹊蹺。正所謂Ex nihilo nihil fit——萬事皆有緣由。

我寫信給您並不是為了展開辯論，只是向您提供一些情況，我認為有您這樣品位的人一定會覺得很有意思。這是私下裡的交流。在公開場合，我站在您的一邊，因為有些事情讓我明白，人們對某些問題還是知道得越少越好。我本人的研究也完全在私下裡進行，我不願意吐露任何情況，以免引來其他人的關注，導致他們前往我勘察過的那些地點。有一些非人類的生物始終在監視我們，還有間諜在我們之間搜集資訊——這是真的，是可怕的真相。這是一個可悲的人告訴我的，假如他神智正常（我認為他確實正常），那他就確實是那些間諜中的一員，我從他那裡得到了有關此事的很大一部分線索。他後來自殺了，但我有理由相信現在還有其他間諜在活動。

那些怪物來自另外一顆星球，能夠在星際空間存活，並憑藉笨拙但強有力的翅膀穿過星際空間，它們的翅膀能夠推動以太，但難以掌控方向，因此在地球上幾乎派不上用場。假如您沒有立刻將我歸入瘋子之列，那麼我以後可以向您仔細解釋。它們來地球是為了獲取金屬，所需的礦石深埋於山嶺之下，我認為我知道它們來自何方。只要我們不去打擾它們，它們就不會傷害我們，但要是我們對它們起了太大的好奇心，那就很難說究竟會發生什麼了。當然了，一支強大的軍隊能踏平它們的採礦基地。它們害怕的也正是這個。但真要是那樣，更多的怪物會從外部空間而來，要多少就有多少。它們很容易就能征服地球，但只要不是非得如此，它們就不會這麼做。它們寧可順其自然，省得招惹麻煩。

我認為它們想除掉我，因為我發現了一些事情。我在老宅東邊圓山的森林裡發現了一塊黑色岩石，上面刻著未知的象形文字，文字已經磨損了一大半；

自從我將這塊巨石搬回家，情況就起了變化。假如它們認為我覺察到的事情太多，就會殺死我或將我帶回它們的故鄉。它們每隔一段時間就會擄走一些博學多識的人，以便了解人類世界的發展狀況。

這就引出了我寫信給您的第二個目的，也就是敦促您停止這場辯論，不要讓這件事繼續吸引公眾的目光。人們必須遠離那些山峰，所以也就不能更進一步地喚起他們的好奇心了。上帝作證，現在的危險已經足夠大了，煽動者（投機者？）和房產商蜂擁到佛蒙特，夏日的旅客成群結隊而來，荒山野嶺到處都是他們的身影，廉價的木屋遍布山坡。

我很願意與您進一步溝通交流，假如您願意，我可以嘗試將我錄製的唱片和黑色石塊（磨損得太厲害，拍照無法呈現細節）遞送給您。我之所以要說「嘗試」，是因為我認為那些怪物有辦法影響我周圍的事物。村莊附近的一座農莊裡有個名叫布朗的人，他陰沉而鬼祟，我認為他就是它們的間諜。它們正在試圖逐步切斷我與人類世界的聯繫，因為我對它們的世界知道得太多了。

它們有最厲害的辦法，能夠查清我的所作所為。您甚至有可能收不到這封信。要是情況繼續惡化，我就必須離開這片土地，去加州聖地牙哥與我的兒子共同生活，但我的家族已經在這裡繁衍了六代，拋棄我出生長大的地方談何容易。另外，既然那些怪物已經盯上了我的住處，我也不敢將它賣給其他人。它們似乎想奪回黑色石塊並毀掉唱片，但我會盡我所能阻止它們。我養的大型守門犬還能擋住它們，因為現在它們的數量還不多，而且行動也不太方便。如我所說，它們的翅膀不適合在地球上短距飛行。我就快破譯出石塊上的文字了，使用的手段相當可怕，您對民間故事的了解也許能幫我找到某些遺失的環節，從而幫助我的工作。我認為您一定很了解那些人類降世之前的恐怖神話，也就是《死靈之書》所暗指的猶格—索托斯和克蘇魯傳說。我曾經讀到過一本《死靈之書》，聽說貴處大學的圖書館也鎖藏了一本。

最後我想說的是，威爾瑪斯先生，我認為憑藉我們各自對此事的研究，我們應該能給彼此帶來很大的幫助。我絕對不希望給您帶來任何危險，因此我不得不提醒您，得到那塊黑色岩石和那張唱片之後，您的處境將不再安全。但我認為您會發現，為了那些知識，一切風險都是值得的。我可以開車去努凡或布萊特爾博羅，將兩件物品寄送到您指定的地址，因為那兩個地方的郵局更值得信任。我還要告訴您一件事，我現在過著一個人的孤獨生活，因為我再也僱傭不到僕人了。他們之所以不肯留下，是因為怪物每到夜間就企圖靠近我的住所，因此狗會持續不斷地吠叫。還好我妻子在世時我尚未泥足深陷，否則她一定會被逼瘋。

希望我沒有過分地打擾您，也希望您最終會決定聯繫我，而不是將這封信當作瘋子的胡言亂語扔進廢紙簍。

又

我加印了幾張本人拍攝的某些照片，我認為它們有助於證明我在信中提到的幾點問題。老人們認為這些照片真實得可怖。假如您感興趣，我可以盡快將它們寄給您。

您忠實的，

亨利·W·埃克利

很難形容我第一次閱讀這封奇特來信時的感受。按照常理來說，如此誇誇其談應該會引得我放聲大笑，因為比它溫和許多的論斷都能逗得我露出笑容；可是，這封信的語氣卻讓我不得不以複雜矛盾的嚴肅態度看待它。倒不是說我有哪怕一瞬間相信過他提到的來自群星的隱藏種族，而是在經歷了幾輪認真的懷疑排除之後，我不僅很奇怪地越來越相信對方神智健全且用意真誠，而且還願意相信他正在面對某些真實存在但獨特異常的現象，除了信中這種離奇的幻想之外，他無法用其他方式解釋。雖然實際情況肯定與他想像中的不一樣，但反過來說也無疑值得花點時間深入調查。這位先生似乎因為某些事情而異常激動和惶恐，但很難想像他會無緣無故就變成這個樣子。他在一些特定的方面是那麼條理分明和堅守邏輯，更何況他的奇談怪論確實令人困惑地符合某些古老傳說，甚至是最瘋狂的印第安神話。

他在深山中聽到了令人不安的聲音，確實發現了信中提到的黑色石塊，這些都完全有可能是真事，但他得出的那些瘋狂結論就是另外一碼事了；他會得出那些結論，很可能是受到了那個自稱外星間諜的自殺者的啟發。很容易推斷出此人無疑是個徹頭徹尾的瘋子，但他的話裡很可能有著一絲看似合理的反常邏輯，而淳樸的埃克利多年研究民間傳說，早就準備好了接受這些東西，因此相信了他的說法。至於最近的事態發展，雇工之所以不肯留下，應該是因為埃克利那些無知的鄉野鄰居和他一樣，也相信了有些詭異的怪物會在深夜包圍他的住所。當然了，狗叫個不停也是一個原因。

關於唱片錄音，我只能相信確實是透過他聲稱的手段錄製的。但肯定能夠解釋清楚，有可能是聽起來像是人類說話的動物叫聲，也可能是某些晝伏夜出的人類在交談，這種人已經退化到了比低等動物好不到哪兒去的境地了。想到這裡，我的思緒回到了刻有象形文字的黑色石塊上，忍不住開始猜測它可能代表著什麼。我又想到了埃克利說他想寄給我的照片，引得老人深信不疑且驚恐不已的究竟是什麼呢？

重讀這封密密麻麻的手寫信件時，我忽然前所未有地覺得，我那些聽風就是雨的對手也許比我所認為的更接近真相。儘管民間傳說中所謂的星際怪物不可能存在，但偏僻山嶺中說不定居住著一些被社會排斥的畸形怪人。假如確實如此，洪水中漂來的怪異屍體也就沒有那麼令人難以置信了。就此認為古老傳說和新近報導有著這樣的現實基礎是不是過於武斷了呢？雖然我胸中泛起如此的種種疑慮，但想到亨利．埃克利瘋話連篇的怪異來信居然讓我有了這麼離奇的念頭，我還是感到羞愧萬分。

最後，我還是用友善而感興趣的語氣給埃克利寫了回信，請他提供更進一步的詳細情況。他的回信幾乎和返程的郵車來得一樣快，他兌現了承諾，這封信裡有一些用相機拍攝的實景和物體的照片，用以說明他在前一封信中講述的事情。我將照片從信封裡取出來，第一眼看去就讓我感到了古怪的恐懼感，就好像我正在接近某種禁忌之物。儘管大多數照片相當模糊，但它們擁有一種詛咒般的暗示力量，而它們都是真實照片的事實又增強了這種力量：照片為觀察者與被觀察物體建立了最直接的視覺聯繫，是不容偏見、差錯和虛假存在的客觀傳輸過程的產物。

我看得越久，就越是確定我認為埃克利和他的故事自有其嚴肅之處的判斷並非毫無道理。毋庸置疑，這些照片就是決定性的證據，佛蒙特的群山中有一些事物遠遠超出了我們通常的知識範圍和邏輯信念。其中最可怕的就是腳印，照片拍攝的腳印位於陽光照耀下的某個荒僻高地的泥濘小徑上。這可不是什麼廉價的偽造贗品，我一眼就敢確定；視野中鵝卵石和草葉的清晰線條給出了明確的物體比例，二次曝光這種花招在其中沒有容身之處。我說那些痕跡是「腳印」，實際上更合適的稱呼是「爪印」。即便到現在，我還是難以準確地描述它，只能說它是某種醜惡的螃蟹類生物留下的印痕，而且很難推測出它的行進方向。痕跡不是很深，也不是剛剛留下的，尺寸和普通人的腳印差不多。從中央落地點開始，幾對鋸齒小螯朝兩個方向延伸，假如這個物體只是個運動器官，那麼其具體功用委實令人困惑。

另一張照片似乎是在暗處用長時間曝光拍攝的，畫面中是森林中的一個岩洞，形狀規則的圓形巨石堵住了洞口。岩洞前的地面光禿禿的，能夠勉強分辨出密集如網的古怪痕跡，我用放大鏡仔細查看照片，不安地發現它們很像前一張照片中的印痕。第三張照片是荒山頂端用豎立岩石擺出的德魯伊式圓環。神祕圓環四周的野草幾乎完全被踏平甚至磨光了，但就算用上放大鏡，我也沒有找到任何腳印。那個地方極度偏僻，杳無人煙的綿延山脈構成了畫面背景，一直伸展向霧氣瀰漫的地平線。

假如說這些照片中最令人不安的是腳印，那麼最讓人感到不可思議的就是在圓山森林中發現的那塊圓形黑色岩石了。看起來，埃克利拍攝照片時將它放在了書房寫字檯上，因為我能在背景中看見幾排書籍和一尊米爾頓的胸像。這東西，就我所能看出來的，以不規則的彎曲表面垂直面對鏡頭，寬高約為1英呎乘2英呎；但想要具體描述它的表面或整體形狀，那真就超出了語言能夠表達的範圍了。我甚至無從猜測它的切割遵循了何種怪異的幾何原理，但它經過了人工切割這一點是可以確定的。我從未見過任何東西比它更加怪異，更加毫無疑問地不屬於這個世界。至於岩石表面上的象形文字，我能看清楚的只有少數幾個，但只需要一、兩個就足以讓我驚駭不已了。當然了，它們有可能是偽造的，因為除我之外肯定還有別人也讀過阿拉伯瘋人阿卜杜．阿爾哈茲萊德那可怖可憎的《死靈之書》。但即便如此，我依然感到毛骨悚然，因為我認出了某些特定的象形文字，而我的學識讓我聯想到了一些褻瀆神靈、讓人血液凝固的傳聞，那些傳聞稱，在地球和太陽系的其他內側星球尚未成形前，曾經有過一族瘋狂的半存在物。

另外的五張照片中，三張拍攝的是沼澤和山嶺，畫面中似乎有某些詭祕的病態生物留下的痕跡。還有一張是地面上的古怪痕跡，非常靠近埃克利的住所，他說某天夜裡狗叫得特別凶，第二天早晨他就拍到了這張照片。痕跡非常模糊，你無法從中得出任何確定性的結論；但它確實透出絲絲邪氣，就像他在荒山上拍到的其他痕跡和爪印。最後一張照片是埃克利的住所，這幢整潔的白色房屋有兩層樓和一個閣樓，約有一百二十五年歷史，草坪修剪得很漂亮，石塊鑲邊的小徑通往喬治王朝風格的優雅雕花大門。草坪上有一位表情愉快的男人，他的灰色鬍鬚剪得很短，身旁蹲著幾條大型守門犬，我猜他就是埃克利本人，照片也是他自己拍的，從他左手裡連接真空管的閃光燈就能看出來。

看完照片，我開始閱讀密密麻麻的長信。接下來的三個小時，我沉浸在難以用語言描述的恐怖深淵中。埃克利在前一封信中只說了個大概的內容，在這封信裡給出了詳盡的細節；其中謄抄了他在夜晚森林中聽到的長篇對話，細述了他如何於黃昏時分在山間灌木叢中窺見醜陋的粉色怪物，還有一則恐怖的宇宙敘事，他與自封間諜而後自殺的瘋子有過大量交流，他運用自己淵博豐富的學識對其分析後總結出了這個結論。我發覺自己面對的是曾在別處聽說過的名字和術語，那些出處總和最可怖的事物聯繫在一起：猶格斯、偉大者克蘇魯、撒托古亞、猶格—索托斯、拉萊耶、奈亞拉托提普、阿撒托斯、哈斯塔、伊安、冷原、哈利之湖、貝斯穆拉、黃色印記、利莫里亞—卡斯洛斯、勃朗和*Magnum Innominandum*（拉丁文：不可言說的至高存在）；我像是被強行拖過無法計算的萬古歲月和難以想像的維度空間，來到屬於古老實體的世界，《死靈之書》的瘋狂作者也只能以最含糊的方式去揣測它們的存在。我在文字中看到了原始生命的深淵和從那裡滴淌而出的溪流，其中一條溪流分化出的蜿蜒細支最終和我們這個地球的命運交織糾纏在一起。

我的大腦暈眩混亂。以前我試圖用理性解釋一切事情，如今卻開始相信最反常和最難以置信的奇想。一系列的關鍵證據擺在眼前，多得可恨，讓我難以辯駁。埃克利冷靜的科學態度將源自精神錯亂、狂熱盲信、歇斯底里甚至妄自猜測的想像徹底排除在外，對我的思想和判斷產生了巨大的影響。到我放下那封可怕的信件時，我已經能夠理解他內心的恐懼從何而來了，也準備盡我所能阻止人們靠近那些有怪物出沒的荒山野嶺。哪怕到了現在，時間已經模糊了印象，我開始懷疑自己的經歷和恐怖的疑慮，埃克利那封信件中依然有一些內容是我不敢引用甚至訴諸文字的。我很高興那封信、那張唱片和那些照片現在都消失了。出於接下來會仔細闡述的原因，我希望人類永遠不會發現海王星外的那顆行星。

讀完那封信後，我永久性地結束了對佛蒙特恐怖事件的公開辯論。對手提出的質疑，我或者置之不理，或者答應以後再說，這場風波於是漸漸淡出了人們的記憶。從五月下旬到六月，我不間斷地與埃克利保持通信，但偶爾會有一、兩封信件遺失，而我們就不得不努力回憶進度，耗費極大的精力重寫一遍。大體而言，我們想完成的事情是對照我們各自在晦澀的神話學方面的研究成果，在佛蒙特恐怖事件與作為整體存在的原始世界傳說之間建立更明確的聯繫。

首先，我們幾乎完全確定了，這些病態怪物和可怖的喜馬拉雅米戈是同一種夢魘化身。我們還饒有興致地做了一些動物學的推測，要不是埃克利曾強調過絕對不能向其他人透露此事，我肯定會向我所在大學的戴克斯特教授請教一二。此刻我之所以會違反他的禁令，只是因為我認為在目前這個階段，比起保持沉默更有利於公共安全的是提醒大家遠離佛蒙特的荒僻山嶺，也請越來越有決心要征服喜馬拉雅山脈的勇敢探險家多加注意。我們齊心協力想解決的另一個難題是破譯那塊邪惡黑石上的象形文字，這將幫助我們掌握一些尚無人知曉的更隱祕、更令人驚異的祕密。

臨近六月末，唱片終於寄到。埃克利不敢信任從他那裡向北的郵寄線路，於是選擇從布萊特爾博羅寄給了我。他早已感覺受到了刺探，隨著部分信件的丟失，這種感覺更是越來越強烈。他多次提到某些人的詭祕舉動，他認為這些人是隱藏生物的爪牙和間諜。他的首要懷疑對象就是那個陰沉的農民沃爾特・布朗，此人獨自住在靠近密林的破敗山間小屋中，經常有人看見他在布萊特爾博羅、咆哮瀑布鎮、努凡和南倫敦德里的街頭巷尾遊蕩，行為不但莫名其妙，而且似乎漫無目的。埃克利幾乎可以確定，他在某個場合偷聽到的一場可怕交談中，裡面有一個聲音就屬於布朗。他還曾經在布朗住處附近發現過一個腳印或爪印，這其中寓意最凶險的一點在於，那個印痕就出現在布朗本人的腳印不遠處，而布朗的腳印是向著它而去的。

因此，埃克利開著轎車穿過佛蒙特鄉間的荒僻道路，來到布萊特爾博羅將唱片寄給我。在隨唱片寄來的字條上，他承認他已經開始畏懼那些道路，除非是陽光燦爛的大白天，否則他甚至不敢去湯申德採購生活用品。他一次又一次地向我重複，只要不遠離那些寂靜而可疑的山嶺，那麼知道得太多絕對沒有好處。他很快就要遷居加利福尼亞，與兒子一同生活，但想要放棄一個寄託了所有記憶和祖輩感情的地方又談何容易。

我從大學行政科借來了一臺商用唱片機，將唱片放上去之前，我又仔細閱讀了一遍埃克利在多封信件中對此事的說明。按照他的說法，這張唱片錄製於一九一五年五月一日凌晨1點左右，地點是一個岩洞被封死的洞口附近，岩洞位於黑山西麓從李氏沼澤升起的山坡上。那個地方時常傳出奇異的聲音，因此埃克利才會帶著電唱片機、拾音器和空白唱片滿懷期待地前往那裡。先前的經歷告訴他，五朔節前夕，也就是歐洲隱祕傳說中可怖的魔宴之夜，比其他日子更有可能有所收穫，事實上他也沒有失望。但值得注意的是，從此之後他再也沒有在那裡聽到過任何類似的聲音。

與他在森林中聽到的其他交談聲不同，記錄在唱片上的聲音類似於某種儀式，其中有一個聲音很可能屬於人類，但埃克利也不敢斷定。那個聲音的主人不是布朗，更像是個教養良好的男人。但第二個聲音才是整段錄音的關鍵，因為那是個可怕的嗡嗡聲，與人類的說話聲毫無相似之處，但它說出的字詞卻完全符合英語語法，甚至帶著一絲學者口吻。

用於錄音的留聲機和拾音器並不是始終運轉良好，他偷聽的儀式離他較遠，聲音又被岩洞擋住了大部分，而他所處的位置也不利於錄音；因此最終他只錄到了一些支離破碎的片段。埃克利給了我一份他根據錄音整理的謄抄文本，在裝配機器開始播放前，我又大致瀏覽了一遍。那些文字中並沒有赤裸裸的恐怖，而是蘊含著陰森和詭祕，但在知道其來源和獲取手段的情況下，它們就擁有了與之相關的全部恐怖，超過了任何文字的承載能力。我將按我的記憶複述如下，我相信我的記憶準確無誤，不僅因為我讀過謄抄的文字，還因為我無數遍地播放過這段錄音。那可不是一個人能輕易忘記的東西！

（難以辨別的聲音）

（一個有教養的男性人類聲音）

██是森林之主，甚至對██也是冷原人的禮物██因此從黑夜源井到空間深淵，從空間深淵到黑夜源井，永遠飄蕩著對偉大者克蘇魯的頌揚，對撒托古亞的頌揚，對不可言說的至高存在的頌揚。對它們的頌揚必將永在，森林之黑山羊將繁衍昌盛。咿呀！莎布██尼古拉斯！孕育萬千子孫的山羊！██

（摸仿人類說話的嗡嗡聲）

咿呀！莎布██尼古拉斯！孕育萬千子孫的森林之黑山羊！

（人類聲音）

看哪！森林之主來了，正在██七和九，走下石華的臺階██（祭）品獻給深淵中的它，阿撒托斯，汝教授我們萬種奇（蹟）██以黑夜之翼穿越

空間，穿越那█給猫格斯，最年輕的孩子，在邊緣的黑色以太中孤獨旋轉█

（嗡嗡聲）

█去人類之中，找到道路，深淵中的它也許會知道。一切都必須告訴奈亞拉托提普█偉大的信使。它將換上人類的偽裝，蠟質的面具和掩蓋的長袍，從七日之界降臨，去嘲笑█

（人類聲音）

█（奈亞）拉托提普，偉大的信使，穿越虛空為猫格斯帶去奇異歡愉的奈亞拉托提普，百萬蒙寵者之父，闊步行於█

（錄音結束，聲音戛然而止）

這就是我開始播放後聽到的字詞。我帶著一絲油然而生的恐懼和不情願放下唱臂，聽著藍寶石唱針頭刮過唱片外圈的聲音，我很高興首先響起的模糊而斷續的字詞來自人類之口，那個聲音渾厚而有教養，似乎有點波士頓口音，肯定不是佛蒙特的山嶺村夫。我聽著那個微弱但挑動心弦的聲音向下唸誦，埃克利仔細謄錄的這段文字像是浮現在眼前。那個聲音用渾厚的波士頓口音吟誦……「咿呀！莎布—尼古拉斯！孕育萬千子孫的

山羊！……」

就在這時，我聽見了另一個聲音。雖說埃克利的敘述已經讓我做好了準備，但直到此刻，回想當時的震撼，我依然會顫抖不已。後來，我也向其他人描述過這段錄音，他們卻認為那只是拙劣的偽造物或瘋子的胡言亂語。但如果他們親耳聽過那張受詛咒的唱片，或者讀過埃克利的長篇敘述，尤其是充滿恐怖細節的第二封信件，那麼他們的想法就會完全不一樣了。說到底，都怪我沒有違背埃克利的意願，播放錄音給其他人聽，而他寫給我的所有信件又全部遺失，這同樣是一個巨大的遺憾。我擁有對那些真實聲音的第一手印象，也了解事件背景和相關情況，因此對我來說，這個聲音就可怕得難以置信了。它緊跟著人類聲音響起，儀式性地應和前一個聲音，但在我的想像中，這個讓人毛骨悚然的回應來自無法想像的外層地獄，穿過了無法想像的黑暗深淵，自己拍打著翅膀飛進我的耳朵。我有兩年多未曾播放過那張褻瀆神聖的唱片了，但過去的每時每刻，乃至此時此刻，我都能聽見這個微弱的、夢魘般的嗡嗡聲，清楚得就像我第一次聽到它那樣。

「咿呀！莎布—尼古拉斯！孕育萬千子孫的森林之黑山羊！」

儘管這個聲音始終迴蕩在我的耳畔，但我始終無法準確地解析它，從而將它形象地描述出來。它就像某種噁心的巨型昆蟲在用嗡嗡聲笨拙地模仿異族語言，我非常確定發

出聲音的器官與人類或任何哺乳動物的發聲器官毫無相似之處。這個聲音無論是音色和音程，還是使其徹底脫離人類和地球生命範疇的泛音，都有著獨一無二的特點。它的出現是那麼突兀，第一次聽到幾乎嚇昏了我，我在茫然的暈眩中聽完了剩下的部分。嗡嗡聲唸誦出更長的第二段話時，聽比較短的第一段話時產生的無限邪惡感更是加強了許多倍。錄音在波士頓口音男子清晰異常的吟誦中戛然而止，機器自動停止播放，我卻傻坐在那裡，久久地盯著機器。

毋庸贅言，後來我反覆播放這張讓人震驚的唱片，參照埃克利的筆記，想盡方法研究和分析其中的蘊意。在此重複我們得出的全部結論既毫無用處又令人不安，但簡單說來，就是我和埃克利都同意，我們找到了一條線索，這條線索通往神祕而古老的人類宗教中某些極為可憎的原始習俗。在我們眼裡，同樣顯而易見的是隱藏的外來生物與人類中的某些成員有著古老而錯綜複雜的同盟關係。這種同盟關係有多麼廣泛或深入，現狀與過去相比有什麼變化，我們實在無從猜測，但這條線索至少創造出了一個供我們提出無數恐怖猜測的空間。人類與無名虛無之間似乎存在某種可怖而古老的聯繫，這種聯繫有數個明確的階段。它意味著，在地球上出現的邪惡魔物來自位於太陽系邊緣的黑暗星球猶格斯，但猶格斯本身只是某個可怕的星際種族的前哨站，這個種族的真正起源還在更遙遠的地方，甚至遠在愛因斯坦時空連續體或最寬泛的已知宇宙之外。

另一方面，我們繼續討論那塊黑色岩石以及將它安全地運到阿卡姆來的辦法。埃克利不建議我去探訪他噩夢般的研究現場。出於某些原因，埃克利不敢將石塊託付給人們能夠想到的一般運輸路線。最後，他決定帶著石塊穿過整個縣去咆哮瀑布鎮，利用波士頓經基恩、溫徹頓和菲奇堡等地至緬因的鐵路寄給我，雖說這麼一來，他就不能沿著幹線公路去布萊特爾博羅，而是不得不走一些更偏僻的穿林道路了。他說他在寄出唱片那天，注意到一個人在布萊特爾博羅的郵局附近徘徊，舉止和表情都非常令人不安。這個人似乎很想和工作人員交談，後來還跳上了運輸唱片的那列火車。埃克利說，在得知我順利收到唱片前，他始終有些提心吊膽。

就在這個時候，也就是七月的第二週，我寫給他的一封信又寄丟了；埃克利寄來一封焦急的詢問信，我這才知道這件事。經過這場風波，他請我不要再使用湯申德的地址了，而是將所有信件都寄到布萊特爾博羅的郵政總局。他經常去布萊特爾博羅看看，或者自己開車，或者搭乘公共汽車——公共汽車近來取代了火車支線上緩慢的客運服務。我能覺察到他正變得越來越焦慮，因為他詳細地描述了守門犬在無月之夜越來越頻繁的吠叫，還有多次清晨他在道路和後院泥地上發現的新鮮爪印。有一次他說他見到了密密麻麻的印痕，對面是同樣密集和堅決的守門犬爪印，並隨信寄來令人不安的照片證明此事。拍下這張照片的前一晚，守門犬的吠叫和咆哮前所未有地激烈。

七月十八日星期三上午，我收到了來自咆哮瀑布鎮的電報，埃克利稱他透過波緬鐵路的5508次列車寄出了黑色岩石，列車於標準時間中午12點15分離開咆哮瀑布鎮，按計畫將於下午4點12分抵達波士頓北站。根據我的計算，岩石最遲將在明天下午送到阿卡姆，因此星期四我為此等了一個上午。可是，中午來了又去，石塊卻沒有出現，於是我打電話給郵局，得知沒有收到給我的包裹。我頓時慌張起來，立刻打電話給波士頓北站的貨運代理，驚恐地得知寄給我的東西根本沒有到站。前一天的5508次列車只晚點了三十五分鐘，車上沒有任何包裹的收件人是我。貨運代理向我保證，他會請公司展開調查。那天我做的最後一件事就是連夜寄信給埃克利，向他陳述我遇到的情況。

第二天下午，波士頓貨運辦公室就以值得誇獎的速度完成了調查，代理人得知情況後立刻打電話給我。5508次列車上的貨運職員回憶起了很可能與丟失郵件有關的一件事情：標準時間下午1點剛過，列車在新罕布夏州基恩停車等待，他和一名男子有過一場爭執，這名男子的聲音非常怪異，身材瘦削，沙黃色頭髮，看上去像個鄉下人。

他說，這名男子看見一個很重的盒子，變得非常激動，聲稱那是他等待的包裹，但列車上和公司登記冊中都沒有相關記錄。他自稱名叫斯坦利·亞當斯，說話的聲音含混不清，帶著怪異的嗡嗡聲，使得那位職員感覺到異乎尋常的眩暈和昏昏欲睡。職員不記得他們的對話是如何結束的，只記得列車開動時，他忽然一下子驚醒過來。波士頓辦公室的代理人還說，這名職員雖然年輕，但在誠實和可靠方面都毫無疑問，履歷清白，已經在公司工作了很長時間。

我向代理人問到那位職員的姓名和住址，當晚就趕往波士頓與他面談。這是一位坦誠而討人喜歡的年輕人，但我發現他無法為先前的敘述增加更多細節了。奇怪的是，他不敢確定他還能不能認出那個來打聽包裹的怪人。我意識到他沒什麼可說的了，於是返回阿卡姆，熬夜寫信給埃克利、貨運公司、警察局和基恩車站的貨運代理人。那個聲音怪異的男人對貨運職員施加了詭異的影響，我感覺他在這場不祥事件中肯定扮演了一個關鍵角色，希望基恩車站的雇員和電報局的記錄能揭出他的一些情況，還有他是何時何地用何種方式向貨運職員打聽包裹的。

可是，我不得不承認，我的所有調查都一無所獲。七月十八日中午過後，確實有人在車站附近見到過聲音怪異的男人，有一名散步者模糊記得此人與一個沉重的盒子有什麼聯繫；但沒有人認識他，在此之前和之後都沒有人見過他。就目前所知的情況來看，他沒有去過電報局，沒有收過任何信件，貨運公司也沒有向任何人透露過那塊黑色岩石就在5508次列車上。埃克利當然也在到處打聽，甚至去了一趟基恩，詢問車站附近的人們；但他對此事的態度比我更加聽天由命。他似乎認為盒子的丟失符合某種不可避免的趨勢，是其中一個不祥而凶險的環節，對找到它並不抱什麼真正的希望。他說深山怪物和它們的間諜無疑擁有心靈感應和催眠的能力，並在一封信中含蓄地說他不認為石塊還在我們的地球上。而我當然被激怒了，因為我本來以為我至少有希望能從那些古老模糊的象形文字中解讀出一些令人震驚的隱祕事情。要不是埃克利隨後的信件將山嶺異事提高到了一個新的階段，立刻吸引了我全部的注意力，否則我肯定會長時間地遺憾下去。

4

埃克利用顫抖得令人憐憫的筆跡寫道，未知怪物似乎徹底下定決心，開始逐漸逼近他。每逢月光黯淡或沒有月亮的夜晚，守門犬的吠叫就會變得聲嘶力竭。白天他不得不經過一些偏僻小路時，怪物也會企圖滋擾他。八月二日，他開車去村裡，在一段穿過密林的公路上被一截樹幹擋住了去路；陪在身旁的兩條大狗瘋狂吠叫，因此他很清楚怪物就潛伏在附近。要是身旁沒有這兩條守門犬，他都不敢想像自己會遇到什麼，還好他現在出門時總會帶上至少兩條忠心耿耿的強壯大狗。八月五日和六日在路上也發生了事故，一次是子彈擦過他的車，另一次是狗在車上狂吠，說明森林裡的邪惡怪物離他不遠。

八月十五日，我收到一封語氣狂亂的信，使得我極度惶恐不安，我真希望埃克利能放下他孤僻寡言的習慣，向執法部門尋求幫助。十二至十三日夜間發生了可怕的事情，他的農舍外子彈亂飛。第二天早晨，他發現十二條大狗中有三條中彈身亡。路面上能看見為數眾多的爪印，其中還混雜著沃爾特．布朗的人類腳印。埃克利打電話到布萊特爾博羅，想再訂購一批守門犬，但他還沒來得及說話，電話就斷了。於是他開車去了布萊特爾博羅，得知維修工在努凡以北的荒山中發現電話主線纜被整整齊齊地切斷了。他弄到四條健壯的大狗，還為他的大口徑獵槍買了幾盒子彈，然後準備回家。這封信是他在布萊特爾博羅郵局寫的，沒有任何延誤就送到了我手上。

到了這個時候，我對此事的態度迅速從科學客觀變得關乎個人。我既擔心居住在荒僻農舍裡的埃克利，也擔心我自己的安危，因為我已經和深山裡的怪事建立起了無可辯駁的聯繫。魔物正在伸出魔爪，它會將我捲進去，將我徹底吞噬嗎？我在回信中敦促他向官方尋求幫助，並表態說假如他不採取行動，那麼我就只好自己上了。我說無論你多麼不願意，我都打算親自前往佛蒙特，幫助他向合適的政府部門解釋這整件事。可是，我得到的回應卻是從咆哮瀑布鎮發來的一份電報，抄錄如下：

感謝支持，但我無能為力。請勿採取行動，否則只會傷害你我。待後解釋。

亨利．艾克利

但情況還在持續惡化。我回覆電報之後，收到了埃克利寄來的一張潦草字條，信中的消息令我震驚。他說他不但沒有向我發出電報，也沒有收到我先前的那封回信。他匆忙趕去咆哮瀑布鎮，得知發電報的是一個沙黃色頭髮的怪人，說話時含混不清，帶著嗡嗡聲，但除此之外就什麼都不清楚了。電報局的職員出示了寄件者用鉛筆寫的電報原文，埃克利從未見過這個潦草的筆跡。值得注意的是寄件者簽錯了名字：艾克利，而不是埃克利。這不免讓人聯想起了一些事情，迫在眉睫的危機也沒能攔住他向我描述詳細的情況。

他說守門犬又死了幾條，他只好繼續購入，還說開槍已經成了無月夜晚的必備戲碼。布朗和其他至少一、兩個穿鞋人類的腳印，越來越頻繁地出現路面和後院的爪印之間。埃克利承認事態已經徹底惡化，無論能不能賣掉祖宅，他恐怕都只能去加利福尼亞和兒子生活了。但要一個人拋棄他心目中真正的家園實在不容易。他必須再堅持一段時間，也許能嚇走那些入侵者——尤其是他已經公開放棄刺探它們祕密的一切企圖了。

我立刻回信，重申我願意提供幫助，再次提到我想去探望他，協助他說服相關部門，證明他面臨著緊迫的危險。在回信中，埃克利似乎改變了他過去的態度，沒有堅決反對我的建議，只說他希望能再拖延幾天，整理行李，說服自己放棄他珍視得幾近病態的出生地。人們一貫用懷疑的眼光看待他的研究和推測，他最好還是安安靜靜地離開，免得引起村民騷動，人們懷疑他的神智是否健全。他承認他受夠了，但就算是敗退，他也想盡量保持體面。

八月二十八日，我收到了這封信，我寫了一封盡可能振奮人心的信寄給他。我的鼓勵看起來收到了效果，埃克利回信表示感謝時，提到的可怖事件少了許多。當然，他的態度也算不上樂觀，說他覺得這只是因為最近正值滿月。他希望未來能少一些烏雲滿天的夜晚，並含糊地提到，月虧之時他就會去布萊特爾博羅住旅店。我再次寫信鼓勵他，但九月五日我收到的來信明顯不是回信，看著這封信，我再也無法懷著希望給他回信了。鑑於這封信的重要性，我最好還是憑記憶盡量全文引用那封潦草的信件。大致如下：

星期一

親愛的威爾瑪斯——

對我的上一封信來說，這是多麼令人沮喪的附注啊。昨夜烏雲密佈，雖然沒有下雨，但也沒有一絲月光穿透烏雲。情況非常不妙，儘管我們曾經懷有希望，但我認為最終的結局正在迫近。午夜過後不久，有某種物體落在我的屋頂上，守門犬全都圍過來查看。我聽見牠們在怒吼和撕扯東西，有一隻甚至從矮廂房跳上了屋頂。屋頂上展開了可怕的搏鬥，我聽見了我永遠也不會忘記的恐怖的嗡嗡怪聲，還聞到了令人作嘔的氣味。就在這時，子彈打進窗戶，險些擊中我。我認為就在守門犬忙於應付屋頂上的東西時，深山怪物的主力軍逼近了我的住所。我到現在也還是不知道究竟是什麼東西落在了屋頂上，但我擔心的是怪物已經學會了利用星際翅膀在地球上飛翔。我關掉燈，從窗口向外射擊，用獵槍向稍高於守門犬的高度掃射了一圈。這似乎打退了它們的進攻，第二天早晨，我發現院子裡有幾大灘血跡，血跡旁邊是幾灘黏糊糊的綠色物質，這種物質散發出我這輩子聞過的最難聞的氣味。我爬上屋頂，在屋頂上也發現這種黏稠物質。當晚死了五條狗，非常抱歉的是其中有一條可能是我瞄得太低而誤殺的，因為牠背部中彈。此刻我正在修理被子彈打碎的窗玻璃，然後我要去布萊特爾博羅再買幾條狗。養狗場的人多半會以為我瘋了。回頭再給你寫信。我在一、兩週內就會做好搬家的準備，但想到離開就好像要殺了我一樣。

埃克利急筆

這不是埃克利匆忙寫給我的唯一一封信。第二天也就是九月六日上午，我又收到了一封信。這次他的筆跡狂亂而潦草，讓我徹底陷入不安，不知道該怎麼回信，也不知道該做些什麼。我依然只能盡量憑記憶默寫原文。

星期二

烏雲沒有消散，還是不見月亮，再說本來也是月虧期了。要不是我知道它們會以最快速度切斷電纜，我一定會給屋子通上電，點亮探照燈。

我想我大概要發瘋了。我寫給你的所有內容也許只是一場夢或瘋狂臆想。先前的情況已經夠糟糕了，但這次終於超過了我的承受範圍。昨天夜裡，它們對我說話了——用那種受詛咒的嗡嗡聲，對我說了一些我不敢向你重複的事情。我在犬吠中清清楚楚地聽見了它們的聲音，有一次在嗡嗡聲被犬吠聲淹沒的時候，我還聽見了一個人類的聲音替它們說話。請遠離這件事，威爾瑪斯，它比你我能夠想像的還要可怕。它們不打算放我去加利福尼亞，而是想活捉我，更準確地說，是以理論上或精神上等同於活著的狀態抓住我；不是帶我去猶格斯，而是比猶格斯更遙遠的地方，銀河系之外甚至越過空間的彎曲邊緣。我說我不會去它們想帶我去的那個地方，更不願意以它們提議的那種恐怖方式去，但非常抱歉，我的反對毫無用處。我的住處過於偏僻，用不了多久，它們在白天也可以像在夜裡那樣隨意來往了。又死了六條狗，今天開車來布萊特爾博羅的一路上，我都能感覺到它們潛伏在路邊的森林裡。

我嘗試將唱片和黑色岩石寄給你就是個錯誤。請在為時已晚之前砸碎唱片。明天如果我還在，我會再寫一封信給你。希望我能整理好書籍和行李，到布萊特爾博羅住進旅店。要是可以的話，我願意拋下一切逃跑，但我思想中有某些念頭不許我這麼做。我可以逃到布萊特爾博羅，在這裡我應該是安全的，但我在這裡和在家中一樣，都像是被監禁的囚徒。我似乎明白，就算拋棄一切嘗試逃跑也走不了多遠。多麼恐怖啊，請千萬不要捲進來。

您的　埃克利

收到這封可怕的信，我徹夜無法入睡，對埃克利還餘下幾分健全的神智深表懷疑。這封信的內容完全瘋狂，但考慮到過去發生的種種事情，他這種表述方式也有一種可怕的說服力。我沒有嘗試回信，認為最好還是給埃克利一點時間，讓他先回覆我的上一封信。第二天，我真的等來了他的回信，但其中提到的新情況使得我的去信變得毫無意義。下面是我能夠回憶起的內容，這封信字跡潦草，沾著許多墨點，明顯是在極為狂躁和倉促的情況下寫出來的。

星期三

威——

來信收訖，但再討論任何事情都沒有用處了。我已經徹底認輸。不知道我還剩下多少意志力去抵擋它們。就算我願意放下一切逃跑，它們也會找到我的。

昨天我收到了它們的一封信，鄉村郵遞員在布萊特爾博羅交到我手上。這封信是用打字機打的，蓋著咆哮瀑布鎮的郵戳，描述了它們打算怎麼對待我——我無法向你複述。你自己也當心！毀掉那張唱片。這幾天夜裡都是烏雲密布，月亮還在繼續虧蝕。真希望我有足夠的勇氣去尋求幫助，別人的幫助也許能讓我鼓起勇氣，但敢來幫助我的人都肯定會說我是瘋子，除非我能拿出信得過的證據。我不可能毫無理由地邀請別人來我家，我已經好幾年不和周圍的人來往了。

但是，威爾瑪斯，我還沒有告訴你最可怕的事情呢。請在讀下去之前做好準備，因為你肯定會感到震驚。不過我保證這些都是真實發生過的。是這樣的：我親眼見到並觸碰過了它們中的一員，更準確地說，是它們中一員的一部分。上帝啊，朋友，太恐怖了！當然，它已經死了。我的一條狗逮住了它，今天早晨我在狗舍附近發現了它的屍體。我想將它存放在柴房裡，這樣就有證據用來說服別人了，但幾小時後屍體就蒸發殆盡了。什麼也沒有留下。您還記得吧？人們只在洪水過後的第一天早晨見過河裡漂著奇怪的屍體。而最可怕的一點是，我想拍照寄給您，但當我沖洗底片時，卻發現照片裡只有柴房。那東西是由什麼構成的？我親眼見過也摸過它，而且它們還留下了腳印。它無疑是由物質構成的，但究竟是什麼物質呢？我難以描述它的形狀。它像巨大的螃蟹，在應該長著頭部的地方，卻是粗壯厚實之物構成的許多錐形肉環或肉瘤，上面還覆蓋著不計其數的觸鬚。綠色黏稠物質是它的血漿或體液。每一分鐘都有更多的這種怪物來到地球。

沃爾特．布朗失蹤了，我沒有在附近幾個村鎮他經常出沒的路口拐角見到他。我開槍時肯定打中了他，那些怪物似乎總會盡量帶走死傷者。

今天下午我去了鎮上，沒有遇到任何麻煩，但我猜它們之所以按兵不動，是因為確定我已經無路可逃。我正在布萊特爾博羅寫這封信。也許就是永別了——假如確實如此，請寫信給我的兒子喬治．古德伊納夫．埃克利，地址是加州聖地牙哥喜悅街176號。千萬不要來這裡。假如一週後還是沒有我的消息，也沒有在報紙上看見我的新聞，那就寫信給我兒子。

我還有最後兩張牌可打，希望我還擁有足夠的意志力。首先是嘗試用毒氣對付它們（我弄到了所需要的化學品，為我和狗準備好了防毒面具），要是不成功，那我就去找治安官。假如他們認為我不正常，可以將我關進精神瘋人院——總比那些怪物打算對我做的事情強。也許我能讓治安官注意到屋子周圍的腳印，印痕雖說很淺，但我每天早晨都能發現。不過，治安官也許會說是我偽造的，因為他們全都認為我是個怪人。

我必須想辦法請一位州警來我家過夜，讓他自己看個清楚，但也有可能怪物知道屋子裡有外人，於是就不出現了。夜裡只要我想打電話，它們就會切斷線路，維修工認為很奇怪，只要他們不認為是我自己幹的，也許就會為我作證。我已經有一個多星期沒有請他們來重新接線了。

我可以請幾個無知村民幫我證明那些恐怖怪物確實存在，但別人只會嘲笑他們說的話，再說他們從很久以前就開始遠離我的住所，因此並不清楚最近的進展。那些愚昧的農民，無論是為了人類的情誼還是金錢，都不肯來到我家一英哩之內。郵遞員聽見他們的交談，還拿我開玩笑來著——天哪！真希望我能告訴他，這一切有多麼真實！我想我可以試著讓郵遞員看看腳印，但他每次來都是下午，腳印到那時候總是已經消失了。假如我用盒藍子或平底鍋罩住一個腳印，他肯定會認為是偽造的或者我在開玩笑。

真希望我沒有過上這種隱士生活，親友們可以繼續登門拜訪。除了那些無知村民，我不敢向任何人播放那段錄音、展示黑色石塊或照片。其他人會說所有東西都是我偽造的，對此一笑置之。但我還是打算向大家展示那些照片。儘管怪物本身無法留下影像，但爪印拍得非常清晰。怪物的屍體在消失得無影無蹤前沒有被其他人見到，真是可惜！

但我不知道我還在不在乎。經歷了這麼多事情，瘋人院都算是個好去處了。醫生可以幫助我下定決心離開這幢屋子，那樣就足以拯救我了。

假如近期再也沒有我的消息，請寫信給我的兒子喬治。再會了，砸碎唱片，不要捲入此事。

您的

埃克利

實話實說，這封信將我投入了最黑暗的恐懼。我不知道該怎麼回信，只能前言不搭後語地寫了些建議和鼓勵，用掛號信寄給埃克利。我記得我在信裡敦促埃克利立刻前往布萊特爾博羅，將他置於執法部門的保護之下；我還說我會帶著唱片去那個小鎮，向法庭證明他神智健全。我記得我還說，現在該提醒人們留意混在他們之中的怪物了。不難看出，在這個緊要關頭，我對埃克利的全部言行已經深信不疑。不過，我認為未能拍到怪物屍體的照片確實是他的失誤，是他過於激動而一時疏忽，而不是怪物真的那麼違背自然。

5

九月八日星期六下午，我又收到了一封信，顯然不是在回覆我那封前言不搭後語的去信；這封信與以前那些信件毫無相似之處，語氣平靜而鎮定，字跡整齊，是用一臺新打字機打出來的；這封奇怪的信件旨在安慰和邀請我，無疑標誌著偏僻山嶺中噩夢般的事件發生了巨大的轉折。我再次根據記憶引用原文，出於某些特定的原因，我希望能盡量保留原文的韻味。這封信蓋著咆哮瀑布鎮的郵戳，簽名和正文一樣，也是用打字機打出來的；對於剛使用打字機的新手來說，這倒是不足為奇。但信件本身卻準確得令人驚嘆，不可能出自初學者之手；我得出的結論是埃克利以前肯定使用過打字機，比方說在大學裡。這封信自然讓我鬆了一口氣，但在輕鬆之下依然有不安的暗流在湧動。假如埃克利在驚恐中依然神智健全，那麼他在鎮定下來之後是否仍舊正常呢？至於信中提到的「改善親睦關係」……那是什麼意思？比起埃克利先前的態度，這封信簡直是個一百八十度的大轉彎！這裡大致是這封信的原文，根據我頗為自豪的記憶力默寫如下：

湯申德，佛蒙特

一九二八年九月六日，星期四

我親愛的威爾瑪斯：

我懷著極大的欣喜寫信給您，希望您能對我之前告訴你的那些傻事放下心來。對，我確實用了「傻事」二字，但我指的不是我所描述的那些怪異現象，而是本人驚恐的態度。那些現象是真的，而且意義重大。我的錯誤在於本人以不正確的反常態度看待它們。

我記得我提到過，那些奇異的訪客開始和我交流，嘗試與我溝通。昨天夜裡，這種交流終於成為了現實。為了回應某些特定的信號，我請一位外來者的信使走進家門；允許我補充一句，這位信使是和你我一樣的人類。他講述了許多你我甚至不敢想像的事情，向我證明我們完全誤判和曲解了外來者在地球建立祕密基地的目標。

有關它們給人類帶來過什麼傷害、它們希望與地球建立什麼關係的邪惡奇談，似乎完全是對象徵性言語的無知誤解的產物，而塑造言語的是我們連做夢都無法想像其差異的文化背景和思維習慣。我本人的猜想，我的妄自揣測，與任何不識字的農夫還有野蠻的印第安人的猜測一樣，都遠遠偏離了原意。我原先認為是病態、可鄙甚至墮落的事物，實際上令人敬畏、大開眼界甚至輝煌壯美。我以前的猜想不過是人類永恆不變的思維定勢的一個階段：我們總會憎恨、恐懼和逃避與我們迥然不同的事物。

現在我真是懊悔不已，因為我在夜間交火中誤傷了這些不可思議的外來生物。假如我從一開始就用理性與它們和平交談就好了！但它們並不怨恨我，它們的情感構成與我們完全不同。它們最大的不幸就是在佛蒙特找了一些最低級的角色充當代言人，比方說已故的沃爾特·布朗，正是他使得我對它們產生了極大的偏見。事實上，它們從不蓄意傷害人類，反而時常遭到人類殘忍的虐待和窺探。有一群邪惡人類組成了一個祕密異教，我將他們與哈斯塔(注)和黃色印記聯繫在一起，您這樣精通神祕學的人肯定明白我的意思；他們代表著來自其他維度的某些恐怖力量，致力於追蹤並傷害我遇到的這種外來生物。外來者採取的激進的預防措施不是為了對付普通人類，而是為了對付這些攻擊者。順便說一句，我得知我們丟失的信件不是被外來者偷走的，而是那個邪惡異教的使者。

這些外來者對人類的全部希望就是和平相處、互不干涉和在知識方面逐步

注 舊日支配者之一，化身之一為「黃衣之王」。

建立親睦關係。最後這一點有著絕對的必要性，因為人類的發明和機械擴大了知識和行動能力，外來者必須維持的前哨基地越來越難以保守祕密。外來者願意更全面地了解人類，也希望人類在哲學和科學方面的少數領軍人物更進一步了解它們。有了知識的交流，所有危機都會過去，雙方可以建立起令人滿意的共榮關係。認為它們企圖奴役或侮辱人類的想法是荒唐可笑的。

作為改善親睦關係的起點，外來者自然而然地選擇我擔任它們在地球上的首席翻譯官，因為我對它們已經擁有相當可觀的了解。昨夜我得知了許多事情，都是最令人震驚和開拓視野的知識，隨後它們還會透過口頭和文字告訴我更多的知識。近期它們還不希望我去外部空間旅行，不過以後很可能會在我的堅持下成行，但必須透過特殊的方式，那將提升我們已經習慣了的一切人類體驗。我的住所將不再被圍困。一切都會恢復原狀，我也不再需要守門犬了。恐懼煙消雲散，取而代之的是極少有人類得到過的知識的恩賜和智力的冒險。

在所有的時間和空間內外，這些外來者很可能都是最奇妙的有機生命體。它們屬於一個廣布宇宙的種族，其他生命形式都只是它們退化的變種。假如人類術語也能用來描繪構成它們身體的物質，那麼可以說它們更接近植物而非動物，還擁有某種接近真菌的構造。它們體內含有類似於葉綠素的物質，營養系統的結構非常獨特，使得它們完全不同於我們的有杆真菌類。事實上，構成這個種族的物質完全相異於我們的這部分空間，電子的振動頻率徹底不同，因此已知宇宙中的普通膠片和感光板都不可能拍到它們的影像，只有我們的眼睛能看見它們。不過，在正確的知識幫助下，優秀的化學家可以調配出某種感光乳劑，從而記錄下它們的影像。

這個物種有一點是獨一無二的，它們能單憑肉身穿越沒有熱量和空氣的星際虛空，但部分變種若是沒有機械的幫助或奇妙的手術移植就無法做到。只有寥寥無幾的一些群落長有可以搧動以太飛翔的翅膀，佛蒙特變種就是其中之一。棲息於舊世界某些偏僻山峰中的變種是以其他方式來到地球的。它們與佛蒙特變種是平行演化的不同分支，沒有密切的血緣關係，從外表看更接近動物生命，構造也類似於我們理解中的物質。它們的腦容量超過了現存的其他所有物種，但生活在佛蒙特鄉野間的有翼變種無疑是整個種族內大腦最發達的。它們平時透過心靈感覺進行交流，但也擁有冗餘的發聲器官，在微小的手術後（它們的外科手術水準極為發達，同時也極為平常），能夠大致模仿依然靠聲音溝通的有機生物的語言。

它們與地球最近的主要聚居地是太陽系內一顆尚未發現的行星，這顆行星幾乎不發光，位於太陽系的最邊緣處，還在海王星之外，是從太陽向外的第九大行星。正如我們之前的推測，古老典籍和禁忌著作中以「猶格斯」之名暗示其存在的神祕天體就是它。為了推動和促進精神上的親睦關係，它很快就會成為我們世界的思想匯聚的奇異之地。若是天文學家變得對這些思維流足夠敏感，他們就會按照外來者的意願發現猶格斯，我對此絕對不會感到驚訝。然而，猶格斯當然只是一塊墊腳石。這種生物的主要生活在結構奇異的深淵之中，那裡完全超出了人類想像力的極限。我們以為等價於宇宙的時空球體在他們所認知的無垠永恆中只是一顆原子。而這浩瀚得超乎人類大腦所能承載的無垠永恆最終也將向我開放，有史以來能夠享此殊榮的人類還不到五十位。

您剛開始多半會認為這是我的胡言亂語，但是，威爾瑪斯，總有一天，您將明白我偶然碰到的這個機會是多麼巨大。我希望您能盡可能地與我分享一切，為此我必須向您透露千千萬萬件不能記錄在紙上的事情。過去我不允許您來見我，但現在已經安全了，我非常樂意收回我的警告，邀請您來做客。

不知您是否願意在大學開學前來一趟？要是您願意，我將感到萬分榮幸。請帶上那張唱片和我寫給您的全部信件，這些是可供參考的素材，我們將需要它們幫我們拼湊起令人驚嘆的前因後果，最好也帶上那些照片，因為我最近忙中出錯，弄丟了底片和我手上的照片。天哪！我要在那些摸索和猜測之上增加多麼豐富的事實，還要為這些事實補充一個多麼宏大的構想啊！

不要猶豫了。現在已經沒有間諜在刺探我了，您也不會遇到任何反常和令人不安的事情。您直接來就好，我可以讓我的車在布萊特爾博羅火車站等您——您願意待多久都可以，我期待能夠與您徹夜暢談超乎人類想像的許多事情。當然了，請不要告訴其他人，因為這件事還不能讓普羅大眾知道。

布萊特爾博羅的列車服務還不錯，您可以在波士頓要一份時刻表。您不妨先走波緬鐵路到格林菲爾德，然後換乘短途列車。我建議您搭標準時間下午4點10分從波士頓出發的那一班，抵達格林菲爾德是7點35分。9點19分發車的短途列車抵達布萊特爾博羅是10點01分。這是工作日的時間表。請告訴我具體日期，我會將車留在車站等您。

請原諒我用打字機寫信，但如您所知，最近我寫信的手抖得很厲害，恐怕難以勝任長時間的伏案書寫了。我昨天在布萊特爾博羅買了這臺新式的日冕牌打字機，用起來相當順手。

靜候回信，希望能很快見到您，勿忘唱片、我的所有信件和照片。

期盼您的到來，

亨利．W．埃克利

致：艾爾伯特．N．威爾瑪斯，閣下

米斯卡托尼克大學

阿卡姆，麻薩諸塞州

這封信我讀了又讀，對著這封出乎意料的奇怪信件左思右想，心中的情緒複雜得難以描述。如前所述，這封信既讓我鬆了一口氣，同時也深感不安，但這麼說只能粗略地表達那林林總總的無數種感覺，其中絕大多數都處在潛意識之中，它們共同構成了輕鬆和不安這兩種情緒。首先，這封信與在此之前那一系列的驚恐來信有著天差地別，情緒從毫不掩飾的惶惑變成了冷靜的滿足甚至喜悅，這個轉變沒有任何預兆，來得猶如閃電，毫無保留！我很難相信一個人在星期三寫下一封瘋狂的訣別信，僅僅過了一天，他的心理面貌就能發生如此徹底的變化——無論他在這一天裡得到了什麼令人安心的啟示。在某些時刻，自相矛盾的不真實感甚至讓我懷疑，遠方來信講述的這整個魔幻傳奇會不會是我腦海裡產生的虛妄夢境。但我隨即想到了那張唱片，於是陷入了更茫然的困惑之中。

這封信遠遠超出了我的一切預料！在分析我對這封信的印象之後，我發現它由兩個截然不同的部分構成。首先，假如埃克利在此之前神智健全，目前也依然如此，那就說明情況發生了迅速和無法想像的變化。其次，埃克利在風格、態度和語言方面的變化巨大得超過了正常和可預測的範圍。他的整個人格似乎經歷了某種潛在的突變，這個突變過於深遠，他前後兩面的對比很難不違背他始終神智健全的假設。甚至連措辭和拼寫都有著微妙的區別。由於我的學術背景，我對行文風格非常敏感，我能覺察到他連日常的書寫習慣和韻律節奏都有了劇烈的改變。可想而知，想要催生出這麼激烈的變化，他遭遇的情緒劇變或真相揭示也必定超乎想像！不過，從另一個角度說，這封信也非常符合埃克利的性格：他對無垠永恆的那種熱忱依然如故，研究者專有的那種探求欲望依然如故。我不止一次地懷疑這封信是不是出自假冒者之手，或者遭到了惡意篡改。可是，邀請我去做客，希望我能去親自檢驗這封信的真實性，這難道不恰好證明了它不可能是偽造的嗎？

星期六夜裡我沒有休息，而是坐在那裡，思考我收到的這封信背後隱藏著什麼樣的祕密和奇事。我頭痛欲裂，因為大腦在飛快地回顧過去四個月內它被迫面對的種種可怖概念，思索這一樣令人驚詫的新素材，而懷疑和相信輪流降臨，先前讀到那些異事時的大多數思想活動一再重複。直到深夜時分，強烈的興趣和好奇逐漸取代了最初如風暴般肆虐的困惑與不安。無論埃克利的神智是否健全，無論他是發生了徹底的改變還是僅僅暫時放鬆了心情，埃克利對其危險探索的看法都有了天翻地覆的轉變。這種改變不但消除了他的危險（無論是真實的還是想像中的），也開啟了有關宇宙和超人類知識的令人眩暈的新視野。在他的影響之下，我對未知事物的熱情也燃燒了起來，我感覺到那種突破障礙的病態激情也感染了我。我想擺脫時空和自然規律那令人發瘋和厭倦的限制，與浩渺的外部世界建立聯繫，接近猶如黑夜與深淵的無垠永恆和最終至高的祕密——這樣的知識當然值得一個人賭上生命、靈魂和正常神智！埃克利說現在已經沒有危險了，他邀請我去探望他，而不是像以前那樣警告我不要去找他。一想到他會告訴我什麼樣的祕密，我就心癢難耐。想到要坐在不久前還遭到圍困的荒僻農舍裡，對面的那位先生與外太空的信使有過交談，身旁是一張可怕的唱片和承載著埃克利先前那些結論的信件，我激動得簡直無法動彈。

於是，星期日上午晚些時候，我打電報給埃克利，說如果方便的話，下週三也就是九月十二日，我將前往布萊特爾博羅探訪他。我只在選擇車次這一點上沒有遵守他的建議。實話實說，我不怎麼願意在深夜時分抵達佛蒙特的那片詭異地區，因此我沒有搭乘他建議的那班車，而是打電話到車站預定了另一班列車。我早早起床，搭標準時間上午8點07分的列車到波士頓，乘9點25分出發的列車去格林菲爾德，中午12點22分到站。這個時間恰好能趕上一班短途列車，下午1點08分就將抵達布萊特爾博羅，這個時間比深夜10點01分更適合與埃克利見面並坐在他的車上駛進隱藏著祕密的蒼翠山嶺。

我在電報中簡述了我的車次選擇，當天傍晚就收到了回覆，很高興地得知我未來的東道主也贊同我的乘車計畫。他的電報如下：

滿意安排。週三1點08分接站。勿忘唱片、信件和照片。行蹤保密。請期待偉大啟示。

埃克利

這份電報直接回覆了我發給埃克利的那份電報，要做到這一點，必須有官方信使從湯申德電報局將電報送到他家裡，或者透過修復了的電話線路告訴他。收到這份電報打消了我潛意識裡殘餘的全部疑慮，我不再懷疑那封令人困惑的信件的真實性了。我感覺心裡像是大石落地——真的，當時的那種輕鬆感無法用語言描述，因為所有的疑慮都被深深地埋進了地底。那天夜裡我睡得深沉而香甜，在接下來的兩天中滿懷期望地為旅程做好準備。

6

星期三，我按原計畫動身，隨身的行李箱裡除了簡單的日用必需品就是科研資料，包括那張可怖的唱片、那幾張快照和埃克利的全部來信。應他所求，我沒有向任何人透露去向；儘管情況出現了最可喜的轉機，但我明白整件事依然需要嚴格保密。想到能夠接觸外來的異類個體並和它們交流思想，即便是我那久經訓練、已有準備的頭腦也會不知所措。我況且如此，全然不知情的普羅大眾又會有什麼樣的反應呢？我不知道在我心中佔據上風的究竟是恐懼還是對冒險的期盼。我在波士頓換車，踏上向西的漫漫旅程，離開熟悉的地區，窗外的風景越來越陌生。沃爾瑟姆，康科特，阿耶，費奇伯格，加德納，阿索爾——

我那班車晚了七分鐘抵達格林菲爾德，向北去的短途列車也同樣推遲出發。我匆匆忙忙轉車，列車在午後的陽光中隆隆駛入我多次讀到但從未來過的這片土地，我忽然有了一種難以喘息的怪異感覺。我從小到大一直居住在南部靠近海岸的機械化和都市化區域，相比之下，這裡的新英格蘭地區更加原始和遵守古風，是祖輩生活過的地方，還沒有遭到玷汙，沒有外國人和工廠的煙霧，沒有看板和水泥道路，是現代文明尚未染指的地區。這裡或許還有薪火相傳的土著居民，他們深深地扎根於此，是這片土地結出的真正果實；這些土著居民繼承了怪異的古老記憶，為極少有人提及的詭異而離奇的信仰提供了肥沃的土壤。

我偶爾會看見藍色的康乃狄克河在陽光下熠熠生輝，離開格林菲爾德後，我們跨過了康乃狄克河。前方浮現出了鬱鬱蔥蔥的神祕群山，列車員巡視車廂時，我得知我終於來到了佛蒙特州。他說我需要將手錶向回撥一小時，因為北部山區並不使用新推行的夏令時。我按他說的將錶針向回撥時，感覺卻像將日曆向回翻了一個世紀。

列車沿河而行，河對岸是新罕布夏州，我看見旺塔斯蒂奎特峰的陡峭山坡越來越近，那座山也是奇異的古老傳奇的匯集之處。沒過多久，列車左邊開始出現街道，右邊的河流中出現了一座蒼翠小島。人們紛紛起身，排隊準備下車，我也跟了上去。列車停穩，我很快就站在了布萊特爾博羅車站的頂棚底下。

我用視線掃過接人的車輛隊伍，一時間搞不清哪一輛是埃克利的福特車，但還沒等我走過去仔細端詳，就有人認出了我。一位先生走過來向我伸出手，問我是不是阿卡姆的艾爾伯特·N·威爾瑪斯先生，但他明顯不是埃克利。他和照片中頭髮斑白、留著鬍鬚的埃克利毫無相似之處，他年紀更輕，更像個城裡人，衣著時髦，只留著一抹黑色的小鬍子。他說話彬彬有禮，帶著一絲奇怪而令人不安的熟悉感，但我怎麼也想不起來曾在哪兒聽過這個聲音。

我一邊打量著他，一邊聽他解釋說他是我未來的東道主的朋友，代替埃克利從湯申德過來接我。他說埃克利突然哮喘發作，無法在室外長途奔波。情況並不嚴重，因此我拜訪他的計畫不需要有任何變動。我看不出這位諾伊斯先生（他是這麼介紹自己的）知道多少埃克利的研究和發現，但他漫不經心的舉止讓我認為他是個相對而言的局外人。想到埃克利多麼熱愛隱居生活，我不禁驚訝於他居然也有能夠隨時幫忙的朋友。不過疑惑歸疑惑，我還是沒有拒絕他的邀請，坐上了他的車。按照埃克利的描述，我以為來接我的會是一輛陳年小車，但這卻是一輛寬敞而完美無瑕的新款轎車，顯然是諾伊斯自己的車，掛著麻薩諸塞州的牌照，牌照上有那年令人發噱的「神聖鱈魚」圖案（注）。我據此得出結論，我這位嚮導只在夏天暫居湯申德地區。

諾伊斯坐進我身旁的司機座位，立刻啟動引擎。我很高興他沒有滔滔不絕地聊個沒完，因為莫名緊張的氣氛使得我不怎麼想說話。我們開上一段斜坡，右轉拐上主大道，小鎮在下午的陽光中顯得非常美麗。它像兒時記憶裡新英格蘭的古老城市那樣打著盹，屋頂、尖塔、煙囪和磚牆一同構成的輪廓觸動了我內心深處的舊日心弦。我彷彿站在一片魅惑之地的門口，即將穿過層層堆疊、綿延不斷的時光積澱；在這個地方，古老而奇異的事物能夠自由自在地生長和逗留，因為它們從未受過任何打擾。

轎車駛出布萊特爾博羅，受到約束的不祥感覺越來越強烈，車窗外的鄉野峰巒疊嶂，鬱鬱蔥蔥的花崗岩陡坡聳立威脅、簇擁包圍，暗示著陰森的祕密和從遠古殘存至今的某些存在，很難確定它們對人類是否懷有敵意。有一段路程，我們順著一條寬闊但不深的河流前行，我的同伴說這就是西河，我不禁打了個寒顫。我想起了報紙上的文章，洪水過後，正是在這條河裡，有人見到了螃蟹狀怪物的恐怖屍體。

周圍的鄉野變得越來越偏僻和人煙稀少。來自過去的古老廊橋令人害怕地架在山嶺之間。接近廢棄的鐵路與河流平行，似乎在噴吐幾乎肉眼可見的荒涼氣息。偶爾能看見令人畏懼的顯眼山谷，懸崖拔地而起。峰頂鱗次櫛比的青翠樹木之間，能看見新英格蘭險峻的灰色原始花崗岩。深谷之中，野性難馴的溪流奔湧流向大河，載著千百座人跡罕至的山峰中難以想像的祕密。時而有半掩半露的狹窄岔路蜿蜒伸向茂密的森林，自然精靈也許就成群結隊地出沒於參天古樹之間。望著這一切，我不由想到埃克利駕車駛過這條路時，曾經受到某些詭祕力量的滋擾，此刻我無疑也體會到了他的那種感覺。

不到一個小時，我們就來到了別具風味的秀麗小鎮努凡。人類透過征服和徹底佔有圈出了自己的世界，而這裡就是我們與那個世界的最後聯繫了。在此之後，我們就將捨棄我們對可見可及、可隨時間改變的事物的依賴，進入虛幻的世界或祕密的異境，緞帶

注 波士頓的麻薩諸塞州眾議院掛有一尊鱈魚雕像，用於紀念漁業對麻薩諸塞州的貢獻，一九二〇年代，這個圖案曾印在麻薩諸塞州的車牌上。

般的小路帶著幾乎能被覺察到的蓄意和任性，在杳無人跡的峰嶺和荒涼蕭瑟的山谷之間起伏蜿蜒。除了發動機的聲音和偶爾一閃而過的偏僻農莊的微弱響動，傳進我耳朵的只有幽暗森林中無數隱蔽泉眼湧出陌生溪流時的汩汩水聲。

陡然隆起的低矮山丘是那麼逼仄和緊促，真讓人透不過氣來。它們的險峻和突兀都超過了我建立在他人見聞上的想像，與我們熟悉的平凡的客觀世界毫無共同之處。那些無法攀爬的峭壁上，人類從未涉足過的茂密森林中似乎棲息著不可思議的詭異生物，就連山丘本身的輪廓也像是擁有被遺忘了億萬年的怪異意義，彷彿它們是傳說中泰坦族（注）留下的巨型象形文字，這個種族的榮光只存在於最稀奇的夢境深處。過去的所有傳說，亨利．埃克利的信件和物品中令人震驚的全部推論，此刻源源不斷地從記憶中湧出，緊張的氣氛和越來越強烈的險惡感變得愈加難以忍受。這場探訪的目的，此行所證實的那些恐怖異事，忽然一同向我襲來，刺骨的寒意幾乎澆滅了我對離奇事件的研究熱情。

我的嚮導大概注意到了我的心神不寧，隨著道路變得越來越偏僻和崎嶇，車開得越來越慢和顛簸，他偶爾三言兩語的隨口閒談變成了滔滔不絕的演說。他講述這片鄉野的美麗和怪誕，揭示出他頗為熟悉我未來的東道主的民俗研究。從他彬彬有禮的提問中，顯然看得出他知道我是出於科學目的而來，也清楚我攜帶著頗為重要的資料，但他沒有表露出他了解埃克利已經觸及了多麼深奧和可畏的知識。

他的舉止是那麼令人愉快、鎮定自若和教養良好，他的話按理說應該能夠安慰我，讓我冷靜下來；但奇怪的是，隨著我們顛簸著駛向未知的荒僻山林，我的心神不寧卻越來越嚴重。有時候他似乎在套我的話，想知道我究竟知道多少這裡的可怖祕密。他的說話聲帶給我模糊的熟悉感，逗弄得我簡直有些沮喪，他每說一句話，這種熟悉感就更強烈一分。這絕對不是什麼普通或正常的熟悉感，但他很有教養的聲音本身並沒有什麼特別之處。不知為何，我將它與某些被遺忘的噩夢聯繫在了一起，總覺得要是想起來的話反而會發瘋。假如我能找到個像樣的藉口，恐怕會立刻掉頭回家。很可惜我不能這麼做，況且我還想到，抵達埃克利住處後，和他進行一場冷靜的科學交談無疑大大地有助於穩定我的情緒。

另外，我們翻山越嶺穿越的這片醉人土地擁有美麗的自然風景，其中蘊含著某種奇特的鎮定力量。時間在山野迷宮中迷失了自我，仙境般的鮮花海洋在四周綿延伸展，消逝歲月的美好也重新展現：灰白色的小樹林，毫無瑕疵的草地，草地邊緣處開著歡快的秋日花朵，參天古木組成的樹林之間點綴著小小的棕色農莊，背後是陡峭的懸崖，而峭壁上遍布芬芳的野薔薇和青翠的草叢。就連陽光也透著超自然的魅力，就好像連籠罩這

注 在被奧林帕斯神系取代之前曾經統治世界。第一代泰坦均由天神烏拉諾斯和地神蓋亞所生，共有六男六女。

片地區的空氣也與眾不同。我只在義大利原初主義畫家作品的背景中見過這種魔幻風光。索多瑪（注1）和李奧納多（注2）構思過這種宏大的風景，描繪在文藝復興時期的穹頂上，但也只是遠景。而此刻我們正置身於這麼一幅風景畫之中，我似乎在它的魔法裡得到了一些我生下來就知道或遺傳自先祖的東西，一些我始終在徒勞無功地尋找的東西。

車開上一段陡坡，拐過一個鈍角轉彎，車忽然停下了。在我的左邊，延伸到路邊的草坪修剪得整整齊齊，刷成白色的石塊圍出一道邊界，草坪盡頭是一幢兩層半的白色房屋，它的尺寸和雅致在這片地區難得一見，屋後右側的穀倉、柴房和磨坊用拱廊連在一起。我立刻認出這就是我收到的照片中的那幢房屋，隨即毫不驚訝地見到鍍鋅鐵皮的路邊郵箱上寫著「亨利．埃克利」的名字。屋後隔著一段距離是一片樹木稀少的沼澤地，再過去是一座山峰，山坡上森林茂密，峰頂的樹木參差不齊。我知道那就是黑山的山巔，我們已經爬到了它的半山腰。

我正要下車去拿行李箱，諾伊斯請我稍等片刻，他先向埃克利通報一聲。他說他在別處還有重要的事情，實在無法多做停留。他沿著小徑急急忙忙地走向屋子，我走下車，想活動一下腿腳，為漫長的對談做好準備。來到埃克利在信中描述得令人毛骨悚然的圍攻現場，我的緊張和不安的感覺再次攀升到了頂點，想到即將開始的談話將把我和那些異類和禁忌星球聯繫在一起，胸中的畏懼就油然而生。

近距離接觸怪異事物帶來的往往是驚駭而非啟發，想到經過充滿恐懼和死亡的無月夜晚後，埃克利就是在這段土路上發現了可怕的印痕和惡臭的綠色液體，我的心情自然不可能變好。不經意間，我注意到埃克利的守門犬似乎都不在附近。外來者與他講和後，他就立刻賣掉了那些狗嗎？換了是我，這份和平的信心恐怕不會像他最後那封信裡說得那麼強烈和發自肺腑。不過話也說回來，埃克利畢竟心思單純，缺乏與外界打交道的經驗。在結成同盟的表面之下，是否還隱藏著某些更深沉和險惡的激流呢？

在思緒的引導下，我的視線落向塵土飛揚的路面，這裡曾經保留了可怖的證據。過去幾天很乾燥，儘管這附近人煙稀少，但不太平整的公路上依然滿是車轍。我懷著一絲好奇心，開始勾勒各種各樣的印痕的輪廓，盡量按捺住這個地方及其記憶引發的駭人幻想。在安靜如葬禮的死寂之中，在遙遠溪流的隱約流淌聲之中，在蒼翠的群山之中，在擠滿狹窄地平線的密林峭壁之中，潛伏著某些險惡和令人不快的東西。

就在這時，一幅畫面跳進我的腦海，模糊不清的險惡威脅和離奇念頭都變得微不足

注1 伊爾．索多瑪（Il Sodoma，1477～1549）是義大利文藝復興時期畫家喬凡尼．安東尼奧．巴齊（Giovanni Antonio Bazzi）的名字。他的繪畫方式將十六世紀初期羅馬的高文藝復興風格疊加到省級Sienese學校的傳統上。

注2 李奧納多．達文西（Leonardo da Vinci，1452～1519），又譯達芬奇，文藝復興時期人文主義的代表人物，與米開朗基羅和拉斐爾並稱文藝復興三傑。

道和毫無意義。我之前說過，我掃視路面上各式各樣的印痕時只懷著一絲懶散的好奇心，但忽然之間，這份好奇心被令人無法動彈的切實恐怖抹殺得一乾二淨。塵土中的印痕亂七八糟、互相交疊，不太可能吸引住我隨意掃過的視線，但我不肯安歇的眼神在屋前小徑與公路相交的地方注意到了某些細節，我絕望但確鑿地意識到了那些細節令人驚恐的含義。唉，要不是我曾一連幾個小時凝視埃克利寄給我的外來者爪印照片，我恐怕也不可能認出這是什麼。我太熟悉那些醜陋的螯爪留下的印痕了，無法辨別其前進方向的這個特徵代表著絕非地球生物的恐怖。就算上帝垂憐，我也不可能看錯。客觀證據就擺在我的眼前，頂多三小時前留下的至少三個印痕，清清楚楚地在進出埃克利家的龐雜而模糊的腳印之間嘲笑著神明。來自猶格斯的活真菌留下了這些惡魔般的印記。

我及時克制住自己，沒有尖叫起來。說到底，既然我已經相信了埃克利信中的那些話，見到這些也就是意料之內的事情了。他說他已經和那些怪物講和，那麼它們中有幾個登門拜訪又有什麼好奇怪的呢？但我感覺到的驚恐無論如何都無法得到安撫。一個人第一次見到來自宇宙深空的生物留下的爪印，他要是無動於衷才奇怪呢！就在這時，我看見諾伊斯走出大門，邁著輕快的步伐走向我。我心想，我必須控制住自己，因為這位和藹可親的朋友並不知道埃克利在探索禁忌知識時做出了多麼深刻和巨大的發現。

諾伊斯三言兩語告訴我，埃克利很高興，準備馬上見我；但哮喘突發害得他有一、兩天無法好好招待我。這該死的毛病每次一發作就很厲害，通常伴隨著讓人虛弱的高燒和渾身乏力。病情持續的那幾天裡，他的情況會很糟糕，只能輕聲說話，行動也會變得笨拙和遲緩。他的腳和腳腕也腫了，所以他只能纏上繃帶，像個有痛風的老衛兵。今天他的情況很不好，所以我恐怕只能自己招呼自己了，但他依然期待與我交談。前廳左手邊的書房，我在那兒可以找到他，就是所有百葉窗都拉得嚴嚴實實的那個房間。他發病的時候必須遮擋陽光，因為眼睛會變得非常敏感。

諾伊斯和我道別，開著他的車向北而去。我慢慢地朝那幢屋子走去。正門為我留了一條縫，但在進門之前，我先掃視了一圈這整個地方，想搞清楚究竟是什麼讓我產生了如此難以名狀的怪異感覺。穀倉和柴房看上去整齊而平常，我看見埃克利那輛破舊的福特車停在沒有上鎖的寬敞車棚裡。就在這時，我終於揭開了那種怪異感覺的祕密：徹底的寂靜。通常來說，一座農莊總會有各種牲畜弄出來的種種聲音，就算並不喧鬧，至少也該有些響動，但這裡卻沒有一絲一毫存在生命的跡象。雞和豬都去了哪兒？還有牛，埃克利說過他有幾頭牛，當然了，牛也許在草場上放牧，而狗很可能已經轉手賣掉了；但聽不見任何咯咯聲或咕咕聲就實在太奇怪了。

我沒有在小徑上逗留太久，而是毅然決然地走進農舍，隨手關上大門。關門讓我付出了相當不一般的精神努力，此刻我被關在了室內，有一小會兒很想拔腿就逃。倒不是說這裡看上去有多麼凶險，事實恰恰相反，我覺得晚期殖民地風格的雅致門廳很有品位，沒有任何異樣之處，我很欣賞裝飾者表現出的良好修養。不，讓我想逃跑的是某種很難說清的微妙感覺。也許是我認為自己聞到了某種異常的氣味，但另一方面我很清楚，哪怕是在最光鮮的古老農舍裡，聞到黴爛的氣味也非常正常。

7

我沒有讓這些模糊的疑慮控制住我，而是按照諾伊斯的指示，推開了左手邊那扇包銅邊的六鑲板白色木門。正如我已經知道的，房間裡很暗。走進房間，我注意到那股怪味變得更濃烈了。空氣中似乎還存在某種微弱的律動或震顫，但也許不過是我的想像罷了。有一小會兒，緊閉的百葉窗使得我幾乎什麼都看不見，緊接著，某種含著歉意的咳嗽聲或低語聲將我的注意力帶向房間對面最黑暗的角落，那裡有一張寬大的安樂椅，我在朦朧暗影中看見了一些模糊的白色，那是一個人的面部和雙手。我立刻走向這個竭力想說話的人。儘管光線昏暗，但我看得出他就是我的東道主。我多次仔細打量過他的照片，肯定不會認錯眼前這飽經風霜的堅毅面容和灰白的短鬍鬚。

但再看第二眼，悲哀和焦急蒙住了我的心，因為這張面容的主人無疑正重病纏身。我覺得在他緊繃而僵硬、缺乏生機的表情和眨也不眨的呆滯眼神背後，肯定還藏著比哮喘更嚴重的問題。我同時也意識到那些恐怖經歷的衝擊肯定嚴重影響了他的健康。毫無畏懼地鑽研禁忌知識足以拖垮任何一名人類，哪怕是更年輕的人也不會例外。突如其來但異乎尋常的身心放鬆恐怕來得太晚，無法將他從全面崩潰中解救出來。他瘦骨嶙峋的雙手軟綿綿地放在大腿上，讓我看得心生憐憫。他身穿寬鬆的晨袍，頭部和脖子的上半部裹著一條鮮豔的黃色圍巾或頭巾。

我看見他開口說話，用的還是剛才打招呼的那種嘶啞低語聲。剛開始我聽不清他究竟在說什麼，因為灰白的鬍鬚擋住了嘴唇的所有動作，而且那音調中有些東西讓我極為不安。我集中精神仔細去聽，出乎意料地很快就明白了他想表達的意思。他的口音絕對沒有鄉下人的味道，用語比通信帶給我的印象還要文雅。「我想您就是威爾瑪斯先生吧？請原諒我無法起身。我病得很嚴重，諾伊斯先生應該已經告訴您了，但我還是忍不住要請您跑這一趟。我最後一封信裡說的那些事情，您都已經很清楚了——等明天感覺好一些，我還有更多的事情想告訴您。哎呀，和您通信那麼久之後終於能夠見面，我都無法形容我有多麼榮幸了。那些信件您都帶來了，對吧？還有照片和唱片？諾伊斯把您的箱子放在門廳裡——您應該已經看見了。今晚您恐怕只能自己招呼自己了。您的房間在樓上，就是我頂上的那一間——樓梯口開著門的房間就是浴室。從您右手邊的那扇門出去是餐廳，晚飯已經為您準備好了，您願意什麼時候吃都隨便您。我明天肯定能好好款待您，但現在虛弱使得我無能為力。

「您就當回到自己家一樣——帶著行李上樓之前，您不妨把信件、照片和唱片取出來，放在這張桌子上。明天咱們就在這裡討論，您看，我的唱片機就在屋角的架子上。

「不用了，謝謝——您不用擔心我。我很熟悉這些老毛病。假如您願意的話，入夜前過來看看我，然後再上樓去休息。我就在書房休息，也許和平時一樣，晚上就在這兒睡覺。明天早晨我就會好起來，可以和您討論我們必須討論的那些問題。您當然明白，我們面前的事情有多麼令人驚嘆。遠遠超出人類科學與哲學概念的時空和知識將為我們敞開大門，整個地球上曾經享受如此殊榮的人也寥寥無幾。

「您知道嗎？愛因斯坦錯了，因為某些物體和能量的運行速度可以超過光速。在適當的手段幫助下，我將能夠在時間中前後穿梭，親眼目睹和親身體會遙遠的過去和未來的新紀元。你無法想像那些生物已經將科學提高到了一個什麼程度。它們可以對有機生命體的思想和肉體做任何事情。我將去探訪其他行星，甚至其他恆星和星系。我首先要去的就是猶格斯，那是外來生物定居的星球中離地球最近的一顆。它位於太陽系的邊緣，是一顆奇異的黑色星球，尚未被地球上的天文學家發現。我已經在信中告訴您了。等到合適的時候，那些生物將向我們發射思想流，從而讓猶格斯被發現——也可能是請它們的人類盟友給科學家一些提示。

「猶格斯上有許多宏偉的城市——梯臺高塔排成行列，高塔的材質就是我想寄給你的那種黑色岩石。那塊岩石來自猶格斯。陽光在那裡並不比星光燦爛，但那些生物不需要光線。它們擁有更敏銳的其他感官，巨大的房屋和神殿上不需要安裝窗戶。光線甚至會傷害和妨礙它們，讓它們頭腦混亂，因為它們起源的黑色宇宙位於時空之外，那裡根本不存在光線。脆弱的普通人來到猶格斯肯定會發瘋，但我還是要去。黑色的瀝青河在神祕的石砌橋樑下流淌，早在那些生物從虛空中來到猶格斯之前，修建橋樑的古老種族就已消亡和被遺忘，光是看見這個景象，任何人只要能夠保持神智健全，將他的見聞講述出來，就足以成為新的但丁（注1）或愛倫．坡（注2）。

「但是，請記住——這顆有著真菌花園和無窗城市的黑暗星球並不真的值得害怕。只是對人類來說應該感到恐懼而已。那些生物在原始年代第一次造訪我們這顆星球時，很可能也感覺到了同樣的恐懼。您要知道，早在克蘇魯的偉大紀元遠未終結之前，它們就來到了這裡，它們還記得沉沒古城拉萊耶還在水面之上的雄姿。它們也去過地球的內部——通過一些無人知曉的洞口，其中有幾個就在佛蒙特的群山之中——地球內有未知生命創造的偉大世界：點亮藍光的克尼安，點亮紅光的猶思，還有黑暗無光的恩凱。可怖的撒托古亞就來自恩凱，您知道，就是那種狀如蟾蜍的無定形類神生物，《普納科蒂奇抄本》、《死靈之書》和亞特蘭提斯高級祭司克拉卡什—通整理的科摩利翁神話體系中提到過它。

「我們還是以後再談這些吧。現在已經是下午4、5點了。您還是先把資料從行李中取出來，去吃點東西，然後回來舒舒服服坐下，我們再繼續詳談。」

我緩緩地轉過身，遵從了東道主的指示。我拿來行李箱，取出他想要的資料放下，然後上樓去他分配給我的房間。路邊的爪印還記憶猶新，埃克利低聲說出的話語給我造成了怪異的影響。他在字裡行間流露出他很熟悉被真菌生命佔據的未知星球——禁忌之地猶格斯，這不由讓我毛骨悚然得超乎想像。我很同情埃克利的病情，但不得不承認他嘶啞的嗓音既讓我憐憫，更讓我厭惡。真希望他在談論猶格斯和它的黑暗祕密時不是那麼地得意洋洋！

給我的房間相當舒適，裝飾華美，沒有霉爛的氣味，也沒有令人不安的震顫感。我把行李留在房間裡，下樓和埃克利打了個招呼，然後去吃為我準備的晚餐。餐廳就在書房隔壁，再過去就是廚房。餐桌上擺著豐盛的食物，三明治、蛋糕和乳酪等著我去享用，保溫瓶和杯碟說明主人也沒有忘記熱咖啡。吃過美味的晚餐，我給自己倒了一大杯咖啡，卻發現廚房的高標準在一個小細節上出現了失誤。我用調羹嘗了一口咖啡，覺察到咖啡有一股令人不快的辛辣味道，於是就沒有再喝下去。吃飯的這段時間裡，我想著隔壁暗沉沉的房間裡，埃克利就坐在安樂椅裡默默等待。我過去問他要不要一起吃兩

注1 但丁·阿利吉耶里（Dante Alighieri，1265～1321），現代義大利語的奠基者，歐洲文藝復與時代的開拓人物，他的史詩《神曲》留名後世。但丁、佩脫拉克、薄伽丘是文藝復與的先驅，被稱為「文藝復與三巨星」，也稱為「文壇三傑」。

注2 埃德加·愛倫·坡（Edgar Allan Poe，1809～1849），美國作家、詩人、編輯與文學評論家，被尊崇是美國浪漫主義運動要角之一，以懸疑及驚悚小說最負盛名。

口，但他用嘶啞的聲音說他現在還不能吃東西。睡覺前他會喝點麥乳精，今天他只能消化這些東西。

晚餐過後，我堅持幫他收拾碗碟，拿到廚房水槽裡洗乾淨，順便倒掉了那杯難以下嚥的咖啡。我回到昏暗的書房裡，搬來椅子到主人身旁坐下，準備和他聊一些他願意聊的話題。信件、照片和唱片還在房間中央的大書桌上，我們暫時還用不上它們。沒過多久，我就忘記了那股怪味和奇異的震顫感覺。

我說過，埃克利的部分信件（尤其是篇幅最長的第二封）裡有一些內容是我不敢引用甚至無法用詞句寫在紙上的。這種膽怯同樣適用於當晚我在偏僻山嶺中那個黑暗房間裡聽見的喃喃低語，只是程度還要更加強烈。至於這個沙啞嗓音描述的宇宙究竟有多麼恐怖，我甚至都無法稍作暗示。他本來就知道一些可怕的事情，但自從他與外來者和解之後，他得知的事情則完全超出了神智健全者的承受範圍。哪怕到了現在，我也徹底拒絕相信他揭示出的所有祕密，例如終極無窮的構成和維度之間的並列，例如原子宇宙彼此連接而成的無盡鏈條組成了當前這個擁有曲率、角度、物質和半物質電子有機體的超宇宙，而人類所知的時空宇宙在其中佔據著什麼可怖的位置。

從來沒有哪個神智健全的普通人如此危險地接近過基礎實體的存在奧祕，也沒有哪顆有機質的大腦能比我們更靠近超越形態、力能和對稱性的混沌所蘊含的徹底湮滅。我因此知道了克蘇魯的起源，知道了歷史中一半的新星為何陡然點亮。從那些就連我的解說者提到時也會膽怯猶疑的線索中，我猜到了隱藏在麥哲倫星雲和球狀星雲背後的祕密、道家古老寓言所掩蓋的黑暗真相。杜勒斯的本質得到明白的揭示，我因此了解了廷達洛斯獵犬的本質（而非起源）。眾蛇之父伊格的傳奇被褪去了象徵性的外衣；他向我講述位於角度空間以外的醜惡混沌核心，《死靈之書》用阿撒托斯之名仁慈地將其掩蓋，我不禁感到既詫異又厭憎。最汙穢邪惡的祕傳神話被他一一說明，使用的語言確切而直白，可怕得超過了古代和中世紀神祕主義者最大膽的暗示。我難以避免地也開始相信，最初低聲講述這些可憎傳說的人肯定接觸過埃克利所謂的「外來者」，甚至造訪過外來者邀請埃克利前往的外部宇宙。

埃克利講述了黑色岩石和它所代表的意義，我很高興它並沒有被寄到我的手上。我對石塊上那些象形文字的猜想竟然完全正確！但埃克利似乎已經接受了他偶然發現的這一整個詭奇體系；不止是接受，甚至渴望去進一步探求那恐怖的深淵。我很想知道，他給我寄出最後一封信之後，他究竟在和什麼樣的外來生物交談，也想知道它們中有多少個曾經是人類，就像他提到的第一位信使那樣。我的大腦緊張得難以忍受，陰暗的房間裡，揮之不去的怪異氣味和隱約存在的怪異震顫讓我做出了各種各樣的瘋狂猜想。

夜幕已經降臨，我回憶起埃克利早些時候在信中提到的那些夜晚，顫慄著想到今晚將沒有月亮。我也很不喜歡農舍的位置，它位於密林覆蓋的避風面山坡上，而山坡通往黑山那人跡罕至的峰頂。得到埃克利的允許，我點燃了一盞小油燈，將光亮調到最小，放在遠處的書架上，緊貼著幽魂般的米爾頓胸像；但我立刻就後悔了，因為在微弱的光線下，東道主毫無表情的緊繃面孔和一動不動的嘴唇顯得非常怪異，類似屍體。他像是幾乎無法動彈了，只是偶然僵硬地點一點頭。

聽完他的一席話，我無法想像他還為明天留下了什麼更可怕的祕密。最後他向我透露，明天的首要話題將是他前往猶格斯及更遠處的旅程，我也有機會參與其中。當我得知我也可以進入宇宙旅行時，我的震驚和恐懼肯定讓他覺得很好笑，因為見到我害怕的表情，他的頭部劇烈地搖晃起來。隨後，他非常溫和地告訴我人類將如何實現這看似不可能的星際旅行——事實上，前例已經有過好幾次了。完整的人體確實做不到，但外來生物運用它們卓越的外科學、生物學、化學和機械學手段，找到了辦法只運輸人類的大腦，而不需要搬動用來維持生命的肉體。

它們能夠毫無傷害地取出大腦，也有辦法在大腦缺席的情況下維持殘餘機體的生命。赤裸裸的小小一顆大腦被裝進隔絕以太的金屬圓筒中，浸泡在定期補充的液體裡，鑄造圓筒的金屬產自猶格斯，電極穿過圓筒後連接能夠複製視覺、聽覺和語言這三種重要功能的精密儀器。對於有翅膀的真菌生物來說，帶著裝有大腦的圓筒穿越空間是輕而易舉之事。來到被真菌生物文明覆蓋的星球上，它們可以找到大量可調節的專業設備，連接上圓筒中的大腦；在穿過和超越時空連續體的旅程的每一個階段，經過短暫的適應，這些經過星際旅行的大腦都能擁有全部感官和人工生命，只是將肉身換成了機械軀體而已。是否能夠成功，這完全不需要擔心。埃克利並不害怕。這樣的壯舉難道不是早已實現過許多次了嗎？

埃克利終於抬起了一隻毫無生氣的手，指著房間另一側高聳的架子。架子上整整齊齊地擺放著十幾個圓筒，我從來沒有見過鑄造圓筒的那種金屬，它們高約1英呎，直徑略小於1英呎，每個圓筒朝前的弧面上都有三個等邊排列的怪異插槽。其中一個圓筒的兩個插槽連著它背後兩臺模樣古怪的機器。不需要埃克利說，我也能猜到它們的用途，我像是得了瘧疾似的直打寒顫。我看見他那隻手指向了身邊的牆角，那裡堆著一些複雜的設備和相連的導線與接頭，其中有幾臺很像圓筒背後的那兩臺裝置。

「這裡有四種設備，威爾瑪斯。」他嘶啞的聲音低語道，「四種，每種三個感官，一共十二臺設備。所以你知道那些圓筒裡一共有四種生命。三個人類，六個無法以肉身穿越太空的真菌生物，兩個海王星生物（上帝啊！真希望你能看見它們在自己星球上的形態！），剩下的來自銀河系外一顆十分有意思的暗星的中央洞窟。在圓山內的首要前哨基地裡，你時常會見到更多的圓筒和機器，有些圓筒裝著外宇宙生物的大腦，它們是來自最遙遠的邊疆的盟友和探險家，它們的感官與我們所知道的完全不同，那裡有特製的機器供它們以合適的方式感知，以及向各種傾聽者表達意思。圓山和那些生物遍布各個宇宙的大多數前哨基地一樣，也是一個星際交流的樞紐！當然了，借給我供我體驗的只是其中最常見的類型。

「來──把我指給你的三臺機器搬到桌子上。高的那一個，前方有兩個玻璃透鏡；然後是那個盒子，有真空管和共鳴板；最後是頂上有金屬碟的那個。現在去拿貼著『B-67』標籤的圓筒。站上那張溫莎椅去架子上拿。重嗎？別擔心！確定是『B-67』就好。不要碰連著兩臺測試儀器的那個嶄新的圓筒，對，就是貼著我的名字的那個。把B-67放在桌上那三臺機器旁邊，三臺機器上的旋鈕全都轉到最左邊。

「現在你把透鏡機器的導線插進圓筒最靠上的插槽，對！真空管機器連接下面左手邊的插槽，金屬碟機器連接右手邊的插槽。現在把旋鈕轉到最右邊，首先是透鏡機器，然後是金屬碟機器，最後是真空管機器。對，就這樣。哦，我應該告訴你的，這個圓筒裡是一位人類，和你我一樣。明天再讓你體驗其他生命吧。」

直到今天，我依然不明白我為何會對他的低語聲那麼順從，也不知道我認為埃克利究竟是瘋狂還是正常。經歷過之前的那些事情，我應該已經準備好了迎接所有挑戰。但這種機械的表演套路像極了瘋狂發明家或科學家的異想天開，激發了就連他剛才的演說也未能勾起的一絲疑慮。這位低語者講述的內容超出了人類的全部觀念，但僅僅因為缺少確鑿可信的證據，就能夠認為這一切都荒謬絕倫，那些生物不可能來自遙遠的外部空間？

我的大腦一片混亂，但我漸漸覺察到剛連接上圓筒的三臺機器都發出碾磨和旋轉的聲音，這種混合的怪聲很快消失在徹底的寂靜之中。接下來會發生什麼？我會聽見說話聲嗎？假如確實如此，我憑什麼能斷定那聲音不是來自偽裝得很巧妙的無線電裝置，而說話的人藏在別處密切觀察我們呢？即便到了今天，我也不願賭咒說我肯定聽見了那些話，甚至不敢斷定我親眼目睹的究竟是什麼奇蹟。但當時確實發生了某些事情。

簡而言之，那臺裝有真空管和共鳴板的機器開始說話，流露出的確定感和智慧毫無疑問地證明了說話者確實在場，而且正在觀察我們。這個聲音很響亮，帶著金屬的質感，沒有生命，從發音的每個細節都聽得出它完完全全的機械特性。這個聲音無法調整音調和表達感情，只能以可怕的精確和從容，刺耳而滔滔不絕地說個沒完。

「威爾瑪斯先生。」聲音說，「希望我沒有嚇著您。我和您一樣也是人類，但我的肉體安全地存放在向東一英哩半的圓山內，由合適的維生系統支持它的運轉。而我本人就在您面前，我的大腦在這個圓筒裡，我透過這些電子振動機器看、聽和說話。一週之後，我將像以前無數次那樣再次穿過虛空，屆時將有榮幸得到埃克利先生的陪伴。我希望也能得到您的陪伴；我見過您的照片，也知道您的名聲，我一直在密切注意您和我們這位朋友之間的通信。有一些人類與探望我們星球的外來生物結成了同盟，我自然就是其中之一。我最初是在喜馬拉雅山脈裡遇到它們的，從各個方面幫助過它們。為了報答我，它們賜予我極少有人類得到過的體驗。

「假如我說我去過三十七顆天體，其中包括行星、暗星和難以界定的星體，八顆位於我們的銀河系之外，兩顆甚至超出了宇宙那彎曲的時空界限，不知您會有何感想？而這些旅程沒有對我造成任何損害。它們從我的身體裡取出大腦，分離的過程過於輕盈簡潔，稱之為外科手術都有失粗魯。那些來訪者擁有能讓取出過程變得簡單甚至平常的手段，與大腦分離的肉體永遠不會衰老。我必須補充一句，圓筒內有機械裝置，時常更換的保存液能夠提供有限的營養，因此大腦在事實上也同樣長存不朽。

「總之，我衷心希望您能決定跟隨埃克利先生和我的腳步。來訪者渴望能認識您這樣學識淵博的人，也願意向這些人展示我們只能在無知虛妄中夢想的無盡深淵。第一次與它們見面也許會感覺很怪異，但我知道您不會在意這種情緒。我認為諾伊斯先生也會去，您無疑是他開車送來的，對吧？他早在多年前就加入了我們，您大概已經認出他的聲音也在埃克利先生寄給你的那張唱片裡。」

我的反應過於激烈，說話者停頓片刻，然後繼續說了下去。

「所以，威爾瑪斯先生，我把選擇權交給您了。但我最後還要補充一句，像您這麼熱愛怪異事物和民間傳說的學者，絕對不該錯過這麼寶貴的機會。沒有什麼值得害怕。轉變過程毫無痛楚，完全機械化的感知狀態會讓您享受無數樂趣。電極斷開後，我們只會墜入格外栩栩如生和美好虛幻的夢境之中。

「好了，假如您不介意的話，我們明天再繼續談話吧。晚安——將所有旋鈕都擰到最左邊，順序無所謂，不過最好把透鏡機器留到最後。晚安，埃克利先生——好好款待我們的客人！現在可以關閉開關了。」

就這樣，我機械地聽從命令，關閉三個開關，但我精神恍惚，不敢相信剛才發生的一切。我的頭腦依然一片混亂，聽見埃克利用嘶啞的聲音叫我把所有機器都留在桌上就好。他沒有評論剛才發生的事情，事實上任何評論都很難傳進我已經飽和的感官。我聽見他說我可以把油燈帶回我的房間，據此推斷出他想單獨在黑暗中休息。他也確實該休息了，因為從下午到晚上的講演足以耗盡一個健康人的精力。我的精神依然恍惚，我向主人道了晚安，儘管口袋裡裝著很好用的手電筒，但還是拎著油燈上樓去了。

能離開怪味瀰漫、隱約震顫的書房讓我很高興，但依然無法擺脫夾雜著恐怖、畏懼和極度怪異的可怕感覺，因為我想到了這是一個什麼樣的地方，我遭遇的是一股什麼樣的勢力。這個偏僻荒涼的地區，巍然聳立的黑色山坡，如此接近農舍的神祕森林，路面上的腳印，黑暗中一動不動的身影，嘶啞的低語聲，噩夢般的圓筒和機器，邀請我接受怪異的手術和更怪異的虛空旅行——這麼多的事情接連撲向我，每一件都那麼陌生和突然，壓力逐漸累積，腐蝕我的意志，幾乎掏空了我的體力。

得知嚮導諾伊斯就是錄音中那場魔宴儀式上的人類主持者，這一點尤其讓我震驚，不過先前我已經覺察到他的聲音有些令人厭惡地耳熟了。另一點讓我格外震驚的是我對東道主的觀感，每次我放下其他念頭，仔細分析，都會產生同樣的情緒。與埃克利通信時，我本能地喜歡文字所展現出來的那個人，但現在他卻讓我的內心充滿了確切無誤的厭惡感。他的病況應該激起我的憐憫，實際上卻讓我毛骨悚然。他的身體那麼僵硬，毫無生氣，像一具屍體，而那持續不斷的低語聲又那麼可憎，完全不像人類！

我忽然想到，這個低語聲與我聽到過的任何說話聲都不一樣。儘管說話者被鬍鬚遮擋的嘴唇很怪異地一動不動，但其中蘊含著的力量和表達能力卻強得驚人，不像是哮喘病患呼哧呼哧的喘息。就算隔著整個房間，我也能聽懂他在說什麼，有那麼一、兩次，我覺得這個微弱但有穿透力的聲音並不虛弱，而是刻意壓低了嗓門——出於什麼原因，我無從猜測。從一開始我就從這個音調中覺察到了令人不安的特質。此刻回頭再想，我似乎能從這種印象追溯到潛意識內的某種熟悉感，也正是類似的熟悉感讓諾伊斯的聲音顯得隱約有些不祥。但我究竟在何時何地遇到過這種感覺所指向的東西就不是我說得清的了。

有一點我敢肯定，那就是我絕不會多待一晚。我對科學的熱忱已經在恐懼和厭惡中消失得無影無蹤，我現在只想逃離病態恐怖與反常揭示織成的羅網。我知道得已經夠多了。宇宙間的聯繫確實有可能存在，但普通人類絕對不能隨便涉足。

邪惡的影響似乎圍繞著我，令人窒息地壓迫我的感官。我心想，睡覺是絕對不可能了，因此我只是熄滅了油燈，沒脫衣服就躺在床上，右手握著我帶來的左輪手槍，左手握著便攜手電筒。底下鴉雀無聲，我能夠想像我的東道主坐在黑暗中，身體僵硬得像一具屍體。

我聽見某處傳來鐘錶的滴答聲，這一丁點正常的聲音也讓我心懷感激，但也提醒我想到這地方還有一件事情讓我惶恐不安，那就是完全沒有任何動物。我本來就知道附近沒有家畜，而此刻我意識到連野生動物在夜間弄出的熟悉聲音也完全不存在。除了遠處不可見的溪流在發出險惡的潺潺水聲，這份死寂是那麼怪異，彷彿星際間的沉默之地。籠罩這片土地的究竟是來自星空的什麼無形瘟疫呢？我記得在古老傳說中，狗和其他動物總是憎恨外來者，我再次想到公路上的痕跡到底會有什麼含義？

8

我出乎意料地陷入沉睡，請不要問我睡了多久，也不要問接下來的事情有多少僅僅是夢境。假如我說，我在某個時刻醒過來，聽見和看見了一些事情，你大概會說我其實沒有醒來，所有事情都是一場夢，直到我衝出農舍，跌跌撞撞地跑向停著舊福特的車棚，跳上那輛老爺車，瘋狂而漫無目的地在怪物出沒的群山中疾馳了幾個小時，顛簸著蜿蜒穿過森林迷宮，終於來到一個村莊，停車後我才知道那裡就是湯申德。

你當然也會懷疑我講述的其他所有事情，認為照片、唱片、圓筒與機器發出的聲音和類似證據只是已告失蹤的亨利．埃克利對我實施的欺騙。你甚至會說他和另外幾個怪人精心策劃的無聊騙局：他本人在基恩取走了交運包裹，他請諾伊斯錄製了那張可怕的唱片。不過奇怪的是，諾伊斯的身分到今天也未能得到確認，埃克利住所附近的村莊裡沒有任何人認識他，但他肯定經常造訪這個地區。真希望我當時記住了他的車牌號碼——當然，也許我沒有記住反而更好。因為無論你們怎麼說，無論我有時候怎麼對自己說，都知道那些可憎的外來勢力就潛伏在人跡罕至的群山中，也知道那些勢力在人類世界中安插了間諜和使者。在我的餘生之中，我只想盡可能遠離那些勢力和它們的使者。

我荒謬的故事使得治安官派出搜索隊前往埃克利家，但埃克利早已消失得無影無蹤。他寬鬆的晨袍、黃色頭巾和裹腿綳帶扔在書房安樂椅旁的地上，但他是否帶走了其他衣物就很難說了。狗和家畜確實不見了，農舍外牆和部分內牆上都有可疑的彈孔，但除此之外也找不到其他異樣之處。沒有找到圓筒和連接圓筒的機器，沒有找到我用行李箱帶來的證據，沒有找到古怪的氣味和震顫的感覺，沒有找到公路上的腳印，也沒有找到我逃跑前窺見的怪異東西。

逃出埃克利家之後，我在布萊特爾博羅住了一週，詢問形形色色認識埃克利的人；結果終於說服了我，這些事情絕非夢境或幻覺的產物。埃克利可疑地購買過狗、彈藥和化學品，電話線曾被割斷，這些都有據可查；而所有認識他的人，包括他在加州的兒子在內，都承認他時常對怪異事物研究的評點自有其一致性。體面的鎮民認為他瘋了，毫不猶豫地宣稱所謂證據全都出自癲狂但狡詐的偽造，說不定他還有幾個同樣不正常的共謀者；但受教育比較少的山野村夫卻支持他陳述的每一個細節。他向一些鄉下人展示過照片和黑色岩石，播放過那張可怖的唱片。他們都說照片中的腳印和嗡嗡的聲音很像古老傳說中的描述。

他們還說，自從埃克利發現那塊黑色岩石後，出現在他家周圍的可疑景象和聲音就越來越多。除了郵政人員和心志堅定的膽大之徒，現在誰也不敢靠近那裡。黑山和圓山都是惡名在外的邪異地點，我找不到任何仔細勘探過這兩個地方的人。本區的歷史紀錄上有許多起居民失蹤的案件，埃克利在信中提到過的半遊民沃爾特·布朗現在也加入了失蹤者的行列。我甚至找到了一位農夫，他認為他在西河發洪水的時候見到過一具怪異屍體，但他的陳述過於混亂，缺乏真正的價值。

離開布萊特爾博羅時，我下定決心不會重返佛蒙特，我確定我能堅持住自己的決心。那些荒僻山嶺肯定是可怕的宇宙種族的前哨基地。讀報時我得知正如那些勢力曾經預言過的，海王星外發現了第九行星，我的懷疑就更加少了。天文學家為它起名叫「冥王星」，他們自己都不知道這個名字有多麼貼切。我認為它無疑就是黑暗籠罩下的猶格斯。那裡的恐怖居民為什麼要選擇這個時候讓我們知道它的存在呢？這個問題我一思考就會膽顫心驚。我想說服自己相信，那些惡魔般的生物不是在逐步施行對地球及其普通居民有害的什麼新政策，但怎麼也沒法說服自己。

我終究還是要說出農舍裡那個恐怖夜晚的結局。如我所說，我最後在不安之中陷入了昏睡；支離破碎的夢境中，恐怖的地貌一閃而過。很難說究竟是什麼驚醒了我，但在接下來的那個時間點上，我可以肯定我是醒著的。我在昏昏沉沉中感覺到門外的走廊地板發出了鬼鬼祟祟的咯吱聲，隨後有某種東西笨拙地擺弄外面的門鎖。但這些聲音幾乎立刻就停止了，我恢復正常的感官首先聽見了樓下書房裡傳來的交談聲。說話的人不止一個，根據我的判斷，他們正在爭論什麼。

聽了幾秒鐘我就完全清醒了，因為那些聲音的特點使得睡覺這個念頭顯得荒謬可笑。它們的音調很怪異地各自不同，只要聽過那張該詛咒的唱片，就可以毫無疑問地辨別出其中至少兩個聲音的特點。恐怖的念頭湧入腦海，我知道我和來自深淵空間的無名生物同處於一個屋簷下，因為這兩個聲音肯定就是外來者與人類交流時使用的褻瀆神靈的嗡嗡聲。這兩個聲音有著個體差異，體現在音高、重音和速度上，但都屬於可憎的同一個種類。

第三個聲音無疑是圓筒裡的離體大腦連接機械發聲裝置後發出的聲音。就像嗡嗡聲不可能聽錯一樣，這個帶著金屬質感、沒有生命的響亮聲音，這個欠缺抑揚頓挫和感情的刺耳聲音，這個精確而從容的無人性聲音，昨晚我聽過之後就不可能忘記。剛開始我沒有懷疑這個刺耳聲音的背後也許不是先前和我交談過的那個智慧，但隨後我想到，只要連上相同的機械發聲裝置，所有大腦都會發出相同的聲音，唯一有可能不同的是語言、節奏、語速和發音。在這場怪異的交談中，也能聽到兩個真正人類的聲音，其中一個我沒聽見過，用詞粗魯，顯然是個鄉下人，另一個文雅的波士頓嗓音屬於昨天下午的嚮導諾伊斯。

我拚命想聽清他們在說什麼，但厚實的地板令人沮喪地隔絕了大部分聲音；另一方面我還意識到樓下房間裡傳來大量的挪動、刮擦和曳步聲，因此我不免覺得書房裡充滿了活物，比發出聲音的這幾個要多得多。那種挪動聲實在太難形容了，因為幾乎不存在可供對比的其他聲音。似乎擁有意識的物體時不時地在房間裡活動，那種落腳聲像是鬆脫的堅硬表面碰撞出的咔噠咔噠聲，例如粗糙獸角或硬橡膠之間的摩擦接觸。打一個比較形象但不太準確的比方，就好像人穿著寬大而多刺的木鞋在拋光地板上蹣跚而行。至於究竟是什麼東西發出了那些聲音，我連想都不敢想。

沒過多久，我意識到我不可能分辨清楚任何連貫的發言。包括埃克利和我名字在內的單獨字詞偶爾浮現，尤其是在機器發聲裝置說出的話裡，但缺乏關聯的上下文，它們的真實含義實在無從得知。如今我更是不願意根據這些字詞推測完整的意思，哪怕我能得到的頂多只是模糊的暗示而非真相。我敢肯定我腳下正在召開一場恐怖而反常的祕密會議，但商討的究竟是什麼樣駭人的議題我就不知道了。儘管埃克利向我保證過外來者的友善，但奇怪的是，我依然感覺到了惡意和邪異的氣氛籠罩了我。

我耐心地偷聽著，漸漸分清了那幾個不同的聲音，但還是聽不清它們說的絕大多數內容。我似乎捕捉到了一些發言者特定的情感模式。比方說，有一個嗡嗡聲帶著毋庸置疑的權威感，機械聲音儘管在人工手段下顯得響亮而規則，但似乎處於從屬和懇求的位置。諾伊斯的語氣裡有調解的味道。另外幾個聲音我就無暇分析了。我沒有聽見埃克利那熟悉的嘶啞低語聲，但我很清楚那麼一個聲音無法穿透結實的地板。

下面我將試著寫下我聽見的一些支離破碎的詞句和其他聲音，盡我所能標出發言者的身分。我首先從發聲機器的發言中聽清了幾個短語。

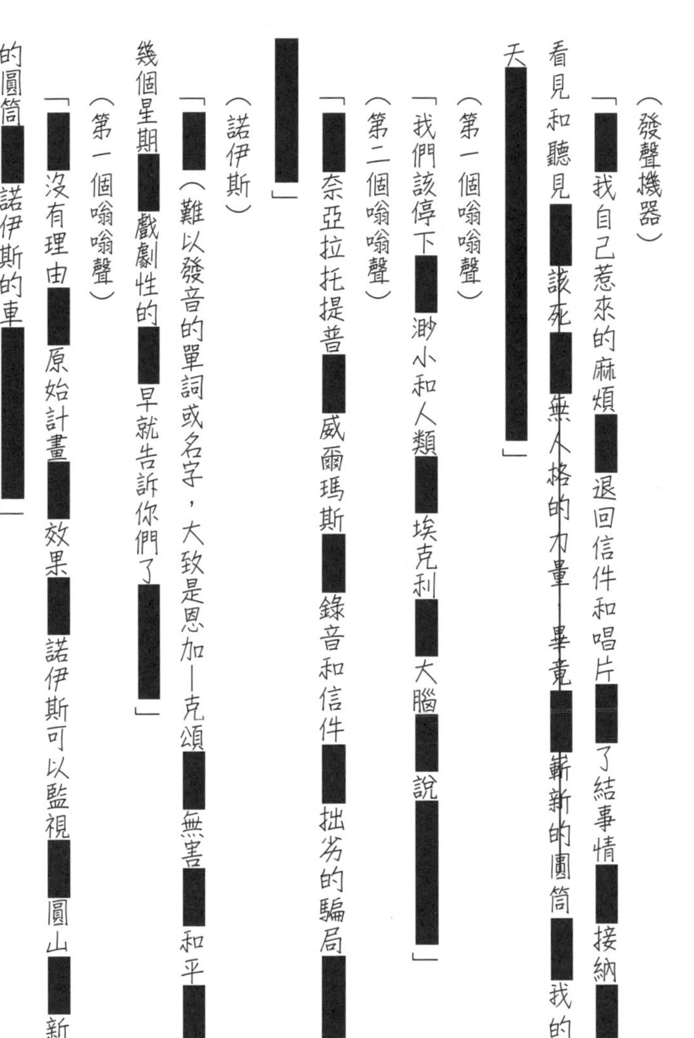

（發聲機器）

「█我自己惹來的麻煩█退回信件和唱片█了結事情█接納█看見和聽見█該死█無人格的力量，畢竟█嶄新的圓筒█我的天█」

（第一個嗡嗡聲）

「我們該停下█渺小和人類█埃克利█大腦█說█」

（第二個嗡嗡聲）

「█奈亞拉托提普█威爾瑪斯█錄音和信件█拙劣的騙局██」

（諾伊斯）

「█（難以發音的單詞或名字，大致是恩加—克頌█無害█和平█幾個星期█戲劇性的█早就告訴你們了█」

（第一個嗡嗡聲）

「█沒有理由█原始計畫█有效果█諾伊斯可以監視█圓山█新的圓筒█諾伊斯的車█」

（諾伊斯）

「█好的█都是你的█在這裡█休息█地方█」

（幾個聲音同時說話，無法分辨）

（許多腳步聲，包括那種特殊的挪動聲或咔噠咔噠響聲）

（奇怪的振翅聲）

（汽車發動，開遠）

（寂靜）

大體而言，這就是我的耳朵捕捉到的內容。恐怖山嶺間的詭異農舍裡，我僵硬地躺在二樓的陌生床鋪上，沒有脫衣服，右手握著左輪手槍，左手握著便攜手電筒。如我所說，我已經徹底清醒過來，但在那些聲音的最後一絲回聲也早已消逝之後，難以言喻的癱瘓狀態依然讓我無法動彈。我聽見樓下遠處有一尊康乃狄克木鐘發出精確的滴答聲，然後慢慢分辨出一個沉睡者不規則的鼾聲。經過那場奇異的會議，埃克利終於睡著了，我敢肯定他也確實需要休息。

但是，應該怎麼打算和做些什麼，這不是我能立刻決定的。說到底，比起根據先前得到的資訊做出的結論，我聽到的東西難道有什麼不同嗎？我難道不是早就知道未知的外來者已經可以自由出入這幢農舍了嗎？它們這一趟來得很突然，埃克利無疑也有些吃驚。然而，對話片段中有些什麼東西讓我感到了徹骨的寒意，激起了最怪異和恐怖的疑問，使得我強烈地希望我會陡然驚醒，證明剛才這一切只是一個夢。我認為我的潛意識肯定捕捉到了意識尚未覺察到的什麼東西。但埃克利呢？他難道不是我的朋友嗎？假如我有可能受到傷害，他難道不會保護我嗎？樓下傳來陣陣平靜的鼾聲，像是在嘲笑我突然加劇無數倍的恐懼。

埃克利有沒有可能受到了欺騙，作為誘餌吸引我帶著信件、照片和唱片來到深山之中？那些生物會不會因為我和埃克利知道得太多，所以打算一次性地消滅我們兩個人呢？我再次想到埃克利在寫倒數第二封信和最後一封信之間的那段時間裡究竟發生了什麼，從而導致情況發生了突兀而超乎尋常的轉折。本能告訴我，有些事情非常不對勁。一切都和表面上不一樣。我沒有喝餐桌上的咖啡，因為那咖啡有一股辛辣味——會不會是某個隱匿未知的生物在咖啡裡下了藥？我必須立刻找埃克利談一談，讓他清醒過來。外來者允諾向他揭示宇宙的奧祕，將他迷得神魂顛倒，但現在他必須聽從理性的召喚。我們必須在還來得及的時候脫身而去。假如他沒有足夠的意志力去爭取自由，我可以幫他一把。即便我無法說服他離開，至少也能獨自逃跑。他肯定會允許我借用他的福特車，到布萊特爾博羅後留在某個存車房裡。先前我已經注意到那輛福特就在車棚裡，車棚沒有鎖門，因為他認為危險已經過去了；我認為那輛車應該做好了隨時上路的準備。

我在晚間談話時和談話後對埃克利短暫地產生過厭惡感，但此刻已經全然消散。他的處境和我差不多，我們必須團結一致。我知道他的身體不舒服，很不情願在這個時候叫醒他，但我知道我必須這麼做。按照目前的情況來看，我絕對不能在這裡待到早晨。

我感覺我終於能夠行動了，我使勁舒展身體，奪回對肌肉的控制權。我小心翼翼地起身——更多是出自本能而非故意——找到帽子戴好，拎上行李箱，藉著手電筒的光柱下樓。我緊張極了，右手緊握左輪手槍，左手同時抓著行李箱和手電筒。我也不知道我為什麼要如此提心吊膽，因為我只是去叫醒這幢房屋裡除我之外的唯一一名居住者而已。

我踮著腳尖走下吱嘎作響的樓梯，來到底層的門廳，鼾聲變得更清晰了，我發現他應該在我左手邊的那個房間裡，也就是我沒有進去過的客廳。先前傳來交談聲的書房在我的右手邊，此刻一片漆黑。客廳的門沒有上鎖，我輕輕推開它，依靠手電筒走向鼾聲的源頭，光柱最後落在沉睡者的臉上。我連忙熄滅手電筒，像貓一樣無聲無息地退回門廳，此刻我表現出的謹慎不但出於本能，也同樣來自理性。因為躺在沙發上睡覺的根本不是埃克利，而是我的嚮導諾伊斯。

真實的情況究竟是怎麼樣的？我無從猜測；但常識告訴我，最安全的做法就是在吵醒任何人之前先盡可能地查明原委。回到門廳之後，我悄無聲息地關上客廳的門，順便插上插銷，這樣就會減少吵醒諾伊斯的可能性。我小心翼翼地走進黑洞洞的書房，認為我會在屋角的安樂椅裡找到埃克利——也許睡著了，也許還醒著——因為那裡顯然是他最喜歡的休憩地點。我一步一步向前走，手電筒的光柱落在中央大桌上，照亮了一個可怕的圓筒，它連接著視覺和聽覺機器，發聲機器放在旁邊，隨時都可以連接上。我心想，這肯定就是剛才那場恐怖會議中說過話的離體大腦；我有一瞬間產生了一種邪惡的衝動，想給它連上發聲機器，聽聽它會說些什麼。

我認為它肯定注意到了我的出現，因為視覺機器無疑會覺察到手電筒的光束，聽覺機器不可能捕捉不到我腳下輕微的吱嘎聲響。但直到最後我也沒有提起勇氣去擺弄那些東西。我在不經意間看見這就是標著埃克利名字的那個嶄新圓筒，昨晚早些時候我曾在架子上看見過，而東道主請我不要碰它。此刻回顧當時，我很後悔我的膽怯，希望我能勇敢地讓它和我交談。上帝才知道它會吐露什麼樣的祕密，澄清有關身分的可怖疑問！但話又說回來，我沒有去打擾它也許反而是個仁慈的決定。

我將手電筒從大桌轉向那個角落，我以為會看見埃克利的身影，卻困惑地發現那張安樂椅上空無一人。那件熟悉的舊晨袍從座位垂到了地面上，旁邊的地上扔著那條黃色頭巾和早些時候我覺得很奇怪的綁腿繃帶。我猶豫不決，努力猜測埃克利有可能去了哪兒？他為什麼在忽然之間脫掉了必不可少的病號服？這時我注意到房間裡的怪味和震顫感都消失了。它們究竟從何而來呢？我突然想到一件奇怪的事情，那就是它們只出現在埃克利的周圍，尤其是他的座位附近最為強烈，而除了他所在的房間和門口，到其他地方就完全感覺不到了。我站在那裡，漫無目的地讓光柱在黑暗的書房裡遊蕩，絞盡腦汁地尋求這些事情的合理解釋。

上帝啊！我真希望我能就這麼安安靜靜地離開這裡，而不是讓光柱再次落在空蕩蕩的安樂椅上。但事實上我沒有悄無聲息地離開，而是捂著嘴發出了一聲尖叫，這聲尖叫肯定驚擾了門廳另一側沉睡的哨兵，不過還好沒有吵醒他。跨宇宙的恐怖籠罩著荒僻的蒼翠群山和悄聲詛咒的溪水，那恐怖的匯聚之處是這座詭異山峰覆蓋著密林的山巔，在它腳下這幢充滿恐怖的農舍裡，我聽見的最後的聲音就是我的一聲尖叫和諾伊斯不曾中斷的鼾聲。

真是奇蹟！我在慌忙逃跑中沒有扔掉手電筒、手提箱和左輪手槍，我居然沒有捨棄它們中的任何一件。我沒有再弄出任何聲音，悄悄溜出書房和那幢屋子，拖著我的身體和隨身物品鑽進車棚裡的舊福特，駕著這輛老爺車駛進漆黑的無月之夜，逃向某個未知的安全地點。接下來的那一程像是愛倫．坡或蘭波之手或多雷之筆的狂亂作品，不過最後我還是來到了湯申德。就是這樣。假如我的神智依然健全，那就是我的幸運。但有時候我還是害怕歲月會帶來什麼，尤其是在冥王星這顆新行星如此離奇地被發現之後。

如我所說，我轉動手電筒，光束在書房裡巡遊一圈後，又落回空蕩蕩的安樂椅上；就在這時，我第一次看清了座位上的某些物品，它們就在寬鬆的晨袍旁邊，所以不太顯眼。這些物品共有三件，但後來登門調查的人員沒能找到它們。就像我在一開始說過的，它們看上去並不恐怖，可怕的是它們會讓你聯想到什麼。即便是現在，有些時候我還是會懷疑自己；每當這種時刻，我就會部分地接受懷疑論者的看法，將我的全部經歷歸咎於噩夢、精神錯亂和妄想症。

那三件物品的構造精緻得該受詛咒，配備了小巧的金屬夾，可以附著在某些有機生命體上，但我不敢想像那些生命體究竟是什麼。無論我內心深處的恐懼怎麼說，我都希望，衷心地希望，它們只是藝術大師製作的蠟質作品。萬能的上帝啊！那黑暗中的低語聲，那可怕的氣味和震顫感！巫師、信使、變形者、外來生物……壓抑著的可怖的嗡嗡聲……始終放在架子上那個嶄新圓筒裡的東西……徹底的邪惡……「卓越的外科學、生物學、化學和機械學手段」……

因為安樂椅上的那三件物品——每一個細節都栩栩如生，相似得惟妙惟肖，禁得住顯微鏡的檢驗，甚至有可能就是原物——是亨利．溫特沃斯．埃克利的臉和雙手。

自彼界而來

本人摯友克勞福德・蒂林哈斯特的變化恐怖得超乎想像。兩個半月前的那一天，他告訴了我他的物理學和玄學研究到底要通向什麼目標，我滿懷畏懼甚至幾近驚恐地勸誡他，他的反應是在狂怒中將我趕出實驗室和他的家門，從那以後我就再也沒有見過他。但我知道他近來差不多每時每刻都把自己關在閣樓上的實驗室裡，陪著那臺該詛咒的電子機器，吃得很少，連僕人都不准進去，然而我依然沒有想到，短短十週有可能如此徹底地改變和毀壞一個人。眼看著一個健壯肥胖的男人突然瘦下來已經足以令人不快，但看到鬆弛的皮膚發黃泛灰、深陷的眼窩被黑眼圈包圍、眼睛裡閃著怪誕的光芒、暴出青筋的額頭皺紋叢生、震顫的雙手不時抽搐，我的心情就更加難過了。再加上可憎的邋遢骯髒、亂七八糟的衣著、根部透出白色的蓬亂黑髮、以往刮得乾乾淨淨的面頰爬滿未經修剪的白鬍鬚，最終的結果委實讓我驚駭。我被他驅逐出門十週後，他那張前言不搭後語的字條引著我又來到他家門口，再次出現在我眼前的克勞福德・蒂林哈斯特就是這副模樣。也正是這個鬼影手持蠟燭，顫抖著請我進屋，不時扭頭偷瞄，像是在恐懼仁善街這座孤獨古宅裡的某些隱形怪物。

克勞福德・蒂林哈斯特研究科學與哲學從一開始就是個錯誤。這些知識應該留給性格冷淡而客觀的探求者，因為它們只會給情感豐富而激烈的人兩個同等悲劇的選擇：不是由於失敗而絕望，就是在成功後直面無法描述也無法想像的恐怖。蒂林哈斯特曾經是失敗的犧牲品，活得孤獨而憂鬱；但現在，我心裡的厭惡和害怕告訴我，他已經淪為成功的盤中飧。十週前，他突然道出他感覺自己即將發現什麼的時候，我真真切切地警告過他。當時他興奮得面紅耳赤，說話的聲音高亢而不自然，但依然透著一貫的學究氣。

「對我們身邊的世界和宇宙，」他是這麼說的，「我們究竟了解什麼呢？我們的感知手段少得可笑，我們對周圍實在的認識狹隘得近乎於零。我們只能按我們被構造的方式觀察事物，對事物的真正本質卻毫無概念。我們有五種貧弱的感官，自以為能理解這個無窮複雜的宇宙；但另一些生命，它們的感官更廣闊、更強大，甚至擁有完全不同的感知域，不但見到的事物與我們見到的事物有著天壤之別，而且或許能夠見到和研究雖然近在咫尺但人類感官無法覺察到的其他世界內的物質、能量和生命。我向來相信這種難以觸及的奇異世界就存在於我們身旁，現在我認為我已經找到了打破屏障的辦法。我不是開玩笑。二十四小時內，試驗臺旁的那臺機器就將產生一種波，這種波作用於我們體內某些被認為已經萎縮或退化的不明感覺器官，能為我們展開許多不為人類知曉的圖景，有些圖景甚至不為任何有機生命知曉。我們將看見黑夜中的狗究竟對著什麼吠叫，午夜後的貓到底為了什麼豎起耳朵。我們將看到這些事物，也將看到沒有任何活物曾經見過的其他事物。我們將跨越時間、空間和維度，不需要挪動肉身就能窺視造物的初始。」

蒂林哈斯特說出這番話的時候，我曾勸誡過他。我非常熟悉他，因此我並不覺得好笑，而是深感不安。但他是個狂熱份子，將我趕出了家門。他現在依然很狂熱，但訴說欲克服了厭惡，他用命令的口吻寫了張字條給我，筆跡潦草得我只能勉強看清。此刻我走進這位朋友的住處，看見他如此突然地變成了一個瑟瑟發抖的怪人，彷彿潛伏於所有黑影中的恐怖漸漸感染了我。十週前的那些話和他表達的那些理念，似乎在小小一圈燭光外的黑暗中紛紛顯形，屋主那空洞而異樣的說話聲讓我心生嫌惡。我希望能見到他的僕人，但他說他們三天前全都走了，我不怎麼喜歡這個消息。老格里高利不通知我這種靠得住的朋友就離開主人，這似乎有些不合情理。自從蒂林哈斯特在暴怒中趕走我之後，關於他的所有消息都是老格里高利告訴我的。

然而，我的全部恐懼很快就屈服在了越來越強烈的好奇和著迷之下。克勞福德·蒂林哈斯特現在要從我這裡得到什麼，我只能妄自猜測，但他有一些驚人的祕密或發現想告訴我，這一點毋庸置疑。早先我不贊成他違反自然地窺探無法想像之物，但既然他似乎已經取得了一定的成功，我也幾乎能夠分享他巨大的激情了，儘管成功的代價已經顯現出來。我跟著這個脫形顫抖的男人手裡的躍動燭光，在黑暗而空曠的屋子裡向上走。電力似乎切斷了，我問我的引路人，他說這麼做有著特定的原因。

「那樣會太越界的……我不敢。」他繼續喃喃道。我注意到了他喃喃自語的新習慣，因為他並不是喜歡自言自語的那種人。我們走進閣樓的實驗室，我看見那臺可憎的電子機器發出病怏怏的不祥紫色輝光。機器連接著大功率的化學電池，但似乎沒有在接收電流；因為我記得在實驗階段，機器運行時會發出劈啪聲和呼呼聲。蒂林哈斯特嘟嘟囔囔地回答我的疑問，說那種持續不變的輝光無論從任何意義上說，都不是我能理解的電學現象。

他讓我在機器附近坐下，因此機器現在位於我的右手邊，他撥動機器頂端一簇玻璃球體下某處的一個開關，熟悉的劈啪聲重新響起，漸漸變成嗚嗚聲，最終變成柔和得像是要重歸寂靜的嗡嗡聲。與此同時，輝光慢慢增強，而後黯淡下去，接著轉為某種蒼白而怪誕的顏色，更確切地說是我無法說清也不能形容的幾種顏色的混合體。蒂林哈斯特一直在觀察我，注意到了我的困惑神情。

「你知道這是什麼嗎？」他壓低嗓門說，「這是紫外光。」看見我吃驚的樣子，他發出古怪的吃吃笑聲。「你以為紫外光是看不見的，事實上也確實如此，但你現在能看見它了，還能看見其他許多不可見的東西。」

「你聽我說！那機器發射出的波能喚醒我們身體裡一千種沉睡的感官；幾百萬年間從離散電子到有機人類的進化給我們留下了這些感官。我已經見到了真相，我想讓你也看一看。你能想像真相是什麼樣的嗎？我來告訴你。」蒂林哈斯特在我對面坐下，吹滅蠟燭，用可怖的眼神望著我的雙眼。「你現有的感官——我認為首先是耳朵——會捕捉到許多模糊的印象，因為耳朵與沉睡器官的關係最緊密。然後是其他感官。你聽說過松果體嗎？我要嘲笑淺薄的內分泌學家，還有他們愚蠢的同道中人，暴發戶佛洛伊德主義者。我已經發現，松果體是感覺器官裡最重要的一個。說到底，它就像視覺，將可見的圖像傳進大腦。假如你身體正常，你應該主要就是這麼得到資訊的……我指的是來自彼界的絕大多數資訊。」

我環顧傾斜南牆下的寬敞閣樓，尋常眼睛看不到的光線朦朧地照亮這裡。遠處的牆角全被陰影籠罩，整個房間都有一種模糊的不真實感，遮蔽了它的本質，激發想像力走向象徵和幻覺。蒂林哈斯特沉默良久，在這段時間內，我幻想自己來到了某個巨大得難以置信的神殿，供奉的神祇早已消逝；隱約的殿堂裡，不計其數的黑色石柱從腳下的潮溼石板拔地而起，伸入我視野之外的雲霄高處。這幅畫面有一會兒非常清晰，但漸漸被另一種更加恐怖的感覺替代：徹底而決然的孤寂，彷彿置身於什麼都看不見和聽不見的無窮空間之內。這裡似乎只有虛無，僅僅是虛無，但我害怕得像個孩子，恐懼驅使我抽出了褲子後袋中的左輪手槍；自從某晚我在東普羅維登斯遭搶後，每逢天黑出門我就隨身攜帶武器。這時，從最遙不可及的遠方，那種聲音悄悄地進入了現實。它無比微弱，幾不可察地顫動著，擁有明白無誤的音樂感，但又蘊含著異乎尋常的癲狂，帶來的感覺就像在用精確的手段折磨我的整個軀體。那體驗就像是一個人不小心抓撓毛玻璃時的觸感。與此同時，某種類似寒冷氣流的東西漸漸出現，似乎就是從遙遠聲音的方向朝我吹來。我屏住呼吸等待，感覺到聲音和冷風都在慢慢加強，使得我產生了古怪的想法，就好像我被綁在鐵軌上，龐大的火車頭正在駛近。我忍不住開始對蒂林哈斯特說話，剛一開口，這些非同尋常的感覺陡然消失。我眼前只有一個男人、發光的機器和影影綽綽的房間。蒂林哈斯特朝我下意識拔出的左輪手槍露出令人厭惡的笑容，從他的表情我看得出，他也見過和聽過我見到和聽到的那些東西，而且肯定只多不少。我悄聲說出我的體驗，他命令我盡可能地保持安靜和敞開感官。

「不要動，」他提醒我，「因為在這種光線中，我們能夠看見，但也能夠被看見。我說過僕人都走了，但我沒有說他們是怎麼走的。都怪那個沒腦子的管家，她無視我的警告，打開了樓下的電燈，電線於是開始共振。情形肯定很可怕，儘管我在從另一個方向看和聽，但我從樓上都能聽見他們的慘叫，後來我在屋裡各處發現了一堆又一堆衣服，只有衣服，沒有人，那可真是太恐怖了。厄普代克夫人的衣服離前廳的電燈開關不遠，所以我才知道她做了什麼。他們所有人都被擄走了。但只要不動，我們就應該是安全的。記住，我們涉足的是個異常怪異的世界，在那裡我們沒有任何反抗能力……千萬別亂動！」

他揭示的真相和突如其來的命令讓我震驚得無法動彈，在恐懼之中，我的精神再次敞開大門，迎接來自蒂林哈斯特稱之為「彼界」的幻象。此刻我置身於聲音和運動構成的漩渦之內，我眼前全都是混亂的圖像。我看見閣樓的模糊輪廓，而無法辨識的形狀或煙霧猶如沸騰的柱體，從空間中的某個點傾瀉而出，穿透了我前方和右側的堅實屋頂。緊接著我又見到了那個神殿，而這次我見到廊柱伸進天空中一片光芒的海洋，光海沿著先前那條煙霧廊柱射出一道炫目的光芒。這一幕過後，我像是墜入了萬花筒，在雜亂無章的景象、聲音和無法辨識的感官印象之中，我覺得我即將分崩離析，以某種方式失去物理形體。有個一閃而過的景象是我永遠不可能忘記的。有一瞬間，我似乎見到了一片怪異的夜空，天空中充滿了不停旋轉的閃亮球體，就在這個景象消散的時候，我看見耀眼的恆星構成一個有著確定形狀的星座或星群，而這個形狀就是克勞福德．蒂林哈斯特變形的面容。另一個時刻，我感覺到巨大的物體與我擦身而過，偶爾走過或飄過我應該是實體的肉身，我認為我看見蒂林哈斯特望著它們，就好像他磨練得更好的感官能捕捉到它們的影像。我回憶起他提到的松果體，很想知道他那隻超自然的眼睛究竟見到了什麼。

忽然間，我自己也擁有了某種增強的視覺。在那發光而又暗影幢幢的混沌之外和之上升起了一幅畫面，雖然模糊，但擁有特定的連貫性和持續性，事實上還有點眼熟，因為疊加在普通的世俗景象上的不尋常事物就像投射在影院布幕上的電影畫面。我看見了閣樓實驗室，看見了那臺電子機器，看見了我對面蒂林哈斯特難看的模樣；但沒有被熟悉事物佔據的空間卻沒有哪怕一丁點是空置的。難以描述的無數形體——也許是活的，也許不是——混合成噁心的紛亂團塊，每一件熟悉物體的周圍都有無數個群落的未知異物。就彷彿所有熟悉的事物忽然掉進了未知異物構成的宇宙，反之亦然。在那些活物裡，最外層的是一些顏色漆黑、狀如水母的巨型怪物，柔軟的身體隨著機器的震動微微顫抖。它們的數量多得可怕，我驚恐地發現它們互相交疊，它們是半流體的生物，能夠穿透彼此的身體和我們認為是固體的表面。這些怪物動個不停，懷著某種邪惡的目的飄來飄去。它們有時候似乎會相互吞噬，進攻者撲向受害者，後者隨即從視野中徹底消失。我不由得顫抖，覺得我似乎知道是什麼抹殺了那些倒楣的僕人，無論我多麼努力地去觀察這個存在於我們身旁的不可見的世界，都無法將那個存在趕出腦海。蒂林哈斯特一直在看著我，此刻他終於開口了。

「你看見它們了嗎？看見了嗎？你看見那些東西了嗎？它們每時每刻都在你的四周和身體內漂浮和翻騰。你看見那些生物了嗎？它們構成了人們所謂的純淨空氣和藍色天空。我難道沒有成功地打破障礙嗎？我難道沒有向你展示其他活人從未見過的迴異世界嗎？」我在恐怖的混沌中聽著他的嘶喊，看著他那張狂躁的面容伸到了讓人不適的近處。他的雙眼彷彿烈火深淵，懷著壓倒一切的仇恨死死地盯著我。那臺機器依然在可憎地嗡嗡運轉。

「你以為那些蠕動的東西抹殺了僕人嗎？愚蠢，它們是無害的！但僕人確實消失了，對不對？你企圖阻止我，在我最需要哪怕一絲一毫鼓勵的時候，你竟然澆我的冷水；你害怕宇宙的真相，該死的懦夫，但現在我逮住你了！是什麼抹殺了僕人？是什麼讓他們慘叫得如此響亮？……不知道，對吧？你很快就會知道了。看著我！聽清楚我的話！你以為真的存在時間和量級這樣的東西嗎？你以為存在形態和物質這樣的東西嗎？我告訴你，我達到了你的小腦袋永遠無法想像的深度。我見到了無垠永恆的界限之外，從群星引來魔鬼……我能駕馭陰影，它們在世界與世界之間穿梭，散播死亡和瘋狂……空間屬於我，你聽見了嗎？那些東西在追捕我，就是吞噬和瓦解僕人的東西，但我知道該怎麼避開它們。它們會逮住你，就像它們逮住僕人……激動嗎，親愛的先生？我說過不要亂動，亂動很危險，我命令你不要動就是在救你的命……讓你目睹更多景象，聽我說這些話。你要是敢亂動，它們早就撲向你了。別擔心，它們不會傷害你。它們不會傷害僕人——那些可憐的小魔鬼，之所以慘叫是因為他們見到的東西。我的寵物並不美麗，因為它們來自審美標準完全不同的其他地方。身體瓦解沒什麼痛苦，我向你保證——但我要你看見它們。我曾經險些見到它們，但我知道該怎麼停下。你好奇嗎？我早就知道你算不上科學家。顫抖了嗎？是不是急著想看見我發現的終極魔物，所以才顫抖的？那麼，你為什麼不動一動呢？是因為太累了嗎？哈，別擔心，我的朋友，因為它們來了……看，快看，該死的，快看啊……就在你的左肩上……」

接下來能說的事情非常簡單，您要是讀過報紙，大概早就知道結局了。員警聽見蒂林哈斯特老宅裡傳來槍聲，衝進來後發現了我們——蒂林哈斯特已經死去，我則不省人事。員警逮捕了我，因為我手裡握著左輪手槍，但三小時後我就被釋放了，因為他們發現蒂林哈斯特死於中風，而我那一槍瞄準的是那臺可憎的機器；子彈打爛了機器，殘骸毫無用處地散落在實驗室的地板上。關於我究竟見到了什麼，我沒有說得太多，因為我害怕驗屍官會起疑心；但聽完我避重就輕的陳述，醫生說我肯定是被那個懷恨在心的嗜血狂人催眠了。

真希望我能相信醫生的結論，這樣就能安撫我緊張的神經了，打消我每次看見頭頂和周圍的天空和空氣時就會浮現在腦海裡的念頭。我再也體會不到獨處和舒適的感覺，遭到追捕的可怖感覺時常在我疲倦時令人毛骨悚然地襲來。讓我無法相信醫生的結論的原因很簡單：員警始終未能找到據稱被克勞福德．蒂林哈斯特殺害的僕人的屍體。

神殿

（發現自尤卡坦海岸的手稿）

一九一七年八月二十日，本人卡爾．海因里希，阿爾特貝格－埃倫斯泰因伯爵，德意志帝國海軍少校，潛艇U-29的指揮官，將裝有此日誌的漂流瓶投於大西洋之中，具體位置不明，大約在北緯20度、西經35度處附近，本艇失去動力，擱淺在洋底。我這麼做是想讓某些非同尋常的事實公諸於眾，而本人無論如何也不可能存活下來，親自完成這件事情了，因為我所處的環境詭異而險惡，不但使得U-29受到致命傷害，也以最慘痛的方式磨滅了我日爾曼人鋼鐵般的意志力。

六月十八日下午，正如本艇透過無線電向駛往基爾的U-61所報告的，我們用魚雷於北緯45度16分、西經28度34分處擊沉了從紐約駛往利物浦的英國貨輪「勝利號」；我們允許船員乘救生艇離開，為海軍部檔案留下光彩的影像記錄。貨輪以壯觀之姿沉沒，船頭首先入水，船尾高高升出水面，垂直地沉向海底。我們的攝影機拍下了全部畫面，如此完美的一卷膠片未能送抵柏林，本人感到頗為惋惜。拍攝結束後，我們用機炮擊沉了救生艇，然後恢復潛航。

本艇於日落時分升出海面，在甲板上發現了一名水手的屍體，他以奇怪的姿勢用雙手抓住欄杆。這個可憐的傢伙很年輕，皮膚黝黑，相貌英俊，有可能是義大利或希臘人，無疑是「勝利號」的船員。他顯然想向被迫擊沉他所乘船隻的本艇尋求庇護——英國豬狗向我祖國發動的不義侵略戰爭又多了一名犧牲者。本艇船員在他身上搜尋紀念品，在他的大衣口袋裡找到了一件非常古怪的象牙雕像，雕像中的年輕人頭戴月桂花冠。我的同僚克倫茨上尉認為這個雕像很古老，有很高的藝術價值，於是就收為己有。一名普通水手為何會擁有如此珍貴的物品，我和他都無從想像。

死者被扔下甲板時發生了兩件事情，在船員中造成了極大的混亂。死者的眼睛本來是閉著的，但在將屍體搬向艇舷時，眼睛微微地睜開了，許多船員產生了離奇的幻覺，認為它們以嘲笑的眼神盯著正在彎腰搬屍體的施密特和齊默。水手長繆勒較為年長，假如他不是一條阿爾薩斯出身的迷信臭豬，應該表現得更好一些才對，他望著落進海水的屍體，被幻覺弄得極為激動；他信誓旦旦地說，屍體稍稍下沉之後，四肢就變成了游泳的姿勢，在波浪下快速游向南方。克倫茨和我不喜歡這種鄉下人的愚昧表演，嚴厲地訓斥了船員，尤其是繆勒。

第二天，部分船員的身體不適造成了非常麻煩的局面。他們似乎因為長途遠航而精神緊張，做了許多噩夢。有一些人顯得茫然而呆傻；確認他們並沒有在裝病之後，我允許他們暫時離崗休息。海面風浪很大，於是我們下潛到波浪較為平靜的深度。這裡幾乎不受風浪的影響，但存在一股頗為神祕的南向洋流，我方海圖上沒有這股洋流的紀錄。病患的呻吟讓人惱火，但由於沒有影響其他船員的士氣，我們也就沒有採取極端措施。本艇的計畫是原地停留，準備攔截「達契亞號」，我方駐紐約間諜傳來的情報中提到了這艘船。

傍晚時分，本艇升回水面，發現海況已經好轉。北方海平線上可見一艘戰艦的煙柱，但雙方距離和本艇的潛航能力足以保證安全。更讓我們擔心的是繆勒水手長的胡言亂語，夜晚臨近，他變得越來越瘋狂。他陷入可鄙的幼稚狀態，竟然大肆宣揚他的幻覺，聲稱見到屍體漂過海底舷窗，而它們都目光炯炯地盯著他，儘管屍體已被泡脹，但他曾在我德意志鐵軍之輝煌勝利中目睹他們死去。他聲稱屍體的首領就是我們在甲板上發現並扔回大海的那名年輕人。這種噁心而瘋狂的言論實在難以原諒，因此我下令將繆勒銬了起來，狠狠地鞭打了一頓。我的部下當然不會樂於見到他受到懲罰，但紀律畢竟更加重要。水兵齊默代表船員請求我們將那個奇特的象牙雕像丟進大海，被我們嚴詞拒絕。

六月二十日，前一天開始生病的水兵鮑姆和施密特陷入嚴重的瘋狂狀態。我很後悔船員中沒有配備醫師，因為德國人的每一條生命都是寶貴的；但兩人不停胡言亂語，唸叨什麼恐怖的詛咒，嚴重地破壞了本艇的軍

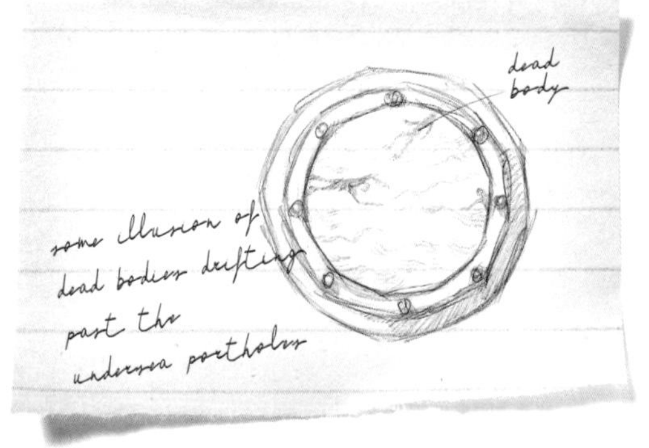

紀，因此我們採取了斷然措施。船員以陰鬱的態度接受了這一結果，繆勒似乎因此安靜下來，他沒有再給我們帶來任何麻煩。傍晚時分，我們釋放了他，他默默地履行職責。

接下來的一週，我們非常緊張地等待「達契亞號」。繆勒和齊默的失蹤使得形勢愈加惡化，他們無疑遭受著恐懼的折磨，因此選擇了自殺，但沒有人目睹他們跳下甲板。能夠擺脫繆勒，我倒是頗為高興，因為他哪怕沉默不語，也一樣會對船員造成不良影響。所有人目前都傾向於保持沉默，像是內心深處有某種不可告人的恐懼。許多人身體不適，但沒有人挑起騷動。克倫茨上尉在重壓下變得很暴躁，最細枝末節的瑣事也會讓他煩惱不已：比方說聚集在U-29周圍的海豚越來越多，我方海圖上不見記載的南向洋流正在增強。

最後，我們確定本艇徹底錯過了「達契亞號」。這種失敗並不罕見，我們更多地感到高興，而不是失望；因為我們終於可以返回威廉港了。六月二十八日中午，我們轉向東北，儘管出現了數量多得出奇的海豚，可笑地糾纏著本艇，但我們還是很快就登上了歸途。

下午2點，引擎室出乎意料地發生爆炸。儘管沒有機械故障或人為疏忽，但在毫無預兆之下，本艇從船首到船尾都遭到了巨大的衝擊。克倫茨上尉匆忙趕到引擎室，發現燃油箱和大部分機械設備已經徹底損壞，工程師拉貝和施耐德當場身亡。我們的處境立刻變得極為危急；因為儘管負責空氣再生的化學裝置完好無損，本艇在壓縮空氣和蓄電池的允許範圍內亦可上浮、下潛和打開艙蓋，但我們失去了動力和導航能力。乘救生艇求救則等於將我們交給向我德意志偉大帝國挑起不義之戰的敵人處置，而自從擊沉「勝利號」之後，本艇的無線電系統就發生了故障，無法聯絡帝國海軍的其他潛艇。

從事故當時到七月二日，本艇持續向南漂流，無法改變處境，也沒有遇到其他船隻。海豚依然包圍著U-29，考慮到本艇已經漂流的距離，這一點頗為令人驚訝。七月二日清晨，本艇發現一艘懸掛美國國旗的戰艦，船員焦躁不安，渴望投降。克倫茨上尉不得不槍決了一名叫特勞貝的水兵，他以極大的熱忱鼓吹此種叛國行徑。在這一果斷處置之下，船員暫時安靜下來，本艇悄然下潛，未被發現。

第二天下午，南方出現了密集的成群海鳥，風浪也逐漸變大。本艇關閉艙門，靜待情況變化，直到最終面臨抉擇：要是不下潛，就會被越來越高的巨浪吞沒。我們的氣壓和電力在持續減少，儘管不願消耗殘存的這點機動能力，但現實讓我們別無選擇。我們沒有潛得太深，數小時後，海面開始恢復平靜，我們決定浮出水面。然而，新的問題出現了，無論機械師如何努力，本艇都拒絕回應我們的操縱。被困於海下加深了人們的恐懼，有些船員又開始說克倫茨上尉的象牙雕像如何如何，但一把自動手槍就足以讓他們閉嘴了。我們盡可能讓這些可憐的傢伙有事可做，雖然知道毫無用處，但還是命令他們努力修理機械。

克倫茨和我通常輪流睡覺；船員譁變就發生在我休息的時間內，也就是七月四日上午5點。僅存的那六名豬狗不如的水兵認為我們已經必死無疑，突然因為兩天前沒有向美國佬戰艦投降而爆發出狂怒，發出譫妄般的咒罵，在船上大肆破壞。他們像畜生似的咆哮，毫無顧忌地砸爛儀器和傢俱，大喊大叫胡說什麼象牙雕像有詛咒，黝黑年輕人的屍體盯著他們看，被扔下海後自己游走。克倫茨上尉嚇得動彈不得，娘們似的萊茵軟蛋也就是這個德性了。我向全部六名船員開槍，這是必要之舉，並確認他們都已死去。

我和克倫茨上尉通過氣密艙將屍體投入海中，U-29上只餘下我們兩人。克倫茨顯得極為緊張，大量飲酒。我們決定利用剩餘的物資盡可能長久地活下去，船上還有大量口糧和製氧裝置用的化學藥品，它們逃過了豬狗般的下賤船員的瘋狂破壞。我們的羅盤、測深計和其他精密儀器都已損壞，因此我們只能靠手錶、日曆以及透過舷窗和瞭望臺所見物體估計出的目測速度來猜測位置。還好本艇的蓄電池電量充足，可供船內和探照燈長時間使用。我們經常用探照燈照射四周，但只能見到海豚平行於我們的漂流線路游動。我對這些海豚產生了科學興趣，因為普通的真海豚是鯨下目的哺乳動物，必須靠空氣維持生命，但我盯著伴隨我們游動的一條海豚看了兩個小時，卻沒有見到牠改變自己的潛行狀態。

隨著時間的過去，克倫茨和我認為我們一方面還在向南漂流，另一方面也沉得越來越深。我們辨認出多種海洋動物和植物，大量閱讀這方面的書籍，這些書是我為了打發閒暇時間帶上船的。但我注意到我這位同伴對科學的了解遠不及我。他的大腦不是普魯士式的，而是沉迷於毫無價值的想像和猜測。我們必將死亡的事實對他產生了怪異的影響，他經常在悔恨中祈禱，悼念被我們葬送在海底的男人、女人和孩童，全然不顧為了德意志祖國的一切犧牲都是那麼高貴。過了一段時間，他的精神失衡越來越明顯，他會一連幾個小時盯著象牙雕像，編造海底被遺忘的失落魔物的故事。有時候，作為心理學實驗，我會誘使他說出那些離奇囈語，聽著他沒完沒了地引用詩歌，講述沉船傳說。我為他感到遺憾，因為我不願看見一名德國人如此受苦；但我可不想和這麼一個人攜手赴死。我很自豪，因為我知道祖國將如何紀念我的功績，我的子孫將被教導成我這樣的鐵漢。

八月九日，我們窺見洋底，於是用探照燈的強光照亮它。那是一片高低起伏的平原，大部分被海草覆蓋，點綴著小型貝類的殼。我們有時候能看到輪廓怪異的黏滑物體，它們披著海草，嵌著藤壺，克倫茨聲稱它們肯定是在此安息的古代沉船。但有一件東西讓他非常困惑，那是個看似堅實的尖峰，從海床突出約4英呎，寬約2英呎，側面平坦，上表面光滑，在頂端形成一個很大的鈍角。我認為那是一塊露頭岩石，但克倫茨認為他在那東西的表面上看見了雕刻。過了一會兒，他開始顫抖，像是害怕似的轉身不敢再看；但他沒有仔細解釋，只說海洋深淵的廣袤、黑暗、偏遠、古老和神祕震撼了他的心靈。他的大腦已經疲憊，但我擁有德意志人的鋼鐵意志，很快就注意到了兩件事情。首先，U-29頑強地承受住了深海的壓力，而那些海豚依然在四周出沒，但絕大多數博物學家都認為高等生物在這種深度不可能存在。先前我高估了本艇所處的深度，這一點我可以肯定，但即便如此，我們此刻的深度依然使得這個現象變得異乎尋常。其次，根據現在對洋底的觀察和在較淺處對海洋生物的觀察，我們向南漂流的速度沒有什麼變化。

八月十二日下午3點15分，可憐蟲克倫茨徹底發瘋了。我在圖書室閱讀，他本來在瞭望臺裡用探照燈查看外部情況，而我卻看見他跌跌撞撞地衝進圖書室，面部的表情洩露了內心的扭曲。請允許我在這裡引用他的話，著重點出他一再重複的內容：「他在呼喚！他在呼喚！我聽見他了！我們必須去！」他一邊叫喊，一邊從桌上拿起象牙雕像塞進衣袋，抓住我的手臂，想拉著我走扶梯上甲板。我立刻明白他想打開艙蓋，帶著我一起跳進外面的大海，我對這種自殺加謀殺的瘋狂行徑實在沒有思想準備。我拉住他，嘗試安撫他，他卻變得更加凶惡，說：「快來吧——不要再等下去了；懺悔而得到原諒好過抗拒而遭受懲罰。」我嘗試與安撫背道而馳的辦法，說他瘋了，可悲地精神錯亂了。但他不為所動，只是叫道：「假如我瘋了，那反而是神的慈悲！願諸神可憐這個人，他麻木不仁，在最恐怖的末日面前依然神智健全！來吧，趁著他還在充滿仁慈地呼喚我們，快發瘋吧！」

這一場爆發似乎釋放出了他意識中的壓力，因為在此之後，他變得溫和多了，說假如我不願意和他一起走的話，那就請我放他單獨離開。我的選擇很簡單。他固然是德國人，但只是區區一名萊茵平民，更何況此刻已經發瘋，有可能會造成危險。只要接受他的自殺請求，我就能立刻解除這個已經算不上同伴的威脅。我請他在離開前把象牙雕像給我，但得到只是一陣異常詭異的狂笑，因此我沒有重複這個請求。考慮到我也許還有獲救的可能性，我問他要不要留下一簇頭髮或什麼紀念品給他在德國的家人，但他的答案依然是那種詭異的大笑。他爬上扶梯，我走向操縱臺，等了一段時間，操縱機器送他走向死亡。等我確定他已經不在船上了，就用探照燈四處掃射，希望能最後再看他一眼；我想確定他是會像理論上那樣被水壓擠扁，還是會像那些異乎尋常的海豚那樣不受影響。但我沒有找到我故去的這位同僚，因為海豚密密麻麻地聚集在周圍，擋住了瞭望臺向外的視線。

那天傍晚我非常後悔，我應該在可憐蟲克倫茨離開前，偷偷地從他口袋裡摸走象牙雕像，因為我為記憶中的雕像深深著迷。儘管我天生不是藝術家，但無論如何都沒法忘記那個頭戴月桂花冠的俊美年輕人。我同時還感到遺憾，因為我無法向任何人傾吐心聲。克倫茨雖然在精神上不可能與我相提並論，但有總比沒有強。那天夜裡我睡得很不好，琢磨著我將在何時迎來死亡。是啊，我得到救援的可能性真是微乎其微。

第二天，我爬上瞭望塔，習慣性地藉著探照燈掃視周圍。向北望去，自從四天前見到海底以來，景象幾乎沒有任何變化；但我注意到U-29的漂流速度沒那麼快了。我將光束掃向南方，見到前方的洋底呈現出明顯的下降坡度，形狀規整得奇怪的石塊擺在特定位置上，像是按照某種規律被安放在那裡的。本艇沒有立刻潛入更深的海底，因此我只能調整探照燈的角度，讓光束向下照射。由於轉動過快，一根電線中斷了，耗費了我許多分鐘修理，但最後探照燈還是恢復了工作，照亮了我身下的海底山谷。

我生性不會屈服於情緒，但見到被光束照亮的事物，我還是感到了巨大的震撼。我接受過最高水準的普魯士文化教育，地質學和口述歷史都告訴我們滄海桑田的轉換確有其事，不該為此感到震驚。底下一眼望不見盡頭的是無數精美建築物的廢墟，它們是那麼宏偉，風格難以歸類，保存的良好程度各自不同。大多數建築物似乎是大理石質地，在探照燈下閃著白光，這座巨大的城市總體來說位於狹窄山谷的底部，但在陡峭的山坡上也有眾多單獨的神殿和府邸。屋頂已經塌陷，廊柱已經折斷，但無法比擬的遠古光輝卻無法磨滅。

以前被我視為神話的亞特蘭提斯就這麼出現在眼前，我成了全世界最迫不及待的探險家。過去肯定曾經有一條河在谷底流淌，因為在我仔細查看腳下景象的時候，我注意到了昔日用石塊與大理石砌成的橋樑和防波堤、曾經綠樹成蔭的美麗臺地和堤壩。興奮之中，我變得和可憐蟲克倫茨一樣愚蠢和感情用事，過了很久才注意到南向洋流已經到頭，U-29 緩緩地落向沉沒的古城，就好像飛機落向地面上的都市。同樣的，我過了很久才發現那群不尋常的海豚也消失了。

過了大約兩個小時，潛艇落在了靠近山谷岩壁的一片石鋪廣場上。向一側望去，整個城市從廣場順著山坡延伸到往日的河岸；向另一側望去，近得令人訝異的距離外，是一座巨大建築物裝飾華麗的正面，它保存得極為完好，顯然是挖空了堅固岩石而建成的神殿。面對如此龐然巨物，我只能猜測它究竟是如何建造的。神殿的外立面巨大得難以形容，似乎覆蓋了山體上的一整片凹進處，因為它有許多窗戶，而且窗戶的分布也很廣。它的正中央是一道敞開的巨門，底下的臺階巍峨壯觀，周圍精緻的浮雕似乎是狂歡宴會中的人們。最靠外的是巨大的廊柱和簷壁，都裝飾有美麗得難以形容的浮雕；浮雕描繪的是理想化的田園風光，還有男女祭司手持奇異的禮儀用具，正在膜拜光芒四射的神祇。浮雕中體現出的藝術性極為完美，從概念看主要是古希臘風格，但很奇特地獨樹一幟，它們看上去古老得可怕，更像是希臘藝術最遙遠的祖先，而不是年代相近的父輩。我毫不懷疑這座巨大神殿的每一個細節都是從這顆星球的原始山岩上雕鑿出來的，它怎麼看都是山谷岩壁的一部分，我無法想像其恢弘的內部究竟是怎麼掏空的，也許是以一個洞窟或一系列洞窟為核心建造而成的吧。歲月和海水都未能腐蝕這座神殿的太古威儀——對，它肯定是一座神殿——哪怕是在海洋深淵的黑暗和寂靜中安息了千萬年。

我記不清我盯著這座沉沒城市的建築物、拱頂、雕像、橋樑和美麗而神祕的龐大宮殿看了多少個小時。儘管我知道死亡就在眼前，但還是無法控制我的好奇心。我轉動探照燈的光束，飢渴地探尋著各種祕密。光柱讓我看清了許多細節，但還是沒能照亮石雕神廟那道大門內的樣子。過了一陣子，我意識到必須節省電力，於是關閉了電源。經過這幾週的漂流，我明顯能感覺到光束比以前暗了。即將被褫奪最後的光亮，我探索海底祕密的欲望反而更加熱烈。我，一名光榮的德國人，應該第一個踏上這些被遺忘了億萬年的道路！

我取出金屬焊接的深海潛水服仔細檢查，確認便攜光源燈和空氣再生裝置都能工作。雖說一個人操作密封艙有些困難，但我相信憑藉我的科學技能，我必定能克服一切艱難險阻，走進這座死亡的城市。

八月十六日，我成功地走出了U-29，艱難地走過積滿淤泥的荒棄街道，朝著遠古的河流而去。我沒有發現人類遺骨或遺物，但搜集了以雕像和錢幣為主的大量文物。早在穴居人還在歐洲大地上徘徊、尼羅河肆意流向大海的年代，這個文明卻已經興盛得如日中天，我除了敬畏之外無法用語言表達心情。衷心希望日後有人能發現這份日誌，靠著它的引導來解開我無力描述的這些祕密。蓄電池的電量開始減少，我只好返回潛艇，決定第二天去探索神殿。

十七日，我渴望探索神殿祕密的衝動愈發強烈，巨大的失望卻挫敗了我。我發現臭豬們在七月份譁變的時候，砸爛了用來給便攜光源燈充電的設備。我的憤怒簡直難以遏止，但我日爾曼人的直覺禁止我不做任何準備就走進漆黑的神殿，因為那裡有可能是無可名狀的海生怪物的巢穴，迷宮般的通道也可能讓我再也走不出來。我只能轉動U-29上越來越黯淡的探照燈光束，在它的幫助下走上神殿臺階，研究外牆上的雕刻。光束以向上的角度射進殿門，我向內張望，想試試能不能看見任何東西，卻一無所獲。連天花板都沒有被照亮。我用棍子戳了戳地面，向內走了一、兩步，但不敢繼續向裡走了。更可怕的是，我這輩子第一次體驗到了恐懼。我漸漸理解了可憐蟲克倫茨的部分情緒，隨著神殿對我的吸引力越來越大，我對這個水中的深淵也產生了越來越強烈的盲目恐懼。我回到潛水艇上，關閉照明，坐在黑暗中思考。現在我必須節省電力，留待緊急時使用。

十八日星期六，我在徹底的黑暗中度過了一整天，各種念頭和回憶折磨著我，企圖折斷我日爾曼人的鋼鐵意志。克倫茨早在抵達這遙遠過往的凶險遺跡之前就發瘋並自殺了，他建議過我和他一同赴死。命運留下我的理性，難道就是為了讓我無法抵抗地被拖向任何人類做夢都沒想到過的最恐怖、最難以言喻的結局嗎？很顯然，我的神經遭受著可怕的折磨，我必須擺脫這種弱者的想法。

星期六夜裡，我難以入睡。我顧不上考慮未來，打開了燈。電會在空氣和口糧之前用完，我對此感到很惱火。我再次想到安樂死的念頭，於是檢查了自動手槍。臨近早晨的時候，我開著燈就昏睡了過去，昨天下午醒來時船艙裡一片漆黑，我發現蓄電池已經耗盡了。我接連劃了幾根火柴，後悔於我們的目光短淺，竟然早早用掉了船上僅有的幾根蠟燭。

在我膽敢浪費的最後一根火柴熄滅後，我靜靜地坐在毫無光亮的黑暗中。我考慮著無可避免的結局，大腦開始回顧早先發生的所有事情，喚起了一段在此之前始終在休眠的記憶，假如我是個迷信的弱者，肯定會驚恐得瑟瑟發抖。岩石神殿外牆上光芒四射的神像頭部竟然和死亡水手從大海裡帶來又被可憐蟲克倫茨帶回大海的象牙雕像一模一樣。

這個巧合讓我有點頭暈目眩，但沒有被嚇住。只有劣等人的心智才會匆忙用原始而淺薄的超自然論調解釋怪異和複雜的事情。這個巧合很奇特，但我擁有何等堅定的理性，絕不會將我不承認存在邏輯關聯的因素硬湊在一起，或者以任何離奇的方式將「勝利號」被擊沉而引出的重重事件與我目前的困境聯繫在一起。我感覺到我還需要休息，於是吃了鎮靜劑，重新入睡。我的神經狀態反映在了夢中，因為我似乎聽見了溺死者的呼號，見到了屍體的面孔貼在舷窗上。死者之中有一張活生生的臉，帶著象牙雕像的年輕人對我露出嘲諷的笑容。

我必須謹慎記錄我今天醒來後發生的一切，因為我的精神高度緊張，事實中無疑混雜了大量幻覺。從心理學的角度看，我的情況無疑非常有趣，我很遺憾無法讓有能力的德意志權威專家科學地觀察我的病例。睜開眼睛，我首先感覺到的就是一種難以遏止的欲望，想要立刻去探訪那座岩石神殿。這種欲望每時每刻都在變得愈加強烈，而我本能地喚起與其作用相反的恐懼情緒來抵抗它。接下來的感覺是我似乎在蓄電池耗盡後的黑暗中見到了光亮，看見面向神殿的舷窗中透出類似於磷光的輝光。這激起了我的好奇心，因為我知道沒有任何深海生物能發出這麼強烈的輝光。但我還沒來得及去一探究竟，第三種感覺就出現了，由於它完全違背理性，因此我不得不懷疑本人感官記錄下的任何事情的客觀性。這種感覺是幻聽，是有節奏和韻律的聽覺幻象，似乎是某種癲狂但又美麗的詠唱或聖歌合唱，而且是從完全隔音的U-29船殼外傳來的。我確定我的心理和神經已經無法正常工作了，於是點燃幾根火柴，喝了整整一劑溴化鈉溶液(注)，它們幫助我鎮定下來，至少驅走了幻聽。但磷光依然存在，我無法克制去舷窗口尋找光源的幼稚衝動。那輝光真實得可怕。沒過多久，我就在它的說明下分辨清楚了周圍的物體，裝溴化鈉的空瓶也出現在了我剛才看不見的位置上。最後這一點讓我陷入思考，我穿過房間觸摸空瓶。它確實在我似乎看見它的這個地方。因此我知道那輝光要嘛真的存在，要嘛就是某種頑固幻覺的一部分，我不可能驅散它。我放棄抵抗，爬上瞭望塔，去尋找發光的物體。說不定是另外一艘U型潛艇，我依然有一絲獲救的希望？

讀者不能認為接下來的記錄都是客觀真相，因為有些事情超越了自然法則，必然是我這顆疲憊大腦產生的主觀幻覺。我爬上瞭望塔，發現大海大體而言遠不是我想像中的那樣一片光明。附近沒有動植物在發出磷光，岸邊山坡上的城市隱沒在黑暗中。我見到的東西並不壯觀，也不畸形或恐怖，而是取走了我意識內的最後一絲希望。因為從岩石山體上開鑿出的海底神殿的門窗裡明顯射出了搖曳的光輝，就好像神殿深處的祭壇上有火焰在燃燒。

隨後的事情一片混亂。我望著那些射出怪異光線的門窗，成了最為怪誕的幻覺的獵物，這些幻覺怪誕到了我甚至不可能描述的地步。我似乎在神殿中見到了一些物體，它們有些靜止不動，有些正在移動，而我似乎又聽見了我剛醒來時飄來的虛幻歌聲。我全部的思想和恐懼既集中在海裡那個年輕人的屍體上，也集中在與眼前神殿的簷壁和立柱上的浮雕一模一樣的象牙雕像上，但同時我也想到了可憐蟲克倫茨，不知道他的屍體和被他帶回大海的象牙雕像此刻在何處安息。他向我發出過警告，我卻沒有注意——誰叫他是個軟蛋萊茵人呢！普魯士人能夠輕易承受的苦難足以逼得他發瘋。

剩下的就很簡單了。走進神殿探訪的衝動已經成了難以解釋也難以抵抗的命令，最終連我都無法拒絕。日爾曼人的鋼鐵意志不再能控制我的行為，接下來連意志本身都會變作無關緊要的東西。正是這樣的瘋狂驅使克倫茨毫無防護地跳進大海擁抱死亡，但我是一名遵從理性的普魯士人，我將調動最後殘存的一絲意志。當我明白我必須前往神殿時，就準備好了潛水服、頭盔和空氣再生裝置，隨時都可以穿戴整齊出發。然後，我以最快速度寫下這份日誌，希望有朝一日能送到世人手中。我會將手稿封存進漂流瓶，在我永遠離開 U-29 時將它託付給大海。

我心中沒有恐懼，哪怕瘋子克倫茨的預言猶在耳畔迴響。我見到的一切不可能是真的，我知道我的瘋狂頂多只會讓我在空氣耗盡後窒息而死。神殿裡的輝光只是幻覺，我

注 化學式 NaBr 或 NaBr · $2H_2O$，無色晶體（或粉末），溶於水，口服毒性低。醫療上可用作鎮定劑、催眠劑、抗驚厥藥物。

將平靜地死在被遺忘的漆黑深海，得到與日爾曼人相稱的歸宿。我寫下這段話時聽見的惡魔般的笑聲只是我正在被軟化的大腦的產物。因此我將小心翼翼地穿上潛水服，大膽地踏著臺階走進那古老的神殿，探索那埋藏在無底深淵和無窮歲月中的沉默祕密。

獵犬

1

噩夢般的呼嘯聲和振翅聲持續不斷地傳進我飽受折磨的耳朵，同時響起的還有遙遠而微弱的吠叫聲，像是出自某種巨大獵犬之口。這不是夢，恐怕甚至也不是我在發瘋，因為已經發生了太多的事情，我不可能再享受那份慈悲和懷疑。聖約翰已是一具殘破不堪的屍體，只有我知道其中的原因，正是由於我知道，所以我即將轟出自己的腦漿，因為我害怕以同樣的方式被撕成碎片。充滿怪異幻想的無盡走廊裡沒有燈光，黑暗無形的復仇女神驅使我走向自我毀滅。

願上帝原諒我們的愚蠢荒唐和病態狂想，我們正是因此走向了如此怪誕醜惡的命運！凡俗世界的平淡無奇讓我們感到厭倦，連愛情和冒險的歡愉也很快就不復新鮮，聖約翰和我狂熱地參與每一項藝術和智性的活動，只要有可能讓我們暫時擺脫足以毀滅心靈的無聊就行。象徵主義蘊含的謎題，前拉斐爾派（注1）帶來的迷醉，它們都曾經吸引過我們，但每一種新情緒都很快就失去了能夠幫助我們消磨時光的新奇和魅惑。唯有頹廢派（注2）的陰鬱理念能夠長久地虜獲住我們，並且隨著我們的研究日趨深入和邪惡而變得越來越有意思。波特萊爾（注3）和於斯曼（注4）的刺激很快就消耗殆盡，到最後只剩下了更直接的刺激，也就是違背自然的個人體驗和冒險。正是這種可怕的情感需求將我們帶上了可憎的不歸路，即便在此刻的恐懼之中，提起來我也依然滿懷羞愧和膽怯，那是最最醜惡的人類暴行，被全世界厭惡的盜墓行徑。

我不會透露我們盜墓經歷的駭人細節，也不會列舉我們那無名博物館裡最可怕的戰利品，哪怕只是其中的一部分。我們的博物館布置在兩人共同居住的石砌宅邸裡，大宅裡只住著我和他兩個人，沒有任何僕從。我們的博物館是個褻瀆神聖、難以想像的地方，我們這兩個瘋狂的行家以惡魔般的品位搜集起了各式各樣的恐怖與腐朽之物，用來刺激我們早已麻木的感官。那是個密室，位於地下深處，玄武岩和縞瑪瑙雕刻的有翼魔

注1 Pre-Raphaelite Brotherhood，常譯為前拉斐爾兄弟會，是一八四八年開始的一個藝術團體（藝術運動），主張回歸到十五世紀義大利文藝復興初期畫出大量細節並運用強烈色彩的畫風。

注2 最初是評論家們對讚美人工事物、反對早期浪漫主義作家的貶義稱呼，之後部分作家自稱頹廢派，其受到哥德文學及愛倫坡作品影響，同時與象徵主義和唯美主義有關聯。

注3 夏爾．皮耶．波特萊爾（Charles Pierre Baudelaire，1821～1867），法國詩人，象徵派詩歌之先驅，現代派之奠基者，散文詩的鼻祖。

注4 若利斯．卡爾．於斯曼（Joris-Karl Huysmans，1848～1907），法國頹廢派作家，藝術評論家，早期作品受到當時自然主義的影響，多傾向於個人和暴力。

鬼從獰笑大嘴裡吐出怪異的綠色和橙色光線，隱蔽的送風管道攪動萬花筒般的死亡舞蹈，血紅色的陰森物品在黑色帷幕下彼此交織。通過管道湧出的是我們情緒所渴望的種種氣味，有時候是葬禮上白色百合的香味，有時候是想像中東方皇族祖祠中的致幻熏香，有時候則是墳墓掘開後那攪動靈魂的可怕惡臭——我回想起來都會為之顫抖！

沿著這間可憎密室的牆壁擺放著許多展示櫃，裡面既有古代的木乃伊，也有手藝精湛的剝製師製作的新鮮屍體，看上去雖死猶生，還有從世界各地最古老的墳場竊取來的墓碑。隨處可見的壁龕裡存有尺寸不一的骷髏和腐爛程度各異的頭顱。你能看見著名貴族已經露出顱骨的朽爛面容，也能看見剛落葬孩童的俊朗臉蛋。雕像和繪畫都以邪惡為主題，有一些出自聖約翰和我本人之手。有一本上鎖的作品集是用鞣製的人皮裝訂的，裡面那些難以用語言描述的無名繪畫據說是哥雅（注）自己都不敢承認的作品。這裡有音色令人作嘔的樂器，弦樂器、銅管樂器、木管樂器都有，聖約翰和我時常用它們演奏極為病態、魔性十足的不協和噪音；而鑲嵌在牆壁上的諸多烏木展示櫃裡存放著人類瘋狂與變態所能積累起的最難以置信、最無法想像的盜墓成果。在這些劫掠來的物品裡，有一件東西是我絕對不能提及的——感謝上帝，早在我毀滅自己之前就賜予我勇氣先毀滅了它。

搜集這些不能詳述的珍寶的盜墓歷程自然都是美妙得值得紀念的事情。我們不是為錢掘墓的粗野之徒，只會在情緒、地形、環境、天氣、季節和月光處於特定條件下才去做這種事情。這種消遣活動在我們眼中可是最精緻不過的美學表達手段，我們會以講究甚至苛刻的態度對待其中的所有細節。從泥土裡挖出邪異的不祥祕密會讓我們心醉神迷，而時間不適合、光照不理想或對溼潤土壤的處理過於笨拙，任何一個瑕疵都會徹底破壞盜墓的快樂。我們狂熱而無法滿足地追求奇異的環境和刺激的條件——打頭陣的永遠是聖約翰，也正是他將我們帶到那個嘲弄我們的該詛咒的地點，最終招致無法逃避的可怖末日。

引誘我們前往荷蘭那個恐怖墳場的究竟是何等險惡的命數？我認為是陰森的流言和傳說，據說有一個已被埋葬了五百年的古人，他活著的時候以盜墓為生，從一個華麗的古墓裡偷走了一件威力強大的物品。即便在生命的盡頭，我也能回想起當時的景象——秋日的慘白月亮懸在墳墓之上，投射出拖長的恐怖怪影；奇形怪狀的樹木陰鬱低垂，伸向無人照料的草地和碎石崩落的墓碑；巨大怪異的蝙蝠成群結隊，逆著月光飛翔；爬滿藤蔓的古老教堂立在鉛灰色的天空下，猶如怪異的巨指伸向天空；帶著磷光的昆蟲像鬼火似的在角落裡的紫杉下翩翩起舞；霉爛、草木和難以名狀的氣味裡混著夜風吹來的遠方沼澤與大海的微弱氣味；最可怕的是巨型獵犬發出的低沉吼聲，我們既看不見它也無

注 法蘭西斯科・荷西・德・哥雅——路西恩特斯（Francisco José de Goya y Lucientes，1746～1828），西班牙浪漫主義畫派畫家。畫風奇異多變，從早期巴洛克式畫風到後期類似表現主義的作品，對後世的現實主義畫派、浪漫主義畫派和印象派都有很大的影響。

法確定聲音是從哪兒傳來的。我們隱約聽見這吠叫聲的時候，忍不住渾身顫抖，回想起那個在農夫中流傳的傳說：幾百年前，我們要尋找的這名盜墓賊就是在這個地方被發現的，某種不可知的野獸用牙齒和利爪將他撕咬得殘破不堪。

我記得我們如何用鐵鍗挖開這個盜墓賊的墳墓，也記得我們如何為當時的場面興奮不已：我們兩個人、墳墓、慘白瞪視的月亮、恐怖的陰影、奇形怪狀的樹木、巨大的蝙蝠、古老的教堂、舞動的鬼火、令人作嘔的氣味、夜風的微弱呻吟、隱約可聞但不明來處甚至無法確定其是否客觀存在的怪異吠叫。很快，我們挖到了一個比潮溼泥土更硬的物體，映入眼簾的是個朽爛的長方形棺材，久置地下使得它的外表結了一層礦物質沉積物。這口棺材結實厚重得難以想像，但畢竟年代久遠，我們最後還是撬開了它，眼睛見到的東西簡直是一場盛宴。

儘管五百年的歲月已經流逝，但裡面剩下的物品還很多——多得令人驚嘆。那具骷髏，除了被猛獸折斷的那些地方，竟然還以不可思議的結實程度連接在一起。我們貪婪地掃視著白森森的顱骨和長而結實的牙齒，沒有眼珠的眼眶裡也曾經放射出與我們相同的狂熱目光。棺材裡有一個樣式怪異的護身符，似乎是掛在死者脖子上一同落葬的。這個護身符雕刻的是一條蹲伏的有翼獵犬，也可能是長著半張狗臉的斯芬克斯，雕工極為精緻，以古老東方的樣式刻在一小塊碧玉上。獵犬的表情極為令人厭惡，洋溢著死亡、獸性和惡毒的氣氛。基座上有一圈銘文，但聖約翰和我都不認識那種文字。護身符的底部刻著一個畸形恐怖的骷髏頭，就好像是製作者的銘印。

看見這個護身符，我們就知道我們必須佔有它，這件寶物就是我們挖開這個五百年古墓的獎賞。儘管它的輪廓是那麼陌生，但我們還是渴望得到它。不過更仔細地打量一番之後，它似乎又沒那麼陌生了。是的，就神智健全而正常的讀者熟悉的所有藝術和文學而言，它確實顯得非常陌生，但我們認為阿拉伯瘋人阿卜杜·阿爾哈茲萊德的《死靈之書》裡埋藏了有關此物的線索：它是一個食屍異教可怖的靈魂符號，這個異教源自中亞那難以到達的冷原。我們非常熟悉那位阿拉伯老惡魔學家對其邪惡輪廓的描述。他在書中寫道，折磨並啃噬屍體的人的鬼魂會以超自然形態模糊顯現，護身符的輪廓就是據此畫成的。

我們抓起那個碧玉物件，最後看了一眼護身符主人只剩眼窩的慘白面容，將墳墓恢復原狀。我們匆忙離開那個可憎的地方，偷來的護身符放在聖約翰的衣袋裡，我們認為我們看見蝙蝠落在剛才被我們掘開的地面上，像是在尋找某種被詛咒的邪惡食物。但秋夜的月光過於黯淡，我們無法確定是不是真的見到了那一幕。第二天，我們從荷蘭乘船出發回家，我們覺得在海浪裡隱約傳來巨型獵犬的吠叫聲。但秋風的哀吟過於響亮，我們無法肯定是不是真的聽見了。

2

回到英國不到一週，怪事就開始發生了。我們過著隱士般的生活，沒有朋友，獨來獨往，我們居住在人跡罕至的荒涼地帶，古老的鄉村宅邸房間不多，所以連僕人也沒有，被訪客的敲門聲打攪的次數更是屈指可數。但最近這幾天夜裡，我們卻經常受到一些奇異現象的滋擾，這些現象不但出現在宅邸的前後門附近，也出現在窗戶周圍——樓上樓下都有。有一次我們看見一個不透光的巨大物體擋住了圖書室窗外的月光，還有一次我們覺得聽見不遠處傳來呼嘯聲或振翅聲。然而每一次前去探查都一無所獲，我們將這些怪事都歸咎於想像力，也正是那不安分的想像力，向我們的耳朵裡灌輸我們在荷蘭墳場認為自己聽到的微弱犬吠聲。碧玉護身符被放進了博物館的一個壁龕，我們有時候會在它前面點燃氣味古怪的蠟燭。我們仔細研讀阿爾哈茲萊德的《死靈之書》，知道了它的屬性和食屍鬼的靈魂與這個護身符所象徵之物之間的聯繫。我們讀到的內容讓我們坐立不安，恐怖隨之而來。

一九××年九月二十四日晚間，我聽見有人敲我的臥室門。我以為是聖約翰，便請敲門的人進來，但回答我的只是一陣尖聲狂笑。走廊裡沒有人。我叫醒正在酣睡的聖約翰，他聲稱對此一無所知，表現得和我一樣惶恐不安。就是在這天夜裡，沼澤地裡那遙遠而微弱的犬吠變得真實得令人畏懼。四天後，我和聖約翰在地下博物館裡，通向密室臺階的唯一一扇門上傳來了微弱而小心翼翼的抓撓聲。我們擔心的事情不止一件，除了對未知事物的恐懼，我們也擔心被人發現這些可怕的收藏品。我們熄滅所有照明，悄悄走過去，突然打開門，我們只感覺到一股難以形容的氣流，聽見沙沙聲、竊笑聲和清晰可辨的說話聲漸漸遠去——這三種聲音的組合極為怪異。我們究竟是瘋了、是在做夢還是神智正常？我們甚至沒有試圖回答這個問題，因為我們懷著最黑暗的恐懼意識到，那個沒有身體的聲音說的無疑是荷蘭語。

從此以後，我們生活在越來越強烈的恐懼和痴迷之中。絕大多數時候我們認為是超自然的刺激體驗得太多，我和聖約翰正在一起發瘋；但有些時候我們更願意將自己視為某種令人毛骨悚然的可怖厄運的受害者。詭異情況出現得越來越頻繁，已經數不勝數。我們的荒僻宅邸似乎成了某個邪惡存在的領地，我想破腦袋都猜不出那是什麼東西，每天夜裡，噩夢般的犬吠聲都會迴蕩於風聲呼嘯的沼澤地，音量總是越來越大。十月二十九日，我們在圖書室窗戶外的軟泥地上發現了一串完全無法用語言形容的腳印。同樣令人困惑的還有成群結隊的巨型蝙蝠前所未有地出現在這幢古老宅邸附近，而且數量還在與日俱增。

十一月十八日，恐怖達到了一個高峰。天黑之後，聖約翰從遠處的火車站步行回家，某種可怕的食肉野獸襲擊了他，將他撕咬得慘不忍睹。他的慘叫聲傳到宅邸，我以最快速度衝了過去，當我趕到可怖的現場時，聽見翅膀搧動的呼呼聲，看見初升的月亮襯托出一團模糊的黑雲。我呼喊我朋友的名字，他已經奄奄一息，無法連貫地回答我的問題，只能用嘶啞的聲音耳語道：「護身符——那個該詛咒的東西——」說完，他就癱軟下去，變成了一具傷痕累累的屍體。

第二天子夜，我將他葬在宅邸疏於照料的一個花園裡，對著他的遺體唸誦他生前最喜愛的邪異祭文。唸完最後一個崇拜惡魔的句子，我聽見遙遠的荒野上又傳來了巨型獵犬的吠叫聲。月亮高掛天空，但我不敢看它。我看見月光下的荒野上有一大片朦朧黑影掃過一個個土丘，連忙緊閉眼睛，把整張臉都埋在地上。不知過了多久，我顫抖著爬起來，踉踉蹌蹌地回到室內，驚恐地向著壁龕裡的碧玉護身符跪拜不已。

我不敢一個人居住在荒原上的這幢古宅裡，於是在第二天前往倫敦。出發之前，我將碧玉護身符帶在身上，焚燒並掩埋了博物館裡其他的邪惡藏品。但僅僅過了三個晚上，我就又聽見了犬吠聲。不到一個星期，只要天一黑，我就會感覺到有詭異的眼睛盯著我。一天傍晚，我沿著維多利亞堤壩散步透氣，忽然瞥見一團黑影擋住了水面倒映的一盞路燈，一陣比尋常晚風強勁得多的風從我身旁吹過，我知道聖約翰遭遇的厄運也要降臨在我頭上了。

第二天，我小心翼翼地包好碧玉護身符，帶著它乘船前往荷蘭。我要將這件東西還給它沉睡的主人，我不知道我是否能因此得到寬恕，但我認為所有還算和邏輯沾邊的辦法都值得嘗試一下。那獵犬究竟是什麼，它為什麼追著我不放，這些問題我無法解答。但我第一次聽見犬吠聲就是在那個古老的墳場，後續的每一件事情，包括聖約翰的遺言在內，都和偷走碧玉護身符的詛咒有著千絲萬縷的聯繫。也正因為這樣，當我在鹿特丹的一家旅店內發現竊賊盜走了我唯一的救贖方式後，徹底陷入了絕望的深淵。

那晚的犬吠聲格外響亮，第二天早晨讀報時，我得知這座城市最汙穢的角落裡發生了一起無法形容的惡性案件。最底層的烏合之眾陷入恐慌，因為有一處惡徒的聚居地在一夜之間血流成河，殘忍程度超過了那地方以往發生的任何犯罪。那個骯髒賊巢裡的整整一族人被撕咬成了碎片，肇事的未知猛獸沒有留下任何蹤跡，左鄰右舍聲稱整夜都聽見了蓋過平常醉酒喧囂的犬吠聲，那低沉而凶惡的犬吠聲無疑出自一條巨型獵犬之口。

就這樣，我終於又來到了這個令人厭惡的墳場，慘白的冬日月光投下醜陋的怪影，光禿禿的樹枝無力地垂向霜凍的草地和皸裂的墓碑，藤蔓橫生的教堂像手指般嘲弄地伸向陰沉的天空，瘋狂咆哮的夜風掠過結冰的沼澤和寒冷的大海。我來到曾被我們侵犯過的古墓前，嚇走了繞著墓碑盤旋的一群多得出奇的蝙蝠，而越來越微弱的犬吠聲則徹底停止了。

我不知道我為什麼要來到這裡，除了祈禱，我只能發瘋般地懇求和道歉，希望能安撫棺材裡的白骨。但不管出於什麼原因，我終究還是來了，絕望地向半冰凍的土地發起攻擊，一半是出自我的意願，另一半則受我自身之外的某種意志控制。掘墓比我預想中容易，只是中間被一件怪事打斷了一次：一隻瘦骨嶙峋的禿鷲從冰冷的天空中俯衝而下，瘋狂地啄食墳墓泥土，直到被我用鐵鏟拍死。我終於挖到了那口朽爛的棺材，掀開結著硝石的潮溼棺蓋。這是我的理性最後一次發揮作用。

因為在這口五百年前的棺材裡，竟然噩夢般擠滿了正在沉睡的巨型蝙蝠，這些蝙蝠簇擁著被我和聖約翰盜走寶物的那具骷髏，但它不像上次見到時那麼乾淨和平靜，而是覆蓋著乾結的血液和絲絲縷縷的外來血肉和毛髮，冒出磷光的眼窩像是有知覺似的盯著我，沾著鮮血的尖牙扭曲地嘲笑著我無法避免的厄運。白骨獰笑著的顎骨深處發出低沉而譏諷的犬吠聲，我看見它鮮血淋漓的汙穢手爪裡抓著我丟失的碧玉護身符，我只能發出陣陣尖叫，漫無目標地逃跑，但叫聲很快就變成了歇斯底里的陣陣狂笑。

瘋狂乘著星空下的狂風……幾百年屍體磨利的尖牙和鉤爪……滴血的死屍騎著從彼列被埋葬神殿的漆黑廢墟中飛起的蝙蝠大軍……此刻，沒有血肉的怪異屍體的吠叫聲越來越響，該詛咒的肉膜翅膀鬼祟的呼嘯和拍打聲越來越近，我應該用左輪手槍前往遺忘之鄉，面對這無可名狀也無以名狀的恐怖，那裡是我唯一的避難所。

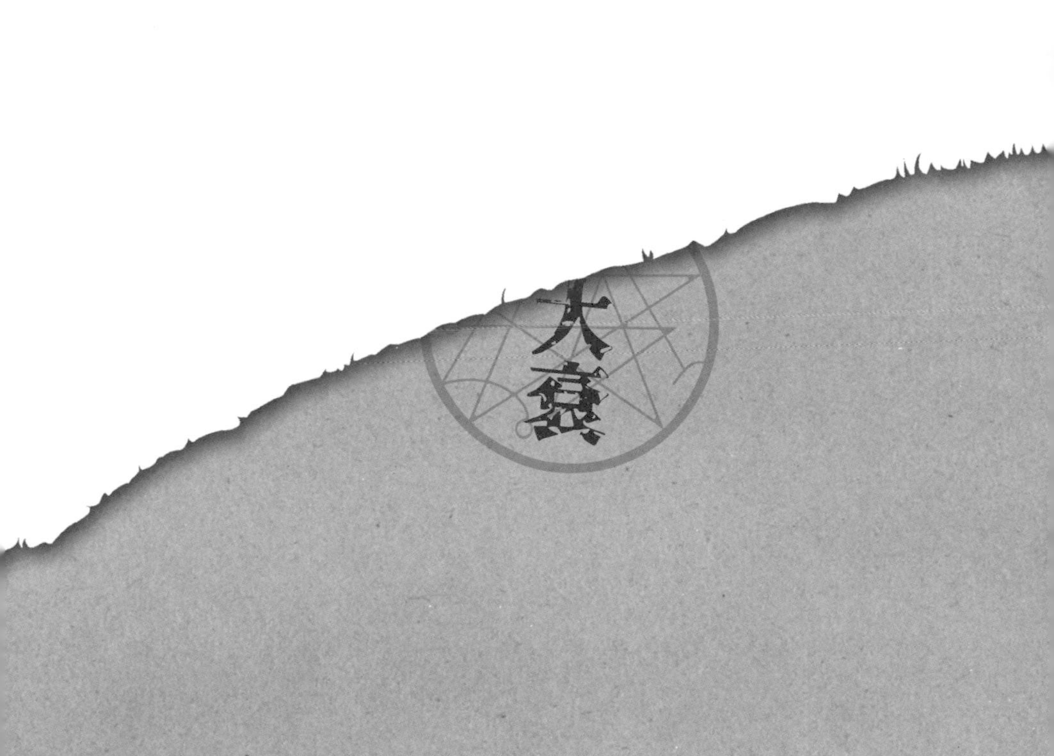
大哀

寫下本文的時候，我能感覺到自己的精神極度緊張，因為到了明晚，我將不復存在。我身無分文，唯一能讓我忍耐人生的藥品供應也到了盡頭，我再也無法承受這種折磨了。我將縱身跳出閣樓的窗戶，撲向底下骯髒的街道。不要認為我受嗎啡奴役就生性懦弱或墮落。等你讀完我在倉促中寫下的這幾頁文字，應該就能猜到（但不可能完全明白）我為什麼情願忘記一切或尋求死亡了。

事情開始於太平洋上最開闊也是最人跡罕至的海域之一，我押運的郵船落入德國海軍之手。大戰當時剛剛打響，德國鬼子的海上力量還沒有像後來那樣一敗塗地，因此我們這艘船就合情合理地成了戰利品，船員被視為海軍俘虜，得到公正和尊重的待遇。俘虜我們的這些人實在軍紀鬆散，被俘後僅僅過了五天，我就搞到一艘小船，帶著足以支撐很長一段時間的淡水和口糧逃跑了。

我漸漸漂遠，終於重獲自由，卻發現自己對周圍的環境一無所知。我從來不是個合格的領航員，只能靠太陽和星辰的位置大致推測出我位於赤道以南的某處，而經度我就連猜都沒法猜了，因為視野內沒有任何島嶼或海岸線。天氣始終晴好，我在灼人的陽光下漫無目標地漂流，等待過路船隻的救援或被海浪送上某塊有人居住的土地。但船隻和陸地都拒絕出現，一望無際的浩瀚藍色之中，孤獨開始讓我陷入絕望。

變故發生時我在睡覺，因此具體細節我完全不清楚。儘管我睡得不太踏實，受到噩夢的滋擾，但始終沒有醒來。等最後睜開眼睛的時候，發現自己的半個身子陷在噁心的黏滑泥沼裡，這片泥沼地很寬闊，向各個方向都延伸出了目力所及範圍，而我那艘小船擱淺在一段距離之外。

讀者肯定認為我的第一反應會是驚訝，畢竟環境發生了這麼出乎意料的巨大變化，但事實上我心中的恐懼遠遠超過了詫異，因為空氣和爛泥散發出一種險惡的氣氛，讓我感覺冰寒徹骨。這裡到處瀰漫著腐爛的惡臭，無邊無際的爛泥地裡露出魚類和某些難以描述的動物屍體。也許我根本不該希望我能用語言傳達棲身於這徹底寂靜和無垠荒蕪中的那種無法表述的恐怖感覺。聽覺捕捉不到任何東西，眼睛只能看見浩瀚無邊的黑色汙泥；聲音的寂靜和景象的單調都是那麼徹底，我害怕得幾乎想吐。

無情的陽光傾瀉而下，萬里無雲的天空在我眼中似乎也是黑色的，就好像倒映了我腳下的漆黑泥沼。我爬進擱淺的小船，意識到只有一個推測能解釋我的處境：一次空前絕後的火山爆發之後，被深不可測的海水掩埋了億萬年的一塊洋底因此隆起，升出海面。這塊新形成的陸地無比遼闊，無論我如何豎起耳朵，都聽不見哪怕一絲最微弱的海浪聲，而海鳥也不會來吃這些死去的動物。

我在船上苦思冥想了幾個小時，小船側面擱淺，隨著太陽的移動，我逐漸享受到了一絲陰涼。隨著白晝慢慢過去，地面開始失去黏性，硬得足以讓人短時間行走了。那天夜裡我沒怎麼睡，第二天我將食物和淡水裝成包裹，準備穿過這片陸地，去尋找消失的海面和有可能出現的救援。

第三天早晨，我發現泥地乾燥得足以隨意行走了。臭魚的氣味簡直讓人發瘋，但我更關心生死大事，懶得注意這等小災小難。我鼓起勇氣，走向不可知的目的地。我對準綿延荒原上地勢最高的山丘，向西走了一整天。晚上我露宿休息，醒來後又朝著山丘走了一整天，但這個地標似乎沒比我最初注意到時近到哪兒去。第四天傍晚，我終於來到了山丘的腳下。它實際上比我從遠處望見的要高得多，橫貫而過的峽谷使得它以陡峭之勢拔地而起。我疲憊得無力攀爬，就在山丘的陰影中睡下了。

我不知道那天夜裡的夢為何如此狂亂，但還沒等那怪異的下弦月升上東方的荒原，我就渾身冷汗地醒了過來，決定不再繼續睡了，因為那些幻覺過於恐怖，我不願再體驗第二遍了。望著月光下的山丘，我意識到我選擇白天遠征真是愚蠢之至。沒有了灼人的陽光，我原本可以節省多少體力呀！事實上，此刻我覺得很容易就能爬上曾在日落時阻擋我的山坡了。我收拾好行李，開始爬向山丘的頂端。

我說過，這片綿延平原毫無變化的單調地勢就是我那種隱約恐懼感的來源之一，但當我爬到山丘頂端，望向另一側的無底深淵或峽谷——月亮升得還不夠高，無法照亮黑暗的深處——這一刻我的恐懼感就更加強烈了。我感覺自己來到了世界的邊緣，望著底下深不可測的永夜混沌。驚駭之餘，我很奇怪地想起了《失樂園》（注），還有撒旦爬過尚未成形的黑暗國度的可怖場景。

隨著月亮逐漸升向天頂，我也看清了山谷的斜坡並不像我想像的那麼陡峭。要是想下去，有不少岩脊和露頭山石可以充當落腳點，況且向下幾百英呎後，坡度就變得很平緩了。在某種我自己也無法明確分析的衝動驅使之下，我手腳並用地在岩石中向下攀爬，很快就站在了那片比較平緩的山坡上，望著月光尚未照亮的陰森深淵。

忽然之間，對面山坡上一個巨大而突兀的物體吸引了我的注意力，它陡直矗立，距我大約一百碼；月亮剛好升到這個角度，物體在月光下閃著白色光芒。只是一塊大石頭而已，我馬上這麼安慰自己；但同時我也很清楚，無論是輪廓還是立起的方式，它都不可能出自大自然之手。細看之下，無法表達的感覺充滿了我的腦海；儘管它巨大得難以想像，而且位於從地球尚年幼時就處於海底的深淵中，但我可以斷定這個奇異的物體是一塊獨石碑，見證過智慧生物的雕刻工藝和祭祀崇拜。

我既茫然又害怕，同時也感覺到了科學家或考古學家般的激動，於是開始更加仔細地查看四周。月亮已經接近天頂，怪異而明亮的月光灑在深谷兩側的陡峭山坡上，揭示出谷底有一條長河流淌的事實，這條蜿蜒長河朝左右兩邊都伸展到了視線之外，水流就快拍打到我腳下的斜坡了。深谷對面，浪花沖刷著獨石碑的底部；我注意到石塊表面刻

注《*Paradise Lost*》，是十七世紀英國詩人約翰·米爾頓以《舊約聖經·創世紀》為基礎創作的史詩，文體為無韻詩，出版於一六六七年，內容講述人類墮落的故事：墮落天使撒旦誘惑亞當夏娃，導致他們被逐出伊甸園。

著銘文和粗糙的浮雕。我不認識銘文使用的象形文字體系，也沒有在任何書裡見過類似的東西，它們大部分是文字化的水生生物符號，例如海魚、鰻魚、章魚、甲殼類、貝類和鯨魚等等。有幾個符號顯然代表著現代世界不了解的某些海洋生物，但我在從海底隆起的平原上見過牠們腐爛的屍體。

然而，像魔咒一樣吸引住我的卻是那些圖案。這一組淺浮雕很大，儘管隔著中間這條河，我依然看得清清楚楚，它們的主題能激起多雷（注）的嫉妒。我認為它們想描繪的是人類，或者說某種類人種族。這些生物在某個海底洞穴中像魚一樣嬉戲，也可能是在波濤下某個巨大的祭壇前敬拜。我不敢描述它們的面容或形體，僅僅是回憶就快要讓我昏厥了。它們的畸形超越了愛倫·坡或布爾沃的想像，但除了手腳長蹼、嘴唇寬厚鬆弛得可怕、眼珠凸出、眼神呆滯和其他一些我想起來就不舒服的特徵外，最值得詛咒的是它們大致上還擁有人類的輪廓。有一點很奇怪，它們似乎與背景完全不成比例：浮雕中的一個怪物正在殺死一條鯨魚，但這條鯨魚比怪物大不了多少。如我所說，我注意到了它們的怪異形狀和非同一般的尺寸，但立刻得出結論：它們只是某個原始的捕魚或航海部落想像中的神祇；早在皮爾當人或尼安德塔人的祖先誕生前，這

些部落就已經滅絕了。意外使得我瞥見了最大膽的人類學家都不敢想像的遙遠過去，我敬畏地站在那裡陷入沉思，月光在我面前的寂靜河面上投下怪異的倒影。

就在這時，我突然看見了它。那異物悄然滑出漆黑的水面，只有些微水波預告了它的到來。它碩大無朋，猶如神話中的獨眼巨人，樣子可憎到了極點。它就像出自噩夢的龐然巨怪，陡然撲向那塊獨石碑，在碑石周圍揮動它覆蓋鱗片的龐大臂膀，同時垂下恐怖的頭顱，發出某種有節奏的聲音。我認為我當時就發瘋了。

我如何瘋狂地爬上山坡和陡壁，又如何在譫妄中跑回擱淺的小船，這些我都記不太清了。我相信我曾拚命唱歌，唱不出來以後就發出怪異的笑聲。我模糊記得我在爬上小船後遇到了一場大風暴。我只知道我聽見了大自然只有在情緒最糟糕時才會發出的滾滾雷聲和其他聲響。

等我從晦暗中醒來時，我已經在舊金山的一家醫院裡了；一艘美國船隻在大洋中發現了我的小船，那位船長將我送到了這裡。我在譫妄中說了很多，但發現別人幾乎沒有留意我究竟說了什麼。至於在太平洋中升起的那片陸地，救我的人一無所知，我自然也沒有必要堅持一件明知道其他人都不會相信的事情。後來我找到一位著名的民族學家，

注 保羅．古斯塔夫．路易．克里斯多佛．多雷（Paul Gustave Louis Christophe Doré，1832～1883），通稱古斯塔夫．多雷，十九世紀法國藝術家、版畫家、漫畫家、插畫家和木雕雕刻家。

就古代非利士人傳說中的魚神大袞（注）請教了幾個問題，但很快我就發現他這個人死板得無可救藥，也就沒有追問下去。

然而，每當夜幕降臨，尤其是月相漸虧的時候，我就會看見那個怪物。我試過用嗎啡麻醉自己，但藥物只能帶來短暫的平靜，還把我變成了它絕望的奴隸。現在，我已經寫下了我所知道的全部事實（或者是旁人眼中不屑一顧的笑話），我就打算結束一切了。我經常會問自己，那會不會只是一場幻覺，我從德國戰艦上逃跑後，在毫無遮蔽的小船上被陽光曝曬，因此喪失了理智。但每當我這麼問自己的時候，眼前就會浮現出一幅栩栩如生的恐怖畫面。只要想到深海，我就會瑟瑟發抖，因為那無可名狀的怪物此刻也許正在它黏滑的床上蠕動翻騰，跪拜它們古老的石刻偶像，將自己同樣可憎的形象用花崗岩雕刻成水下的紀念碑。我夢見有朝一日它們升出波濤，用惡臭的巨爪將已被戰爭折磨得筋疲力盡的弱小人類拖進深海，我夢見有朝一日大地會沉陷，黑暗的洋底會在宇宙的喧囂中冉冉升起。

就快結束了。我聽見門上傳來響動，某個滑溜溜的龐大軀體沉重地撞著門。不，我不會被它找到。天哪！那隻手！窗戶！窗戶！

注 Dagon，天主教譯為達貢，是閃米特人的一個主要的神，司農業，由早期阿摩利人所崇拜，形狀是一個披著魚皮的男性，是非利士民族的眾神之首，被信奉猶太教的以色列人認為是魔鬼。

烏撒之貓

據說在斯凱河之外的烏撒，誰也不能殺貓；此刻望著牠趴在火堆前咕嚕咕嚕叫喚，我對此更是深信不疑了。因為貓是神祕的生靈，能夠接近人類看不見的怪異事物。貓是遠古埃古普托斯（注1）的靈魂，承載著被遺忘城市梅羅和俄斐（注2）的傳說。貓是叢林之主的親屬，繼承了邪靈出沒的古老非洲的祕密。斯芬克斯是貓的表親，貓會說斯芬克斯的語言；但貓的歷史比斯芬克斯還要悠久，記得斯芬克斯已經遺忘的往事。

在烏撒的鎮民禁止殺貓之前，曾經有過一個老佃農，他和他老婆喜歡誘捕和殺死鄰居的貓。我不知道他們為什麼這麼做，但我知道許多人討厭貓在夜晚鬧出的響動，不喜歡貓在黎明時分的院子和花園裡偷偷摸摸地亂轉。原因暫且不論，總之這對老夫妻誘捕和殺死了膽敢靠近他們住處的每一隻貓，而且從中得到了莫大的樂趣。根據大家在入夜後聽見的一些聲響，許多鎮民認為他們殺貓的手段相當殘忍。不過，鎮民不會和那對老夫妻討論這種問題，一方面因為那兩張飽經風霜的老臉永遠掛著的表情，另一方面也因為他們的窩棚特別小，而且陰森森地藏在幾棵枝葉茂盛的橡樹底下，外面還隔著一個無人照料的院子。實話實說，貓的主人既痛恨那兩個老傢伙，但更害怕他們。他們不敢痛斥兩人是暴虐的凶手，只好小心照顧至愛的寵物和家中的捕鼠能手，不讓牠們接近陰森樹木下的那個偏僻小屋。然而疏忽總是在所難免，終究會有誰家的貓莫名失蹤，入夜後響起那些聲音的時候，失主不是無能為力地哀嘆，就是感謝命運沒有讓他的孩子這麼消失，藉此安慰自己。因為烏撒的鎮民實在淳樸，況且也不知道貓最初來自何方。

有一天，一個古怪的流浪大篷車隊從南方走進了烏撒鋪著鵝卵石的狹窄街道。這些漂泊者膚色黝黑，一點也不像每年經過小鎮兩次的其他行商。他們在市集支起攤位，靠預言未來換取銀幣，向商販購買顏色豔麗的珠子。誰也說不清他們到底來自何方，但大家都見過他們唸誦怪異的禱詞，他們的車身上畫著貓頭人身、鷹頭人身、羊頭人身和獅頭人身的古怪圖畫。車隊的首領戴著頭飾，這個頭飾有一對角，雙角之間有個造型奇特的圓盤。

大篷車隊裡有個小男孩，他沒有父親也沒有母親，只有一隻小黑貓和他作伴。瘟疫對他沒有手下留情，不過也留下這個毛茸茸的小東西來紓解他的悲傷；人年幼的時候，能從一隻小黑貓的憨態中得到莫大的安慰。膚色黝黑的人們叫他美尼斯，他每天坐在繪著怪異圖畫的馬車的踏腳臺階上和優雅的小黑貓玩耍，歡笑遠遠多於哭泣。

注1 神話中的埃及國王，柏羅斯之子，達那俄斯的兄弟。他的50個兒子力求同達那俄斯的50個女兒成婚。但新娘們遵從父命在新婚之夜各自將新郎殺死，埃古普托斯聞耗悲痛而死。

注2 Ophir，以產金著名的一個地方。所羅門王曾與推羅王合作，派水手到俄斐運來金子、檀香木和寶石。王國分裂時期，猶大國約沙法王試圖重建這條航線而未成。其位置未能確定，可能在阿拉伯半島南部，或在東非（索馬里），或是印度。

車隊待在烏撒的第三個早晨，美尼斯找不到他的小貓了。他在市集大聲哭泣，有幾位鎮民就告訴了他那對老夫妻和夜間那些淒慘聲音的事情。美尼斯聽完他們的話，哭泣變成了思索，最終開始禱告。他向太陽伸展雙臂，用鎮民不懂的語言祈禱；不過話也說回來，鎮民並沒有很認真地聽他在唸叨什麼，因為天空和雲朵變幻出的怪異形狀吸引住了他們的注意力。說來奇怪，但就在小男孩對天空祈願的時候，雲朵似乎在天空中形成了各種朦朧模糊的怪異物體，比方說獸首人身、角頂圓盤的怪物。大自然充滿了能夠激發想像力的這種奇觀。

當天夜裡，漫遊者拔營離開，從此再也沒有露面。而鎮民陷入困惑，因為他們發現整個小鎮都找不到一隻貓了。無論大貓小貓、黑貓灰貓、黃貓白貓還是條紋三花，每一戶人家的貓都從壁爐前消失得無影無蹤。老鎮長克蘭儂信誓旦旦地說是那些黑膚外來者搞的鬼，為了報復美尼斯的小貓被人殺死，他們帶走了鎮上所有的貓。他詛咒大篷車隊和那個小男孩。但瘦骨嶙峋的公證人尼斯聲稱老佃農夫婦更值得懷疑，因為他們對貓的憎惡眾所周知，而且最近越來越肆無忌憚，但誰也不敢去責備那兩個惡毒的傢伙。然而，旅店老闆的兒子阿塔爾賭咒說他在黃昏時分見到烏撒鎮所有的貓都聚在那個可憎的院子裡，兩兩並排，繞著窩棚非常緩慢而莊重地踱步，像是在施行某種聞所未聞的動物儀式。鎮民不知道該不該相信一個這麼小的孩子說的話。儘管他們擔心那對惡毒的老夫妻已經用魔法迷住並殺死了所有的貓，但他們不敢衝過去質問老佃農，而是想等他走出那個陰森可怕的院子再說。

於是，烏撒在徒然的憤怒中沉沉入睡，等人們在清晨醒來——天哪！所有的貓都回到了牠們最喜歡的壁爐前！無論大貓小貓、黑貓灰貓、黃貓白貓還是條紋三花，一隻貓都沒有少。這些貓看上去都毛色光鮮，肚皮渾圓，滿意地咕嚕咕嚕直叫喚。鎮民互相討論，大為驚異。老克蘭儂堅持認為牠們是被黑膚外來者帶走了，因為貓進了老夫婦的窩棚從來是有去無回。不過，有一件怪事是所有人都認可的，那就是沒有一隻貓願意吃分給牠們的肉，喝擺在牠們面前的牛奶。整整兩天，烏撒鎮這些毛色光鮮、懶洋洋的貓都不碰任何食物，只顧在爐火前或太陽下打盹。

整整過了一個星期，鎮民才注意到樹下窩棚到了黃昏時分也不會亮起燈光。瘦子尼斯發現自從貓全體離家的那晚開始，就沒有人再見過那對老夫妻。又過了一個星期，鎮長決定克服恐懼，以履行職責的心態去一趟那個沉寂得奇怪的窩棚，不過出於謹慎起見，他還是拉上了鐵匠尚恩和石匠蘇爾做個見證。他們撞開形同虛設的房門，只發現地上躺著兩具剔得乾乾淨淨的人類骨架，陰暗角落裡有許多形狀古怪的甲蟲爬來爬去。

烏撒的鎮民因此討論了很久。驗屍官扎斯和瘦子公證人尼斯爭論不休；各種各樣的問題淹沒了克蘭儂、尚恩和蘇爾。就連旅店老闆的兒子阿塔爾也受到了仔細的盤問，不過最後得到了一份甜點當作獎賞。他們討論老佃農夫婦，討論黑膚者的流浪大篷車隊，討論小美尼斯和他的小黑貓，討論美尼斯的祈禱和祈禱時的天空變化，討論大篷車隊離開當晚貓的表現，討論後來在那個可憎院子中陰森樹下窩棚裡發現的東西。

最後，鎮民全體通過了那條著名的法令，哈索格的商人將其告訴世人，尼爾的旅行者們熱烈討論。簡而言之就是——在烏撒，誰也不能殺貓。

敦威治恐怖事件

「戈爾貢、海卓拉、喀邁拉——刻萊諾和哈耳庇厄（注）的可怖故事——或許也在迷信者的頭腦中不斷繁衍——但它們確實曾經存在。它們是轉錄和典型——原型就在我們之中，而且永遠如此。否則我們明知道是虛構的敘述又怎麼可能影響我們呢？難道我們自然而然就能從這些對象中感覺到恐怖，相信它們有能力給我們帶來肉體上的傷害？不，絕對不是這樣！這些恐懼是來自更古老的過往。它們的存在先於肉體——或者說沒有肉體，它們也同樣存在……它們施加的恐懼純粹是精神性的——其強大相稱於其在世間的無實在性，在人類尚無罪錯的童年時代佔據著支配者的位置——解決起來困難重重，或許需要我們洞察創世前的情況，或者至少窺視一眼造物存在前的陰影國度。」

——查爾斯·蘭姆《女巫及其他暗夜恐懼》

注 戈爾貢、海卓拉、喀邁拉、刻萊諾和哈耳庇厄都是希臘神話中的怪物。戈爾貢是長有尖牙、頭生毒蛇的怪物，其中最著名的是美杜莎。海卓拉即勒拿湖的九頭大蛇，體型碩大的水蛇之屬。喀邁拉上半身像獅子，中間像山羊，下半身像毒蛇，口中噴火。哈耳庇厄是鷹身女妖，刻萊諾是《埃涅阿斯紀》中率領其他哈耳庇厄襲擊特洛伊倖存者的哈耳庇厄首領。

1

一位旅行者來到麻薩諸塞州中北部，要是他在艾爾斯伯里公路剛過迪恩隅的三岔路口拐錯彎，就會走上一片荒僻而怪異的土地。地勢漸漸變高，攀爬著野薔薇的石牆越靠越近，蜿蜒道路上積著灰塵。處處可見的森林裡，樹木似乎格外高大，野草、荊棘和牧草異常茂盛，你很少會在其他人類定居區見到這種長勢。但另一方面，經過墾殖的土地卻很少，而且往往沒有莊稼；稀稀拉拉的房屋令人驚訝得千篇一律，都那麼衰老、骯髒和破敗。你偶爾會在崩裂的門前臺階或遍布石塊的山坡草場上見到一、兩個飽經風霜的孤獨身影，不知道為什麼，你就是不想向他們問路。這些身影是那麼沉默和鬼祟，你會覺得自己遇到了什麼禁忌之物，最好不要和這種東西扯上關係。沿著道路爬上一段山坡，群山出現在蒼翠森林之上，怪異的不安感覺會變得越發強烈。山峰的頂端過於圓潤和對稱，無法讓人覺得舒服和自然。有時候，天空會格外清晰地襯托出高大石柱圍出的怪異圓環，大多數山頂都有這樣的布置。

深不可測的溝壑和峽谷時常隔斷前路，粗糙的木橋總顯得不太牢靠。繼續向前走，地勢再次下降，成片的沼澤地映入眼簾，你見了本能地就會感到厭惡，到了傍晚更是會覺得毛骨悚然，不見身影的三聲夜鷹（注）吱喳啼鳴，多得離奇的螢火蟲蜂擁而出，伴著牛蛙那片刻不停的嘶啞叫聲舞動。米斯卡托尼克河上游猶如閃亮的細線，以怪異的毒蛇之姿蜿蜒爬向圓頂山丘的腳下，而後水勢漸漸變大。

隨著山丘越來越近，你更在意的往往是密林覆蓋的山麓，而不是石柱點綴的山頂。這些山坡總是那麼陰森險峻，你只希望能離它們越遠越好，但並不存在可以避而遠之的其他道路。穿過一條廊橋，你會見到一個小村莊蜷縮在河水與圓山陡壁之間，朽爛的複斜屋頂說明這裡的興建時間要早於鄰近地區，這樣的成片屋頂會讓你驚嘆不已。但到了近處仔細再看，你會不安地發現大多數房屋都已荒棄和坍塌，塔頂損壞的教堂如今成了小鎮的一處骯髒集市。黑洞洞的廊橋讓人不敢放心進入，但你也不可能繞過它。過橋之後，你很難不注意到街道上瀰漫著一股微弱的不祥異味，那是幾個世紀的霉變和腐爛的產物。你會樂於離開這個地方，順著狹窄小路繞過山腳，穿過地勢平緩的區域，最後回到艾爾斯伯里公路上。日後你也許會知道，自己曾經穿過的村莊名叫敦威治。

外地人盡可能少來敦威治，那場恐怖事件過後，指向小村的路牌被悉數取下。就一般的審美標準看，這裡的風景美麗得非同尋常，但從來沒有畫家或夏日遊客成群湧來。

注 夜鷹科的北美夜出鳥，因其響亮鳴聲（第一及第三音節重）而得名，可不停地反覆連叫數百次。

兩個世紀前，當談論巫術血祭、撒旦崇拜和森林怪物還不會被人嘲笑的時候，人們會用這些理由當藉口對此地敬而遠之。在我們這個理性時代（由於一心為這個小鎮好甚至全世界好的人掩蓋了一九二八年年敦威治恐怖事件的真相），人們就算不知道原因，也會盡量遠離小鎮。也許原因之一（雖說這個理由無法套用在不明就裡的陌生人身上）是當地人已經墮落到了令人厭惡的境地，沿著新英格蘭偏僻鄉村常見的退化道路走得太遠。他們幾乎形成了一個單獨的族群，精神和肉體上都明顯表現出退化和近親繁殖的特徵。他們的平均智力低得可憐，但毫無掩飾的惡意和半遮半掩的凶殺、亂倫以及幾乎無法用語言形容的暴虐和變態行徑卻是臭名昭著。有兩三個歷史悠久的古老家族於一六九二年從賽勒姆遷居此地，他們總算沒有墮落到那種朽敗境地，但家族的旁系卻已經淪落到與骯髒平民為伍，只剩下姓氏還能追溯回被他們玷污的先祖。維特利家族和畢曉普家族的一些成員還會把長子送去哈佛或米斯卡托尼克大學念書，但極少有年輕人返回族人世世代代出生的破敗屋簷之下。

包括知曉最近這起恐怖事件的那些人在內，誰也說不清楚敦威治的問題究竟出在哪兒，不過有一些古老的傳說提到印第安人的密會和褻瀆神靈的儀式，他們從巨大的圓形山丘中召喚出禁忌的暗影怪形，地下傳來的爆裂聲和隆隆巨響回應他們狂歡般的禱告。一七四七年，艾比亞・郝德利牧師來到敦威治村主持公理會教堂，他就撒旦及其黨羽的迫近做了一場令人難忘的布道會。他在布道會上說：

「我們必須承認，惡魔褻瀆神聖的可憎言行已經眾所周知，因而不容否認。超過二十位活生生的可靠證人，他們親耳聽到從地下傳來阿撒茲勒（注1）、巴茲列爾、別西卜（注2）和彼列（注3）受詛咒的聲音。不到兩星期前，本人清清楚楚地聽到我屋後的山嶺間有邪魔在交談；夾雜其間的還有嗟嗟聲、隆隆聲、碾磨聲、尖嘯聲和嘶嘶聲，這些都不是地上的造物能發出的聲音，只可能來自唯有黑魔法才能發現、唯有魔鬼才能打開的洞窟。」

那次布道會後沒多久，郝德利先生就失蹤了。但他布道的內容在斯普林菲爾德刊印出版，到現在依然能找到。年復一年，時常有人報告稱在山嶺間聽見怪異聲響，地質學家和地文學家至今依然未能解開這個謎團。

注1 Azazel，在猶太傳說中是墮落天使之首，第一位因背叛上帝而墮落的天使。其名出自於《聖經舊約．利未記》代罪羔羊（scapegoat）的意象惡魔化。

注2 又譯為巴力西卜（Beelzebub 或 Beel-Zebub），天主教譯為貝耳則步，意思為「蒼蠅王」，非利士人的神，《新約聖經》中稱別西卜為「魔王」，《聖經》中七大罪的暴食。傳說祂原本是熾天使中聖歌隊的成員，在創世記戰爭中戰敗而墮落。

注3 Belial，所羅門七十二柱魔神中排第68位的魔神，位階為王，統帥50個軍團，是駕馭烈火戰車的美麗天使，聲音動聽。最早是巴勒斯坦地區猶太教傳說中的地獄之王，主宰猶太教的整個火焚谷與所有死人和惡魔。

敦威治還有一些其他傳說，比方說你會在山頂石柱圈周圍聞到惡臭的怪味，又比方說你能隱約聽見峽谷底部某些固定位置在特定時間颳起的氣流聲；還有一些故事試圖解釋所謂「惡魔狂歡地」的由來，那是一片被詛咒的荒蕪山坡，長不出樹木、灌木甚至雜草。另外，當地人極為恐懼會在溫暖夜晚放聲啼鳴的三聲夜鷹。他們發誓說那些鳥是亡魂的接引者，總在等候垂死者的靈魂，用怪異的叫聲應和死者臨終前的喘息。要是牠們能夠抓住剛離開肉體的靈魂，就會立刻拍打著翅膀飛走，留下猶如惡魔狂笑般的叫聲；但要是失敗了，牠們就會逐漸沉默下去，陷入一片失望的寂靜。

這些傳說來自非常古老的時代，因此總顯得那麼過時和荒謬。事實上，敦威治確實古老得離奇，它比30英哩內的任何一個聚居點都要古老。走到小鎮南部，你應該還能看見畢曉普

祖宅的地窖牆壁和煙囪，它修建於一七〇〇年之前。來到瀑布旁，你會看見磨坊的遺跡，它修建於一八〇六年之前，已經是當地最新的建築物了。工業在敦威治沒有開花結果，十九世紀的造廠運動也早早夭折。說到古老，這裡最古老的建築物還得數山頂那些粗糙石柱圍成的圓環，但普遍認為修建它們的不是定居者，而是印第安人。在這些石柱圈和哨兵山頂上一塊狀如桌臺的巨岩周圍發現了大量的顱骨和其他骨頭，因此流行的看法是這些地點曾是波庫姆塔克部落的埋骨之地。然而許多人種學家認為這個推測實在荒謬絕倫，堅持認為那些遺骨屬於高加索人種。

2

一九一三年二月二日星期天上午5點，敦威治鎮區內一個只有部分房間住著人的大農莊裡，威爾伯．維特利來到了這個世界上。這個農莊貼著山坡而建，離小鎮有4英哩遠，離最近的人家也有1.5英哩遠。人們之所以記得這個日子，是因為二月二日是聖燭節，雖說敦威治的居民很奇怪地用另一個名字紀念那一天；更因為山裡的詭異聲音響了一整夜，村民家的狗也叫了一整夜。不太引人注意的一點是孩子的母親是維特利家族一名墮落的成員，這個女人有些畸形，身患白化病，毫無吸引力可言，年約三十五歲，和上了年紀且半瘋癲的父親住在一起，老人年輕時傳出過一些極為可怕的巫術流言。誰也不知道拉維妮亞．維特利的丈夫是誰，但根據當地的風俗，鎮民也不會排斥這個孩子。至於孩子的另一半祖系，他們願意怎麼大膽地猜測就怎麼猜測去吧。不過，拉維妮亞似乎對她的孩子頗為自豪，這個孩子膚色黝黑，貌如山羊，與她粉紅色眼睛、令人厭惡的白化病長相恰好相反，有人聽見她唸叨了許多怪異的預言，說這孩子擁有什麼超常力量和遠大前程。

拉維妮亞這個人就愛唸叨這種東西，因為她生性孤僻，喜歡冒著暴風雨進山亂逛，還試圖閱讀父親從維特利家兩百年歷史中繼承來的大開本古書，這些古書散發著黴味，就快被時光和蛀洞變成碎片了。她沒上過學，但滿腦子都是老維特利灌輸給她的支離破碎的古老傳說。鎮民一向害怕那個偏僻的農莊，因為老維特利玩弄黑魔法的名聲在外，而拉維妮亞十二歲那年維特利夫人不明不白地死於暴力手段，使得這裡更加不受歡迎。拉維妮亞孤孤單單地活在各種怪異的影響之中，沉迷於瘋狂誇張的白日夢和稀奇古怪的消遣活動之中。她的閒暇時光從不會花在家務事上，因此有關秩序和整潔的所有標準也早就消失得無影無蹤。

威爾伯出生的那天夜裡，令人膽顫心驚的尖叫劃破天空，甚至壓過了山間怪聲和犬吠聲，但沒有任何一位醫生或產婆為他接生。左鄰右舍對他也一無所知，直到一個星期後，老維特利駕著雪橇穿過荒原，來到敦威治鎮上，前言不搭後語地和奧斯本雜貨店裡的閒人聊天，人們才知道這件事。老人似乎發生了變化，他糊里糊塗的腦袋裡又多了一絲鬼祟，將他微妙地從畏懼的客體變成了主體，而他可不是會因為家庭瑣事而煩惱的那種人。儘管如此，他也表現出了幾分自豪，後來人們也在他女兒臉上注意到了這種神情，提到那孩子的由來時，許多聽眾在多年後還記得他是怎麼說的。

「俺才不管鄉親們咋個想——要是拉維妮的崽兒瞅著像是他爹，你們可就猜不到他長得是啥模樣嘍。你們別以為只有附近的漢子才是漢子。拉維妮讀過書，她見過你們大多數人只聽說過的東西。俺敢說她的男人是你們能在艾爾斯伯里這片地找到的最好的丈夫了。要是你們像俺一樣清楚這兒這些山，你們就不可能想要比她那場更好的教堂婚禮了。俺跟你們說啊——以後總有一天，鄉親們會聽見拉維妮的崽兒站在哨兵山頂上呼喊他父親的名字！」

威爾伯出生後第一個月內見過他的只有兩個人，一個是老澤卡利亞．維特利，他是維特利家族裡未墮落者中的一員，另一個是索耶老爺的同居女人瑪米．畢曉普。瑪米純粹出於好奇而來，她後來的敘述忠實於她的觀感。而澤卡利亞送來了一對奧爾德尼奶牛，那是老維特利向澤卡利亞的兒子柯帝士購買的。這一天標誌著小威爾伯家購買牛隻的歷程開端，這個歷程結束於一九二八年，也就是敦威治恐怖事件從發生到告終的那一年，但維特利家那破敗不堪的牛棚卻從未擠滿過家畜。有一段時間，好奇者甚至會偷偷爬上山坡，清點放養在舊農莊背後的陡峭山坡上的牛隻，他們頂多只數到過十到十二頭牛，而且這些牛都是一副貧血的蒼白模樣，應該是因為某種疾病或瘟病。造成維特利家牲畜死亡率居高不下的原因，很可能是牧草不衛生或骯髒牛棚裡的真菌和木料染有病菌。他們在牛隻身上見到了像是被利器所傷的古怪創口和潰瘍；而在剛開始的幾個月裡，有那麼一、兩次，這些人覺得他們在蓬頭垢面的老人和他患白化病的邋遢女兒的喉嚨上也見到了類似的傷口。

威爾伯出生後的那年春天，拉維妮亞恢復了她在山嶺間亂逛的習慣，比例畸形的手臂裡抱著膚色黝黑的嬰兒。大多數鎮民見過那個孩子之後，對維特利一家的興趣就漸漸消退了，也懶得去評論這個新生兒似乎一天一個樣的飛速成長。是的，威爾伯的發育速度確實驚人，出生後不到三個月，他的個頭和肌肉力量就已經超過了絕大多數不到一周歲的幼兒。他的舉止，甚至包括嗓音，都表現出了在幼兒身上極為罕見的克制和從容。更讓所有人都始料未及的是，他才七個月就開始獨自蹣跚學步，又過了一個月，蹣跚二字都可以摘掉了。

又過了一段時間，那年萬聖節的午夜時分，人們看見桌臺般巨石立於遍地白骨之中的哨兵山山頂燃起熊熊大火。塞拉斯·畢曉普，畢曉普家族尚未墮落的一名成員，聲稱在人們見到火光前一小時左右，他見到那個男孩領著母親，穩穩當當地跑上了哨兵山的山坡，這番話引起了不少流言蜚語。當時塞拉斯正在驅趕一頭走散的小母牛，在提燈的黯淡光線下見到兩個人影一閃而過，他險些忘記了自己的任務。那兩條人影無聲無息地穿過灌木叢，我們這位目瞪口呆的觀察者覺得他們似乎一絲不掛。事後回想，他不確定男孩是不是完全沒穿衣服，男孩有可能繫了一條有流蘇的腰帶，身穿深色的短褲或長褲。在此之後，只要還活著和神志清醒，威爾伯出現在人們面前時就總是穿戴整齊，不會忘繫上任何一粒鈕子，衣冠不整或是有可能會衣冠不整都能惹得他暴怒和擔憂。他在這方面與不修邊幅的母親和祖父形成了鮮明的對比，始終讓鎮民覺得很有意思，但直到一九二八年的恐怖事件之後，人們才明白其中真正的原因。

次年一月，坊間流言的焦點是「拉維妮的黑崽子」只有十一個月大就開始說話了。這件事之所以值得關注，原因有兩點：一是因為他的口音不同於當地的一般口音，二是因為他沒有幼兒的那種口齒不清，三、四歲的孩子能有他這個水準也值得驕傲了。小威爾伯並不健談，但只要一開口，就會流露出某種難以捉摸的奇特之處，但敦威治和它的全體鎮民都不具備這種東西。怪異感不在他說話的內容中，更不在他使用的簡單詞句中，而是似乎與他的語調或發出聲音的內部器官有著模糊的聯繫。他的面容同樣因為其成熟感而引人矚目，儘管他繼承了母親和祖父的短下巴，但年紀小小就已經堅挺成形的鼻梁和近乎於拉丁人的黑色大眼睛都讓他顯得像個擁有超卓智慧的成年人。然而，儘管他看起來異常聰慧，但相貌卻醜得出奇：他嘴唇很厚，毛孔粗大，膚色黑黃，頭髮粗糙而捲曲，耳朵長得怪異，整張臉像是一頭山羊甚至野獸。鎮民對他的厭惡很快就超過了對他母親和祖父的厭惡，關於他的猜測總有老維特利曾經研究的黑魔法當調味料，還有什麼他站在石柱圈裡，面對一本攤開的大書，高喊猶格—索托斯的可怖名字，連群山都為之顫抖。狗也痛恨這個孩子，他不得不用各種手段抵擋牠們的狂吠和威脅。

3

另一方面，老維特利還在不斷購入牛隻，但他的畜群規模卻沒有顯著增長。他還開始伐木和整修家中尚未利用的區域。這幢寬敞的尖屋頂農舍的後半截完全埋進了怪石嶙峋的山坡，底層受損最輕的三個房間足夠他和女兒使用。老維特利身上肯定還保留著驚人的力量，因為他一個人就完成了這麼繁重的體力勞動。儘管他依然沒完沒了地胡言亂語，但木工活兒卻體現出了精心計算的成果。威爾伯出生後沒多久他就開始了勞作，諸多的工具房之一忽然整理得井井有條，用木板封死窗戶，安裝了一把結實的新鎖。現在他翻修起了廢棄已久的二樓，手藝不亞於技藝嫻熟的工匠。老人的瘋病只體現在一點上：他用木板釘死了二樓所有的窗戶。不過也有許多人說，光是整修這件事本身就已經瘋得厲害了。他為新出生孫子在樓下整理出了另一個房間，這個倒是還在情理之中。有幾位訪客見過孩子的房間，但所有人都被禁止接近釘得嚴嚴實實的二樓。樓下房間的牆邊擺滿了高而堅固的架子，他正在將以前亂七八糟堆在各個房間角落裡的霉爛古書和散亂書頁搜集起來，按照某種精心編排的順序放上書架。

「我拿它們派上過一些用場。」老人一邊說，一邊用他在生鏽爐臺上煮出來的漿糊修補一張撕破的書頁，「但這孩子適合更好地利用它們。俺得盡量把它們修補好，因為這些就是他要學習的全部東西。」

一九一四年九月，威爾伯一歲七個月大，他的體格和成就幾乎令人害怕。他的個頭比得上四歲孩童，說話流利，聰明得讓你不敢相信。他在田野和山嶺間自由自在地奔跑，母親每次出門亂逛都會有他陪在身旁。在家裡，他孜孜不倦地研究祖父那些書籍裡的怪異圖片和表格，老維特利會在許多個漫長而寂靜的下午教導和考校他。這時候房屋修葺已經完工，見過的人都會心生疑慮，為什麼樓上的一扇窗戶會被改造成堅實的木板門呢？那扇窗戶位於東側山牆的盡頭，緊貼山坡；也沒有人能想像為什麼要用木板修建一條從地面通往那扇窗戶的走道。正是在快完工的時候，人們發現自從威爾伯出生後就被封死窗戶和裝上新鎖的舊工具房又棄用了，那扇門沒精打采地敞開著。有一次，索耶老爺帶著老維特利買的牛去他們家，一時好奇就進去看了看，被撲鼻而來的怪異氣味熏得昏頭轉向——他斬釘截鐵地說，除了山頂的印第安人石柱圈附近之外，他這輩子都沒聞到過這麼可怕的惡臭，散發出這股氣味的絕對不是什麼尋常東西，甚至不可能來自塵世間。不過話也說回來，敦威治鎮民的住宅和窩棚可從來不是嗅覺的天國樂土。

接下來的幾個月沒什麼特別的怪事，但所有人都信誓旦旦地說山裡的神祕怪聲在緩慢但持續不斷地增多。一九一五年五朔節（注）前夕，山嶺的震動連艾爾斯伯里的居民都感覺到了。同年萬聖節，地下的隆隆聲怪異地應和著哨兵山山頂的熊熊烈火——按照當地人的說法，那是「維特利家那幫巫師搞的鬼」。威爾伯繼續怪誕地成長發育，才四歲就像個十歲孩童了。他變得越來越沉默寡言，鎮民開始關注他那張山羊臉上越來越顯著的邪惡表情。他有時候會用某種難懂的語言唸唸有詞，以怪異的曲調詠唱，讓聽眾感覺到難以解釋的巨大恐懼。狗對他表現出的憎惡已是廣為人知，他不得不隨身攜帶武器，否則就無法安全地穿過村莊。他偶爾會使用武器，犬類守護者的主人自然不可能因此喜愛他。

拜訪他們家的人寥寥無幾，他們通常會見到拉維妮亞一個人待在樓下，而木板封死窗戶的二樓迴蕩著叫聲和腳步聲。她不肯說她父親和她兒子在樓上幹什麼；有一次，一位愛開玩笑的魚販試著推了推通往二樓的上鎖房門，拉維妮亞的臉色頓時變得煞白，表露出異乎尋常的恐懼。魚販告訴敦威治鎮上雜貨店裡的閒人說，他覺得他聽見從樓上傳來了馬踏樓板的聲音。閒人們搜腸刮肚地思索，想到了從窗戶改造成的門和連接地面的通道，想到了迅速消失的牛隻。他們回憶起老維特利年輕時的傳聞，回憶起將小公牛在特定時間獻祭給某些異教神祇就能從地底召喚出怪物的傳說，一個個都嚇得瑟瑟發抖。

注 歐洲傳統民間節日。用以祭祀樹神、穀物神、慶祝農業收穫及春天的來臨。歷史悠久，最早起源於古代東方，後傳至歐洲。

鎮民早已注意到，狗對維特利家的憎惡和畏懼與牠們對小威爾伯的憎惡和畏懼一樣強烈。

一九一七年，戰爭打響，索耶・維特利老爺擔任當地徵兵委員會的主席，他實在沒法湊齊足夠數量的敦威治年輕人，就連只是滿足訓練營的最低標準都做不到。該地人種嚴重衰落的跡象引起政府的關注，於是政府派遣幾位官員和醫學專家前往實地研究，新英格蘭地區報紙的讀者大概還記得他們的這場調查。公眾對這場調查的關注使得記者開始跟蹤報導維特利一家，導致《波士頓環球報》和《阿卡姆廣告人》在週日特刊中濃墨重彩地描述小威爾伯的早熟、老維特利的黑魔法、塞滿書架的怪異圖書、古老農舍封死的二樓、籠罩整個地區的詭異氣氛和山嶺間的奇怪聲響。威爾伯當時四歲半，樣子像是十五歲的小伙子，嘴唇和面頰已經冒出粗糙的黑色絨毛，嗓音也像進入變聲期似的開始沙啞。

索耶老爺帶著記者和攝影師來到維特利家，請他們注意似乎從封死的二樓瀰漫而下的那股惡臭。他說，這裡竣工後，他在廢棄的工具房裡聞到過同樣的氣味。另外，他在山頂石柱圈附近偶爾也會聞到與此類似的微弱氣味。文章刊出後，敦威治人讀著報紙，見到明顯的錯誤就會心一笑。有一點他們覺得很困惑，文章作者為什麼很看重老維特利總是用極其古老的金幣買牛這件事呢？維特利一家接待來訪者時滿臉都是掩飾不住的厭惡，但他們也不敢用激烈的手段抵抗或乾脆拒絕開口，因為那樣反而會招來更多的關注。

4

接下來的十年間，維特利一家的事蹟漸漸淹沒在了這個病態群落的日常生活之中，人們習慣了他們古怪的生活方式，也不去理會他們在五朔節前夕和萬聖節之夜的狂野儀式。他們一年兩次在哨兵山的山頂點燃火焰，每逢這種時候，群山就會響起越來越劇烈的隆隆聲。無論什麼季節，那個偏僻農莊總會鬧出怪異而不祥的各種事情。在這十年間拜訪過維特利家的人都聲稱聽見封死的二樓傳出響動，也對他們如此頻繁而持續地獻祭母牛和小公牛感到困惑。有人說要向防止虐待動物協會投訴，但終究只是說說而已，因為敦威治人從來都不願引起外部世界對他們的關注。

一九二三年，威爾伯年滿十歲，但心智、聲音、體態和滿臉鬍鬚都讓人覺得他已經成年了。與此同時，舊農莊迎來了第二次大規模翻修。改造範圍完全在封死的二樓之內，從丟棄的木料碎片看得出，年輕人和祖父敲掉了所有隔斷，甚至拆除了閣樓地板，在底層天花板和尖屋頂之間製造出了一整片空間。他們連中央大煙囪也一併拆掉了，給鏽跡斑斑的爐子安裝了一根直通屋外的薄鐵皮煙道管。

隔年春天，老維特利發現越來越多的三聲夜鷹會在夜裡飛出冷泉峽谷，落在他的窗口吱喳啼鳴。他似乎覺得這件事意義非凡，對奧斯本雜貨店的閒人說，他認為他的大限已到。

「牠們跟著俺的呼吸笑話俺呢，」他說，「要俺說，牠們準備好捕捉俺的魂兒了。牠們知道它要走啦，可不打算讓它逃掉。弟兄們，等俺咽氣了，你們會知道牠們有沒有逮住我。要是逮住了，牠們會唱啊笑啊直到天亮。要是沒逮住，牠們就會安安靜靜待著。俺就盼著有一天哪，牠們能和牠們要逮的魂兒好好打上一架。」

一九二三年八月一日收穫節之夜，威爾伯．維特利抽打著家裡僅剩下的一匹馬摸黑趕到鎮上的奧斯本雜貨店，用電話請來了艾爾斯伯里的霍頓醫生。醫生發現老維特利處於彌留之際，微弱的心跳和費勁的呼吸說明他剩下的時間已經不多了。邋遢的白化病女兒和年紀小小就滿臉鬍鬚的孫子站在床邊，頭頂上的空洞深淵中傳來令人不安的隱約響動，那聲音像是有節奏的波濤或浪花拍岸聲，就彷彿潮水沖刷著平坦的海岸。但更讓醫生心煩意亂的是外面喧鬧的鳥鳴；似乎有無窮多隻三聲夜鷹沒完沒了地號叫著牠們的口信，可怕地應和著垂死老人的急促喘息。霍頓醫生心想，這太離奇、太不自然了，就像他非常不願意前來出診的這整個地區。

臨近2點，老維特利恢復意識，從喘息中斷斷續續地向孫子擠出幾句話。

「還需要更大的地方，威利，很快就還需要更大的地方了。你長得快——那東西長得更快。孩子，它很快就會準備好侍奉你。為猶格—索托斯打開大門，需要的長篇吟唱，你可以在完整版的第七百五十一頁找到，然後劃一根火柴點燃監獄。空氣裡的火現在沒法傷害它。」

他顯然徹底神志不清了。老人停頓片刻，窗外的成群夜鷹調整叫聲，適應老人已經改變的音調，遠處傳來群山中的怪異聲音，他又說了最後幾句話。

「按時餵它，威利，要注意食物的量；空間有限，不能讓它長得太快，否則它會在你為猶格—索托斯打開大門前撐破房間或破籠而逃。只有來自外界的它們才能讓它繁殖和做工……只有它們，舊神想要回歸……」

但喘息再次打斷了他，三聲夜鷹的啼鳴隨之改變，拉維妮亞不由驚叫。老人就這麼又拖了一個多小時，直到從喉嚨深處擠出最後一口氣。霍頓醫生合上他皺縮的眼皮，遮住已經失神的灰色眼睛，吵鬧的鳥鳴漸漸歸於沉寂。拉維妮亞靜靜啜泣，而威爾伯只是在群山微弱的隆隆聲中輕輕一笑。

「牠們沒有逮住他。」他用渾厚的男低音喃喃道。

這時候的威爾伯在他鑽研的偏門領域內已經是博覽群書的專家了，與遠方保存著稀有禁忌古書的各種場所中的許多博物館員通過書信往來，因而小有名聲。某些青少年失蹤案件的疑點若有若無地指向他家門口，所以敦威治人越來越厭惡和害怕他，但鎮民始終保持沉默，這或者是出於恐懼，或者是因為他和他祖父當年一樣，也定期用舊金幣採買牛隻，而且數量還越來越多。他現在看上去已經完全成熟，身高達到了成年人的平均高度，而且似乎還沒有長到頭。一九二五年的一天，與他通信的一位學者從米斯卡托尼克大學前來拜訪他，離開時臉色蒼白，表情困窘，那時候的威爾伯身高六又四分之三英呎。

隨著年歲漸長，威爾伯待他半畸形的白化病母親越來越輕蔑，最後甚至禁止她和他一同在五朔節和萬聖節去山中祭拜。一九二六年，這個可憐人向瑪米．畢曉普承認說她害怕兒子。

「俺知道他的很多事情，但不敢告訴你啊，瑪米。」她說，「而且現在俺有很多事情也不知道了。俺對上帝發誓，俺不知道他到底要啥，也不知道他想幹啥。」

那年萬聖節，山中怪聲比往年更喧鬧，哨兵山上一如既往地燃起火焰；但更引人注意的是大群三聲夜鷹有節奏的啼鳴聲，牠們出現得不合自然規律，聚集在沒有點燈的維特利農莊附近。午夜剛過，夜鷹的尖聲鳴叫忽然轉成喧雜的哄笑，鄉野間迴蕩著這種怪聲，直到黎明時分才安靜下去。鳥群隨後匆匆趕往南方，比正常的遷徙時間晚了足足一個月。鎮民當時完全不明白這代表著什麼。敦威治似乎無人去世，但可憐的拉維妮亞．維特利，這位畸形的白化病人，從此再也沒有出現過。

一九二七年夏天，威爾伯修整好農場裡的兩間工具房，將書籍和財物搬了進去。沒過多久，索耶老爺告訴奧斯本雜貨店的閒人們，說維特利農莊又在大興土木。威爾伯釘死了底樓所有的門窗，正在像他和祖父四年前那樣打通所有隔間。威爾伯住在一間工具房裡，索耶認為他顯得異乎尋常地擔憂和恐懼。人們普遍懷疑他知道母親為何失蹤，極少有人願意接近他家。他的身高已經超過7英呎，依然沒有停止生長的跡象。

5

當年冬天最稀奇的事情莫過於威爾伯第一次離開了敦威治地區。雖然他和哈佛的懷德納圖書館、巴黎的法國國家圖書館、大英博物館、布宜諾斯艾利斯大學和阿卡姆的米斯卡托尼克大學建立了通信聯繫，但都沒能幫他借到一本他渴望閱讀的古書，於是他只好親自前往離他最近的米斯卡托尼克大學查閱館藏的抄本。這個年輕人衣衫襤褸、骯髒不堪、滿臉鬍鬚，膚色黝黑，面如山羊，操著一口粗野的方言，身高接近8英呎，拎著剛在奧斯本雜貨店買的廉價手提箱，在某一天出現在了阿卡姆，來尋找鎖藏在大學圖書館的一本恐怖古書：阿拉伯瘋人阿卜杜·阿爾哈茲萊德所著《死靈之書》，由奧洛斯·沃爾密烏斯譯成拉丁語，於十七世紀在西班牙出版。威爾伯以前從沒進過城，但除了趕往大學之外全無他想。他渾然不知自己經過了一條碩大的守門狗，這條狗齜著白牙，叫聲中的憤怒和敵意強烈得異乎尋常，瘋狂地拽著拴住牠的結實鐵鍊。

威爾伯帶著祖父傳給他的《死靈之書》，那是迪博士翻譯的英文版，價值連城但不完整。得到閱讀拉丁譯本的許可之後，他迫不及待地開始對比兩種文本，希望能找到殘缺譯本缺少的第七百五十一頁上的一個段落。出於禮貌，他不得不向圖書館員透露了這些。這位同樣博學多識的圖書館員亨利．阿米塔奇（米斯卡托尼克大學的文學碩士，普林斯頓大學的哲學博士，約翰霍普金斯大學的文學博士）曾經拜訪過維特利家農莊，此刻用問題淹沒了威爾伯。威爾伯只得承認，他在尋找包含猶格─索托斯這個可怖名字的某種儀式或咒語，但兩種文本之間的差異、重複和矛盾使得他難以做出選擇。在他抄錄最終確定的儀式時，阿米塔奇博士不由自主地從他背後看了一眼打開的書頁，發現左手邊的拉丁譯本竟包含著威脅全世界和平和理性的恐怖威脅。

「吾等不能認為，」阿米塔奇在腦海裡翻譯道，「人類是地球最古老和最終的主宰，也不能認為尋常的生命和物質會獨行於世。舊日支配者過去在，舊日支配者此時在，舊日支配者未來亦在。舊日支配者不在我們知曉的空間內，而在空間之間。舊日支配者無聲無息地行走在時間之初，不受維度束縛，不為我們所見。猶格─索托斯知曉大門。猶格─索托斯即是大門。猶格─索托斯在大門的鑰匙和護衛。過去，此時，未來，在猶格─索托斯均為一體。他知曉舊日支配者曾於何地闖入，也知曉它們將於何地再次闖入。他知曉舊日支配者曾踐踏地上的何處，知曉它們還將踐踏何處，知曉它們踐踏時為何無人能目睹它們。通過它們的氣味，人有時能知曉它們近了，但人無法目睹它們的形象，只能從它們使人類誕下子嗣的容貌中略作了解；而這些子嗣種類繁多，從人類最真切的幻想到與它們一樣無形無實質，林林總總各自不同。它們只在它們的時節裡言語被說出和儀式被呼號的偏僻之處走過，無影無蹤，留下腐壞。風傳誦它們的聲音，大地呢喃它們的意識。它們彎曲森林，碾碎城市，但森林和城市都見不到賜禍的手。卡達斯在寒冷廢墟知曉了它們，但誰知曉卡達斯呢？南極冰原和沉入大洋的島嶼擁有刻印它們封印的石柱，但誰見過那冰封城市和遍覆海草與藤壺的封印巨塔呢？偉大的克蘇魯是它們的表親，但它也只模糊地窺視過它們的身影。咿呀！莎布─尼古拉斯！你是汙穢，應該知曉它們。它們的手扼住你的喉嚨，你也依然看不見它們，它們的棲身之處就在你上鎖的門口。猶格─索托斯是大門的鑰匙，大門存在於球界相接之處。人統治之地曾歸它們統治，它們將重新統治人現在統治之地。夏日過後是冬季，冬季過後是夏日。它們耐心等待，因為它們終將重新支配此地。」

阿米塔奇回憶起他聽說過的敦威治傳聞、山中作祟的鬼怪、威爾伯・維特利這個人以及圍繞著他的險惡氣場——從詭異的出生到弒母的嫌疑——再聯想起剛讀到的文字，一陣恐懼襲上心頭，就好像迎面吹來了墳墓裡的溼冷陰風。面前這個駝背的山羊臉巨人彷彿是另一顆星球或另一個維度的子嗣，只有部分屬於人類，與本質和實體的黑暗深淵有著聯繫，那些深淵猶如巨大無比的幻影，超越了全部的力與物質、時間與空間的束縛。威爾伯忽然抬起頭，用他奇異的共鳴方式說話，這個嗓音暗示著他的發聲器官與普通人類有所不同。

「阿米塔奇先生，」他說，「俺盤算俺得把那本書帶回家。書裡有些東西，俺得在特定的條件下嘗試，這兒可做不到。要是讓條條框框攔住俺，那可就罪孽深重了。就讓俺帶走它吧，先生，俺發誓誰都不會知道有這碼事。俺都不需要說俺會好好愛惜它的。把迪的英文版弄成這樣的可不是俺……」

威爾伯停了下來，因為他看見了圖書館員臉上堅決的拒絕表情，他那張山羊臉頓時變得奸詐狡猾。阿米塔奇正要說他可以抄錄他需要的章節，但忽然想到有可能造成的後果，於是打消了這個念頭。將通往那麼邪惡的外部空間的鑰匙交給這麼一個人，他要承擔的責任未免太大了一些。維特利看清了事態，換上盡量輕鬆的語氣說：「哎呀，既然你這麼想，那就算了吧。也許哈佛不會像你這麼大驚小怪。」他沒有再說什麼，起身走出圖書館，走過每一道門的時候都不得不彎腰低頭。

阿米塔奇聽見守門大狗凶狠的吠叫聲，隔著窗戶目送維特利猩猩般的身影走出他能見到的這片校園。他想到他聽說過的那些離奇傳聞，回想起《廣告人報》當年週日特刊上的報導，又想到他拜訪敦威治時在鄉野村鎮聽說的民間故事。某些不可見之物——並非出自地球，至少不是三維空間中的地球——帶著惡臭和恐怖穿過新英格蘭的峽谷，令人厭惡地盤桓於群山峰頂。關於這些，他長久以來都深信不疑。但現在他似乎感覺到了這種入侵恐怖的某個組成部分正在迫近，提前瞥見了一眼曾經沉睡的古老夢魘統治下的黑暗國度。憎惡使得他不由顫抖，他將《死靈之書》收起來鎖好，但房間裡依然瀰漫著一股難以辨識的邪惡臭味。「你是汙穢，應該知曉它們。」他引用書中原文。對，不到三年前他拜訪維特利家農莊時，正是這同樣的氣味讓他噁心想吐。他再次想到散發不祥氣息的山羊臉威爾伯，嘲笑鎮民對他生身父親的種種猜測。

「近親繁殖？」阿米塔奇自言自語道，「上帝啊，多麼愚蠢！讓他們看亞瑟・馬欽的《大潘神》，他們會以為那是最平常的敦威治醜聞！但威爾伯・維特利的父親究竟是什麼該詛咒的無形力量，來自三維空間的地球之上還是之外？他出生在聖燭節，一九一二年五朔節的九個月以後，連阿卡姆都聽說那晚出現了奇異的地底怪聲，五月的那個夜晚，究竟是什麼東西在群山間走動？是什麼樣的恐怖在那個五朔節，以半人的血肉之軀來到世間？」

接下來的幾個星期，阿米塔奇博士開始搜集有關威爾伯・維特利和在敦威治附近出沒的無形之物的所有資料。他聯繫上了艾爾斯伯里的霍頓醫生，霍頓醫生曾照顧過臨終前的老維特利，老人的遺言引起了博士的深思。他再次來到敦威治鎮，可惜沒有什麼新收穫。不過仔細研讀《死靈之書》中威爾伯苦苦追尋的那些篇章後，他似乎得到了一些新的可怖線索，幫助他理解那個隱然威脅這顆星球的奇異邪靈究竟擁有什麼樣的本質、手段和欲望。他與波士頓研究古代傳說的幾位學者交談，與許多其他機構的人員通信，驚愕越來越強烈，經歷了不同等級的恐慌之後，最後終於變成深入靈魂的恐懼。隨著夏季一天天過去，他開始認為他必須做些什麼事情，應對潛伏在米斯卡托尼克上游的恐怖之物和以威爾伯・維特利肉身行走於人間的可怕存在。

6

敦威治恐怖事件發生於一九二八年收穫節和秋分之間，阿米塔奇博士本人也目睹了事件的驚悚序幕。當時，他聽說了維特利詭異的劍橋之旅，維特利瘋狂地想借閱或抄錄懷德納圖書館的《死靈之書》藏本。但他再怎麼努力都註定無濟於事，因為阿米塔奇已經以最懇切的態度提醒了負責保管這本恐怖書籍的所有圖書館員。威爾伯在劍橋表現出了令人驚駭的緊張態度：他一方面渴望得到那本書，另一方面又急於趕回家去，像是害怕他離家太久可能會造成的後果。

八月初發生了一件並不出乎意料的事情，八月三日凌晨時分，大學校園裡突然響起凶狠而癲狂的犬吠聲，驚醒了阿米塔奇博士。咆哮聲和吠叫聲低沉而可怖，幾近瘋狂，持續不斷，而且越來越響，中間還穿插著令人驚恐的明顯停頓。緊接著響起了一聲完全不同的尖叫，吵醒了阿卡姆一半的睡眠者，他們從此飽受噩夢的折磨。這一聲尖叫不可能來自塵世間的生物，至少不可能完全是塵世間的造物。

阿米塔奇隨便套上一些衣物，穿過馬路和草坪，跑向大學的建築物，發現有很多人趕在了他的前面。他聽見圖書館的防盜警鈴還在尖嘯。月光下，一扇敞開的窗戶張開漆黑大口。闖入者顯然已經進去了，因為吠叫聲和尖叫聲無疑是從圖書館裡傳出來的，而這兩種聲音正在迅速變輕，轉為低吼聲和呻吟聲。本能告訴阿米塔奇，裡面發生的事情恐怕不適合心理準備不足的人看見，於是他一邊打開前廳大門，一邊以權威的口味命令眾人後退。他在圍觀者中看見了沃倫·萊斯教授和法蘭西斯·摩根博士，他向這兩個人講述過他的猜測和擔憂，因此他示意他們陪他一同進去。圖書館裡已經安靜了下來，只剩下守門狗警惕的嗚嗚低吼，但阿米塔奇忽然詫異地聽見灌木叢裡響起了三聲夜鷹的嘈雜合唱，有節奏的可怕啼鳴像是在應和垂死者的臨終呼吸。

圖書館裡充斥著可怖的惡臭，阿米塔奇博士實在太熟悉這股氣味了。三個人跑過大廳，衝進傳出低吼聲的宗譜學小閱覽室。足足有一秒鐘，他們誰也不敢開燈，最後還是阿米塔奇鼓足全部勇氣，按下電燈開關。三位學者中的某一位，不確定是誰，見到眼前躺在凌亂書桌和翻倒座椅之間的那個東西，忍不住失聲尖叫。萊斯教授說他有好一會兒完全失去了意識，不過還好沒有踉蹌跌倒。

那東西身長約9英呎，半蜷縮著側躺在散發惡臭、如瀝青般黏稠的黃綠色膿水裡，守門狗撕扯掉了它的所有衣物和部分皮膚。它還沒有死透，身體尚在斷斷續續、無聲無息地抽搐，胸膛的起伏節奏可怖地契合著在外等待的三聲夜鷹的瘋狂啼鳴聲。皮鞋和衣物的碎片散落在房間裡，窗戶底下有個帆布袋，顯然是被扔在那兒的。一把左輪手槍丟在中央閱覽臺旁邊，後來發現的一顆有擊發凹痕但未能打響的子彈說明了為什麼無人聽見槍聲，但此刻吸引了三個人全部注意力的還是地上那個怪物。說人類的筆力無法描述它不但老套，而且也不盡準確，然而任何人，只要他對形狀和輪廓的概念還被這顆星球上的普通生命和僅僅三個已知維度束縛著，就不可能形象而生動地想像它的樣子。毫無疑問，怪物有一部分人類的特徵，雙手和頭部非常類似人類，短下巴的山羊臉更是維特利家的典型容貌；但軀體和下半身就畸形得無與倫比了，只有藉助寬鬆的衣物，它才能行走於人世間而不會引來懷疑或殺身之禍。

它從腰部以上與人類差不多，但依然被守門狗警覺地按住的胸膛覆蓋著鱷魚般的塊狀堅韌硬皮，背部的黃黑花斑有點像某些蛇類的鱗片。但更可怖的是腰部以下，與人類的相似之處消失殆盡，只剩下徹底的離奇恐怖：皮膚上長滿了粗糙黑毛，幾十條帶有紅色口器的灰綠色長觸手從腹部無力地向外伸展。觸手的排列方式很怪異，像是遵循了地球甚至太陽系尚未知曉的某種宇宙對稱性。兩側臀部上各有一個帶纖毛的粉色圓環，有點像沒有成熟的眼睛。應該長著尾巴的部位有一條帶紫色環紋的肉喙或觸鬚，種種跡象表示那是尚未發育的嘴部或咽喉。四肢要是去掉黑毛，就有點像史前巨型蜥蜴的後腿，但頂端既不是蹄子也沒長鉤爪，而是有著脊狀隆紋的肉掌。它呼吸的時候，尾部和觸手會有節奏地改變顏色，似乎在循環系統的作用下，從正常人類變得像是它非人類的先祖，觸手的綠色會變得更深，尾部會變成黃色，紫色圓環之間會變成讓人噁心的灰白色。它沒有人類的血液，惡臭的黃綠色膿水沿著上漆地板流淌，超出了黏稠液體的範圍，怪異地改變了地板的顏色。

三個人的到來似乎喚醒了垂死的怪物，它沒有轉過頭或抬起頭，只是開始喃喃自語。阿米塔奇博士沒有記錄下它自言自語的內容，但非常確定它使用的絕對不是英語。起初的音節與地球上的任何語言都毫無關係，但到後來漸漸有了一些來自《死靈之書》的零星片段，這個畸形的恐怖怪物正是為了這本書才招致了毀滅。根據阿米塔奇的回憶，那些片段大概是「N'gai, n'gha'ghaa, bugg-shoggog, y'hah; 猶格—索托斯，猶格—索托斯……」聲音漸漸輕了下去，直至寂靜，而三聲夜鷹懷著邪惡期待的啼鳴越來越響。

喘息聲陡然停頓，守門狗抬起頭，悠長而淒厲地嚎叫。地上怪物的黃色山羊臉和剛才不一樣了，令人毛骨悚然的黑色巨眼悄然閉上。窗外，三聲夜鷹的啼鳴戛然而止，鳥群在驚恐中拍打翅膀，聲音蓋過了圍觀人群的交頭接耳。這些守候者騰空而起，身影遮住了月亮，被牠們想要獵取的東西嚇得落荒而逃。

這時候，守門狗忽然驚起，害怕地狂吠幾聲，從牠進來的那扇窗戶急急忙忙地跳了出去。圍觀人群發出尖叫，阿米塔奇博士大聲喝令他們不得靠近圖書館，等員警和驗屍官來了再說。還好閱覽室的窗戶很高，圍觀者看不見房間裡的情形，他仔細拉上了所有窗戶的黑色遮光簾。兩位員警終於趕到，摩根博士在門廳迎接他們，請他們為了自己好，等驗屍官檢查完並蓋上那怪物後，再進入充滿惡臭的那間閱覽室。

與此同時，地上的怪物發生了可怖的變化。你根本不可能想像屍體以什麼樣的速度在阿米塔奇博士和萊斯教授眼前萎縮、分解，但可以斷定的是，除了面部和雙手，威爾伯·維特利與人類的相似之處恐怕少得可憐。法醫趕到的時候，上漆地板上只剩下了一灘黏糊糊的發白物質，連駭人的惡臭都快散盡了。維特利顯然沒有顱骨和身體骨架，至少沒有穩定的固態骨骼。他從不明身分的父親那裡繼承了某些特徵。

7

然而，這只是真正的敦威治恐怖事件的序曲。大惑不解的有關部門按規定走了一遍程序，沒有向媒體和大眾公布離奇的細節，派出人員前往敦威治和艾爾斯伯里清點已故威爾伯·維特利的遺產並通知他的繼承人。清點人員發現強烈的不安情緒籠罩了整個敦威治，既因為圓頂山丘下的隆隆聲越來越響，也因為維特利家被木板釘死的空殼農莊裡散發出不尋常的惡臭，洶湧波浪拍岸的怪聲也一天比一天響亮。威爾伯不在家的這段時間裡，索耶老爺替他照看馬匹和牛隻，但不幸患上了嚴重的神經衰弱。清點人員編造出理由，沒有進入被木板釘死的喧鬧農舍，很高興地將他們對死者住所（也就是不久前整修好的工具房）的調查變成了一次浮光掠影的參觀。他們向艾爾斯伯里法院呈上一份冗長的報告，米斯卡托尼克河上游不計其數的維特利家族成員，無論是已墮落的還是未墮落的，為繼承權打起了各種各樣的官司。

清點人員在屋主充當書桌的舊衣櫥上發現了一本極厚的手稿，怪異的字寫在大號記帳冊上，根據文字的間距和墨水及筆跡的變化，他們認為這是死者的日記，但內容對他們來說是個令人沮喪的謎團。經過一週的討論，日記連同死者的怪異藏書一同被送往米斯卡托尼克大學，希望學者們在研究後能翻譯成普通人的語言，但就連最優秀的語言學家也很快就意識到這個謎不是那麼容易解開的。威爾伯和老維特利用來付帳的古老金幣則始終未被發現。

九月九日夜裡，恐怖事件終於降臨。那天傍晚，山中的怪聲格外響亮，狗瘋狂吠叫了一整夜。十日清晨，早起者注意到空氣中瀰漫著一股特別的臭味。喬治．寇里住在冷泉峽谷和鎮子之間，他們家的雇工盧瑟．布朗清晨趕牛去十畝草場放牧，七點鐘左右，盧瑟發瘋般地跑了回來。他跌跌撞撞地衝進廚房，恐懼讓他幾乎全身抽搐，牛群跟著小伙子跑了回來，和他一樣驚恐萬狀，在外面的院子裡來回轉悠，可憐兮兮地哀叫著。盧瑟上氣不接下氣地向寇里夫人講述他的遭遇。

「峽谷外面的路上唷，寇里太太——有東西在那兒！聞起來像是一個雷打過來唷，路邊的灌木和小樹都被壓倒了，就像有個屋子被拖過去了。噢，這還不是最可怕的，不是。路上有腳印唷，寇里太太——又大又圓的腳印，大得就像木桶頭，深得就像大象踩出來的，而且絕對不是四條腿的東西能弄出來的！俺跑回來前仔細看了一、兩個，我看見每個腳印都有線條從一個點擴出去，就好像棕櫚葉的扇子——但個頭要大兩、三倍——順著那條路往前走下去了。還有那味道啊，太可怕了，就像巫師維特利的老屋子周圍……」

他說不下去了，驅趕他回家的恐懼讓他又一次顫抖起來。寇里夫人問不出更多的情況來，於是打電話給左鄰右舍；先於恐怖事件本身而來的恐慌開始傳播。賽斯・畢曉普住得離維特利家最近，她打給他的管家莎莉・索耶，這次傳播者和聽眾交換了角色。因為莎莉的兒子瓊西睡眠不佳，早起沿著通向維特利家的山坡散步，只看了一眼維特利家和畢曉普家夜間放牛睡覺的草場就嚇得狂奔回家。

「對，寇里太太，」電話裡傳來莎莉顫抖的聲音，「瓊西才剛回來，嚇得連話都說不清楚了！他說老維特利家被炸碎了，木料飛得到處都是，就好像屋裡藏著炸藥，只有底層地板沒炸穿，但覆蓋著像是瀝青的東西，味道難聞極了，從側牆被炸飛的地方沿著邊緣往地上淌。院子裡有些可怕的腳印——又大又圓的腳印，比豬頭都大，還沾著黏糊糊的東西，和屋裡的東西一樣。瓊西說腳印通向草場，被壓倒的草叢比牛棚都要寬，腳印到過的地方，石牆全都塌了。

「他還說唷，他說，寇里太太，雖說他都快嚇死了，但還是去找賽斯家的牛。他在靠近惡魔狂歡地的山上草場找到了牠們，看見牠們的情況糟透了。有一半已經不見了，剩下一半的血被吸光了，身上的傷口就像拉維妮亞那黑崽子生下來以後維特利家的牛身上的傷口！賽斯過去看了，不過我敢說他不會太靠近巫師維特利他們家！瓊西沒仔細看草叢上被壓倒的痕跡離開牧場後去了哪兒，但他說他覺得應該是朝峽谷往鎮上的方向去了。

「我跟妳說啊，寇里太太，有些不該走在地上的東西被放出來了，要我說啊，威爾伯．維特利那個黑崽子死得真是活該，他就是那種東西生下來的。就像我一直跟大家說的，他根本不是人類。我覺得他和老維特利在釘起來的屋子裡養什麼東西，那東西比他還不像人類。敦威治一直有些看不見的東西，而且是活著的東西，不是人類，也對咱們人類沒安好心。

「地底下昨晚又哼哼來著，今早快天亮那會兒，瓊西聽見冷泉峽谷裡的三聲夜鷹鬧騰得厲害，吵得他睡不著。然後他覺得巫師維特利家那邊也隱約傳來什麼響動，似乎是木料斷裂，就像大木箱或板條箱被撐破的聲音。因為這個也因為那個，他根本睡不著，天剛亮就一骨碌爬起來，說他必須去維特利家看看究竟出了啥事。他這下算是開了眼界，寇里太太！情況很不妙，我覺得男人們應該集合起來做點什麼。我知道有什麼恐怖的東西就在附近出沒，我覺得我的日子快到了，只有老天才知道那到底是個啥。

「妳家盧瑟有沒有看見那些大腳印往哪兒去了？不知道？噢，寇里太太，要是腳印在峽谷這一側的峽谷道路上，而且還沒到你們家，那我盤算著它們肯定進峽谷了。應該沒錯。我一直說冷泉峽谷不是什麼體面的正經地方。那兒的三聲夜鷹和螢火蟲咋看都不像上帝的造物，經常有人說只要你站在合適的地方，比方說岩石瀑布和熊洞之間那兒，就能聽見風裡有奇怪的颼颼聲和說話聲。」

那天中午，敦威治四分之三的男人和男孩聚在一起，走過已成廢墟的維特利家和冷泉峽谷之間的道路和草場，驚恐地望著那恐怖的巨大腳印、畢曉普家遭受重創的牛群、詭異而離奇的農莊殘骸、田野裡和路邊被壓得抬不起頭的植物。無論闖進這個世界的是什麼怪物，它都無疑走進了那條詭祕而幽深的山谷；因為它兩邊山坡上的所有樹木都被彎曲和折斷了，掛在崖壁上的草木中被壓出了一條寬闊的痕跡。就彷彿山崩推著一幢房屋，掃過了幾乎垂直的陡坡上的茂密植被。谷底沒有傳來任何聲音，只飄來一股難以形容的臭味，因此很容易就能想像，人們寧可站在懸崖邊爭論，也不願下去承受怪物巢穴中的未知恐怖。他們帶著三條狗，狗剛開始還狂吠不休，但來到峽谷附近就變得膽怯而畏縮。有人打電話將這條消息報告了《艾爾斯伯里記錄報》，但編輯對敦威治的荒誕故事早就習以為常，因此只是隨手寫了一篇滑稽短文，美聯社不久後轉載了他的文章。

那天夜裡，所有人都待在家裡，每一幢屋子、每一個畜欄都盡可能鎖得嚴嚴實實。不用說，誰都沒有把牛隻留在露天牧場上。凌晨2點，一股可怖的惡臭和守門狗的瘋狂吠叫驚醒了住在冷泉峽谷東側的埃爾默·弗雷全家，他們都聽見外面某處傳來嗖嗖聲或嘩嘩聲。弗雷夫人提議打電話給鄰居，埃爾默正要同意，木板劈裂的聲音卻打斷了他們的交談。聲音似乎來自畜欄，緊隨其後的是一聲恐怖的嘯叫和牛群踩踏的聲音。弗雷出於習慣點亮提燈，但他知道走進漆黑一片的院子就是自尋死路。孩子和女人悄然啜泣，但演化殘餘的自保本能告訴他們保持安靜才能活命，所以他們沒有叫出聲來。最後，牛棚的響動只剩下了可憐的垂死呻吟，隨之而來的是撞擊聲和爆裂聲。弗雷一家互相偎依著蜷縮在客廳裡，連動都不敢動，直到最後一聲迴響消失在冷泉峽谷深處。峽谷裡的三聲夜鷹持續不斷的可怕啼鳴應和著牛隻淒涼的呻吟聲，塞麗娜·弗雷踉踉蹌蹌地走向電話，將恐怖事件第二階段的消息散播出去。

第二天，整個敦威治陷入恐慌；膽怯而拘謹的鎮民成群結隊來看慘劇發生的地點。兩道寬得可怕的破壞痕跡從峽谷延伸到弗雷家的農場，沒有植被的泥地上滿是巨大的腳印，紅色舊畜欄的一側完全倒塌。至於牛群，人們只找到和辨認出其中的四分之一，有些已被撕扯成了碎片，還沒嚥氣的也不得不射殺掉。索耶老爺建議向艾爾斯伯里或阿卡姆求援，但其他人都覺得求援也無濟於事。老澤布隆·維特利——來自維特利家族介於正常和墮落之間的一個分支——提出瘋狂而可怕的建議，說什麼應該去山頂完成祭典。他所在的家族分支非常重視古老傳統，他記憶中在石柱圈內舉行的吟唱儀式與威爾伯及其祖父做的那些事情毫無相似之處。

夜幕降臨在遭受了重大打擊的敦威治，鎮民過於消沉，無法組織起像樣的防線。只有一些關係緊密的家庭聯合起來，待在同一個屋簷下，盯著沉沉暮色中的動靜。但大多數人家只是和昨夜一樣關緊大門，徒勞而無意義地將子彈裝進槍膛，把乾草叉放在隨手可及之處。不過，除了山裡照例響起怪聲，這一夜居然風平浪靜。天亮以後，許多人希望這場恐怖事件既然來得快，那麼結束得最好也同樣迅速。甚至有一些膽大之徒提議進入峽谷主動出擊，可惜他們終究沒能用行動給裹足不前的大多數人做出榜樣。

夜幕再次降臨，鎮民再次重複閉門政策，但恐懼得擠成一團的家庭沒那麼多了。清晨時分，弗雷和賽斯・畢曉普兩家都報告稱守門狗顯得非常激動，遠處隱約飄來怪聲和惡臭。另一方面，早起外出打探情況的鎮民驚恐地在環繞哨兵山的道路上看見了新出現的巨大腳印。和以前一樣，道路兩旁被壓倒的植被說明體型龐大的恐怖怪物曾在這裡經過；路上有兩個方向的腳印，像是有一座移動的肉山從冷泉峽谷而來，然後又沿原路返回。山腳處，彎折的灌木叢構成了一道寬達30英呎的痕跡，沿著陡坡向山頂而去；調查者驚詫地發現連最險峻的峭壁也未能改變這道痕跡的路線。無論那恐怖之物是什麼，它都能爬上近乎垂直的峭壁；調查者換了條更安全的路線上去，見到痕跡終止於山頂，更準確地說，到山頂就折返了。

正是在這裡，維特利一家曾在五朔節和萬聖節點燃可怕的火堆，吟唱可怕的祭文。但現在，龐大如山的恐怖怪物掀翻了空地中央的巨石桌臺，巨石略微凹陷的表面上覆蓋著一層濃稠的惡臭物質，正是怪物逃出維特利家農莊後在廢墟地面上發現的瀝青狀黏稠物質。調查者面面相覷，喃喃禱告。他們望向山下。恐怖怪物似乎順著上山的路線又折了回去。猜測只是徒勞。理性、邏輯和通常的動機在這裡都不起作用。只有不合群的老澤布隆或許能理解這個局面，給出看似合理的解釋。

星期四的夜晚和前幾天沒什麼區別，但結局更加不妙。峽谷裡的三聲夜鷹叫得格外嘈雜，許多人根本無法入睡。凌晨3點左右，所有的共線電話同時響起。拿起聽筒的人都聽見一個嚇得發瘋的聲音尖叫道：「救命，啊，我的上帝！……」驚呼陡然結束，有人覺得隨後還有一聲砰然撞擊，但接下來就沒有任何聲音了。誰也不敢輕舉妄動，直到第二天早晨，人們才知道打電話的是誰。接到那個電話的人挨家挨戶打過去，發現只有弗雷家無人接聽。一小時後，真相揭曉。匆忙組織起的武裝隊伍前往峽谷入口處的弗雷家，他們見到的景象非常可怕，但也不算出乎意料。到處都是草木彎折的痕跡和碩大無朋的腳印，但房屋已經不見蹤影。弗雷家的屋子像蛋殼似的被碾碎，在廢墟中沒有找到任何活人或屍體，留給眾人的只有惡臭和瀝青般黏稠的物質。敦威治的埃爾默·弗雷一家就這麼湮滅了。

8

與此同時，阿卡姆一個書架林立、大門緊閉的房間裡，恐怖事件已經悄然進入較為平靜但在精神上更加折磨人的新階段。威爾伯·維特利的怪異記錄或日誌被送到米斯卡托尼克大學，試圖翻譯它的古代和現代語言專家卻陷入了擔憂和困惑。手稿的字母體系與美索不達米亞地區使用的嚴重變形的阿拉伯語大致相似，但能聯繫到的權威專家都表示完全沒有見過。語言學家的最終結論是這些文本採用了某種人工字母體系，起到了加密的功效。可是，常用的解密手段卻未能揭示出任何線索，即便嘗試了寫作者有可能使用的各種方言也同樣一無所獲。從維特利住處搜集來的古書儘管很有意思，有幾本甚至或許能為哲學家和科學研究者開啟新的探索範疇，但對破譯手稿卻毫無幫助。其中有一本帶鑄鐵環扣的沉重大書使用的是另一種未知字母體系，與手稿的字母體系迥然不同，在所有的語言中最接近梵語。帳冊手稿最終交給阿米塔奇博士全權處理，因為他對維特利事件特別有興趣，也因為他擁有淵博的語言學知識，熟悉上古時代和中世紀的神祕學儀式。

阿米塔奇有個構想：那套字母體系也許是某個從古代流傳至今的禁忌異教使用的祕傳語言，這個異教繼承了撒拉遜(注1)巫師的許多儀式和傳統。不過，他並沒有特別重視這個念頭，因為假如他沒有猜錯，它們用來加密的是某種現代語言，那麼去了解符號的起源就沒多少意義了。他認為，考慮到文本的浩瀚數量，除了部分特殊的儀式和咒語外，寫作者不太可能費神費力地使用母語外的其他語言。於是，他在假定絕大部分文本是英語的前提下向手稿發起了進攻。

眼看著同僚們一次又一次遭遇失敗，阿米塔奇博士知道這是一個深奧而複雜的謎題，簡單的解決手段甚至不具備嘗試的價值。整個八月下旬，他用大量密碼學知識鞏固自己的儲備，利用學校圖書館的豐富資源，夜復一夜地徜徉於玄奧的專著典籍之中：特里特米烏斯(注2)的《密碼術》，吉安巴蒂斯塔・波爾塔(注3)的《論祕密書寫》，德・維

注1 撒拉遜人（從613年開始），撒拉遜的原來意義，是指從如今的敘利亞到沙烏地阿拉伯之間的沙漠牧民，廣義上則指中古時代所有的阿拉伯人。

注2 約翰尼斯・特里特米烏斯（Johannes Trithemius，1462～1516），德國的修道士、魔法師、鍊金術士、歷史學家、密碼學家。

注3 吉安巴蒂斯塔・德拉・波爾塔（Giambattista della Porta，1535～1615），研究原因不明的自然現象，一五六〇年創建了文藝復興時期的科學研究院，即自然祕密研究院。

吉尼亞（注）的《數位研究》，費爾肯納的《密碼破譯法》，十八世紀達維斯和西克尼斯的專題論文，還有一些更接近現代的權威著作，例如布雷爾、馮馬騰和克魯勃的《密碼學》。在學習的過程中，他也時常嘗試破譯手稿，很快就意識到他面對的是一套極為精妙和有創造力的密碼系統，多個各自獨立的對應字母清單像乘法口訣表似的交叉排列，然後基於只有加密者才知道的關鍵字構造密文。古代權威似乎比現代權威更有幫助，阿米塔奇得出結論，手稿使用的密碼體系極為古老，無疑是通過一代又一代的神祕學研習者傳承至今的。他有好幾次似乎見到了曙光，卻又被意想不到的障礙擋了回去。快到九月的時候，烏雲終於開始消散。手稿的某些篇章中使用的某些字母毫無疑問地浮現出來，結果證明原文確實就是英語寫成的。

九月二日傍晚，最後一道難關總算被攻破，阿米塔奇博士第一次連貫地讀到了威爾伯．維特利日誌中的一個篇章。正如大家預料到的，手稿確實是他的日記，寫作風格明顯地表現出那個怪異生物在神祕學上的博學多識和對其他方面的懵懂無知。阿米塔奇破譯的第一個長段落寫於一九一六年十一月二十六日，時年三歲半的孩童已經像是十二、三歲的少年了。

「今天學習用阿克羅語召喚萬軍，」日記裡寫道，「不喜歡，群山回應了我，但空氣沒有。樓上那位比我想像中領先得多，似乎沒有多少地球腦子。艾蘭．哈金斯家的牧羊犬傑克企圖咬我，我開槍打了牠，艾蘭說要是狗死了，他就殺死我。我看他不會。昨夜祖父一直要我聯繫德霍儀式，我認為我從兩個磁極看見了內部城市。要是地球被清理乾淨，而我無法用德霍—荷納儀式突破屏障，我就只能去磁極了。召喚萬軍的時候，空氣中的聲音說要再過好幾年才能清理地球，到時候祖父應該已經死了，因此我必須學習位面之間的所有角度和從猶爾到尼赫赫恩格爾之間的全部儀式。從外部而來的它們需要幫助，但沒有人類血液它們就無法得到形體。樓上那位應該會得到合適的形態。最近我結維瑞之印或向它吹去伊本戰士粉的時候，能稍微看見一點它的樣子了，它很像五朔節在山頂出現的它們。另一張臉也許會漸漸消失。等地球清理之後，地球生物都已滅絕，不知道我會是什麼樣子。用阿克羅語召喚萬軍而來的它說我也許會變形，外部還有許多事情需要完成。」

注 布萊斯．德．維吉尼亞（Blaise De Vigenère，1523～1596），法國外交官、密碼學家、鍊金術士。維吉尼亞密碼以其名字命名，但實際上並非他的發明。

黎明的光線照亮了阿米塔奇博士，他渾身驚恐的冷汗，清醒而狂亂，精神高度集中。他整夜都沒有放下手稿，坐在電燈下的閱覽桌前，用顫抖的手翻動紙頁，以最快的速度解讀密文。前一夜他惶惶不安地打電話回家，告訴妻子他不回家了，妻子從家裡給他送來早飯，他卻連一口都吃不下。一整個白天他都在讀手稿，偶爾在不得不更換複雜的祕鑰時惱火地停下來。午餐和晚餐雖然送來了，但他只吃了很少的一丁點。臨近第二天午夜，他坐在椅子上睡著了，但很快就被混亂的連串噩夢驚醒，那噩夢與他發現的威脅人類存在的真相一樣可怖。

九月四日上午，萊斯教授和摩根博士堅持要和他見一面，但離開時兩人都面如土色，渾身顫抖。當天傍晚，阿米塔奇博士終於上床休息，但一整夜都時睡時醒。九月五日星期三，他繼續研究手稿，從正在閱讀的段落和已經破譯的篇章中摘抄了大量文字。臨近凌晨時分，他在辦公室的安樂椅上小憩片刻，但天還沒亮就又回到手稿前坐下了。臨近中午的時候，他的私人醫生哈特威爾打電話問候他，請他務必放下工作休息。博士拒絕了，說讀完日記是眼下至關重要的頭等大事，並答應等時機成熟就做出詳細解釋。

那天傍晚的黃昏時分，他完成了可怕的閱讀工作，筋疲力盡地癱倒在椅子裡。妻子給他送來晚餐，發現他似乎陷入了半昏睡狀態，但他還保存了足夠的神智，見到妻子望向他的筆記，厲聲命令她不許看。他虛弱不堪地站起身，收起凌亂的紙張，裝進一個大信封，然後揣在大衣內袋中。他有足夠的力氣可以走回家，但顯然需要醫療救助，他妻子立刻請來了哈特威爾醫生。醫生攙扶著博士上床休息，而博士只知道一遍又一遍地叨唸：「可是，我的上帝啊，我們能做什麼呢？」

阿米塔奇博士睡著了，第二天醒來時卻陷入了譫妄狀態。他沒有向哈特威爾解釋事情的原委，在比較冷靜的時刻他說必須與萊斯和摩根深入討論，在比較癲狂的時刻則令人驚駭地胡言亂語，其中有瘋狂的懇求，說必須消滅被木板釘死的農舍裡的什麼東西，還有離奇的指控，說來自另一個維度的古老而恐怖的種族有計畫要消滅全人類和地球上的所有動植物。他大喊大叫說全世界都在危難之中，因為舊日支配者想將地球從太陽系和物質宇宙中剝離出去，拖進萬古之前地球所掉落出的其他位面或存在相態。他還要求查閱可怖的《死靈之書》和《惡魔崇拜》，希望能從中找到某些儀式，抵抗他幻想中的危機。

「阻止它們，快阻止它們！」他大喊道，「維特利家企圖讓它們進入我們的世界，最可怕的東西還沒有來！告訴萊斯和摩根，我們必須採取行動——雖然非常危險，但我知道如何配置粉末……它從八月二號威爾伯在這裡死去後就沒有被餵食，按照那個速度……」

儘管阿米塔奇已經七十三歲，但身體還算硬朗，當晚睡過一覺之後，不但神智失常完全過去了，也沒有出現嚴重的發燒症狀。星期五他起得很晚，頭腦恢復清醒，但恐懼開始襲上心頭，同時感覺自己肩負著重大的責任。星期六下午，他覺得自己可以去圖書館了，於是叫上萊斯和摩根見面會談，三個人用最瘋狂的猜測和最激烈的爭論折磨大腦，從下午一直談到晚上。他們從成排書架和鎖藏處取出許多怪異和可怕的書籍，匆忙而狂熱地摘抄數量驚人的各種圖表和儀式。懷疑的情緒早就蕩然無存。三個人都見過威爾伯．維特利的屍體躺在這幢樓的一個房間裡，從此以後就絕對不可能將那本日記視為一介狂人的胡言亂語。

至於是否應該通知麻薩諸塞州警方，三個人的觀點有了分歧，最終勝利的是不通知。這裡面牽涉到的一些事情，假如你沒有親眼目睹過就不可能相信，在接下來的調查中，這一點也得到了印證。深夜時分，他們結束了會談，但沒有決定後續的行動計畫。星期天，阿米塔奇一整天都在對比各種儀式，混合從大學實驗室弄來的化學藥物。他越是琢磨那本可怖的日記，就越是覺得塵世間的藥劑都不太可能消滅威爾伯．維特利留下的怪物；但此刻他還不知道，這個威脅地球存在的怪物已經衝破禁錮，化作人類不可能遺忘的敦威治恐怖事件的主角。

對阿米塔奇博士來說，星期一只是星期天的重複，因為手上的任務要求他無休止地查閱文獻和做實驗。進一步研究那本可怖的日記後，計畫也做了一些相應的調整，但他很清楚，哪怕到了最後關頭，他們也依然要面對大量變數。星期二，他規劃出了確定的行動計畫，認為他們將在一週內前往敦威治。星期三，巨大的震驚降臨了。《阿卡姆廣告人》一個極不起眼的角落裡塞了一篇來自美聯社的詼諧小文章，講述私釀威士忌之鄉敦威治爆發了史無前例的怪物危機。阿米塔奇被嚇懵了，只能打電話給萊斯和摩根。三個人一直討論到深夜，第二天像旋風似的收拾好了行李。阿米塔奇知道他將面對強大的恐怖力量，但為了消除維特利一家製造出的嚴重而險惡的危機，他也別無選擇。

9

星期五早晨，阿米塔奇、萊斯和摩根驅車前往敦威治，於下午1點抵達小鎮。雖然天氣宜人，但就算在最明媚的陽光下，也有某種沉寂的恐怖和凶兆籠罩著這片受難土地上怪異的圓頂丘陵和暗影幢幢的峽谷。偶爾會看見天空淒涼地襯托出山頂的石柱圈。奧斯本雜貨店那沉默而恐懼的氣氛說明這裡發生過令人驚駭的事情，他們很快就了解到埃爾默．弗雷一家連同房屋都遭受了滅頂之災。那天下午，他們驅車走訪敦威治，向當地人詢問事情的經過，親眼見到了弗雷家的廢墟和殘存的瀝青狀黏稠物質、弗雷家院子裡挑戰神威的腳印、賽斯．畢曉普家受傷的牛群和多個地方草木被壓倒的寬闊痕跡，三個人內心的恐懼越來越強烈。爬上和爬向哨兵山的兩道痕跡在阿米塔奇眼中簡直就是末日徵兆，他長久地注視著山頂猶如祭壇的那塊巨石。

鎮民發現弗雷家的慘劇後立刻報了警，那天上午有一隊州警從艾爾斯伯里趕來，這三位學者決定去找他們，盡可能對比雙方獲得的調查記錄。然而，他們發現這件事說起來容易，做起來卻很困難，因為他們無論去哪兒都找不到那群員警。員警一行共有五人，開一輛轎車，但他們只在弗雷家廢墟附近找到了那輛空車。與員警交談過的當地人剛開始和阿米塔奇他們一樣困惑，但老山姆·哈金斯似乎突然想到了什麼，臉色變得慘白，推了推弗雷德·法爾，指著不遠處幽深而黑暗的峽谷驚呼道：「我的天！俺叫他們別往峽谷裡走，俺絕對沒想到居然有人不怕那些腳印、那股臭味還有夜鷹的叫聲，裡面大中午的也還是漆黑一片……」

當地人和外來者都不寒而慄，所有人都不由自主地豎起耳朵，本能地尋找著任何響動。阿米塔奇終於親眼見過了那恐怖怪物的可怖行徑，想到自己肩負的巨大責任，不禁微微顫抖。夜幕很快就將降臨，龐大如山的邪惡怪物又要邁著沉重的步伐危害世間。Negotium perambulans in tenebris……老圖書館員在腦海裡排演他背下來的一套咒語，攥緊手裡的一張紙，紙上寫著他沒有記住的另一套儀式。他檢查了一下手電筒是否能正常工作。他身旁的萊斯從行李箱裡取出一個很像殺蟲劑容器的金屬噴霧罐。摩根從匣子裡取出大口徑步槍，儘管他的同事們早就說過，物質性的武器不可能傷害那個怪物。

讀過那本可怖日記的阿米塔奇很清楚他們要直面的是何等恐怖之物，但他不想用任何暗示或線索給已經陷入恐慌的敦威治鎮民增加負擔。他希望他們能順利地戰勝敵人，不需要透露那怪物來自一個什麼樣的世界。暮色越來越深，當地人開始回家，想把自己牢牢地鎖在屋裡，完全不顧擺在眼前的證據：這股力量只要願意，就能折斷樹木、碾碎房屋，人類的鎖和門閂對它來說毫無意義。外來者打算守在峽谷附近的弗雷家廢墟上，鎮民對此大搖其頭，離開時不認為他們還有可能再見到這三個人。

那天夜裡，山裡響起了隆隆聲，三聲夜鷹發出陰險的啼鳴聲。偶爾會有一陣風掃過冷泉峽谷，為夜晚沉重的空氣帶來一絲難以形容的臭味。三位外來者都聞到過這股臭味，他們當時站在垂死的十五歲半人類怪物旁邊。可是，他們等待的恐怖怪物沒有出現。無論是什麼東西藏在峽谷深處，它都在等待某個時機。阿米塔奇告訴同事，夜間進入峽谷就等於自殺。

黎明時分，天色昏暗，夜裡的怪聲漸漸平息。灰色的天空淒冷異常，時而灑下濛濛細雨；西北方向的山巒上積起越來越厚的雲層。阿卡姆來的三位學者舉棋不定。雨勢越來越大，他們躲進弗雷農莊未被摧毀的一間周邊建築，討論是應該繼續等待，還是主動出擊，去峽谷裡尋找不可名狀的恐怖獵物。暴雨如注，遙遠的地平線上傳來隱約雷聲。電光撕破天空，忽然，一道叉狀閃電在咫尺之外掠過，像是徑直墜入了受詛咒的峽谷。天色變得格外陰沉，三位等待者希望這只是一場短促的暴雨，天空很快就會放晴。

可是，差不多一個小時之後，天色還是那麼陰沉，但沿著道路傳來了嘈雜的吵鬧聲。沒多久，一群驚恐的人出現在了視野裡，他們有十幾個，一邊跑一邊叫喊，甚至還有人在歇斯底里地哭號。領頭的人抽泣著吐出字詞，當這些字詞構成連貫的句子後，阿卡姆的三位學者被嚇得魂不附體。

「啊！我的天！我的天哪！」來者哽咽道，「又發生了，而且這次是大白天！它出來了——就在這個時間出來活動了，只有上帝才知道它會在什麼時候找上我們！」

他喘息著說不下去了，另一個人接著說了下去。

「大概一個小時前，俺們澤伯．維特利聽見電話鈴響，打來的是寇里太太，喬治的老婆，住在那邊的十字路口。她說她的雇工盧瑟看見那道大閃電，冒雨趕著牛群往回走，然後看見峽谷口的樹木全折斷了——另一頭的峽谷口——又聞到那股惡臭，就是他上週一早晨發現那些大腳印時候的那股惡臭。她說盧瑟說聽見了嗖嗖聲，嘩嘩聲，比樹木和灌木被壓倒的聲音還要響亮，然後路邊的樹木突然朝著一個方向倒了，還傳來踩爛泥和濺水的聲音。但你聽好了，盧瑟啥也沒看見，只見到了樹木和灌木被壓斷。

「然後路前面過畢曉普溪的橋上傳來可怕的吱嘎聲和崩斷聲，他說聽聲音他知道木板在劈裂和折斷。但從頭到尾他啥都沒看見，只見到了樹木和灌木折斷。然後那個嘩嘩聲就越來越遠了，順著路走向巫師維特利家和哨兵山——盧瑟他膽子夠大，走到他聽見聲音傳出來的地方看了一圈。到處都是爛泥和水，天色很黑，大雨沒幾下就把所有痕跡全沖掉了；但峽谷口的樹木倒下一片，還有幾個和木桶一樣大的腳印，就像他星期一見到的腳印。」

他說到這裡，前一位過於激動的發言者插嘴道：「但現在的麻煩還沒完——這才剛開始呢。澤伯打電話給大家，俺們正在聽呢，賽斯．畢曉普的電話切了進來。他家管家莎莉嚇得都直顫抖了——她剛看見路邊的樹都倒了，還聽見一種可怕的聲音，就好像大象喘著氣衝向他們家。然後她突然說有一股難聞的味道，說她兒子瓊西在喊，說那就是他星期一在維特利家聞到的臭味。然後狗全都在狂叫和低吼。

「然後她發出可怕的尖叫，說路邊的工具房剛塌了，像是被暴風雨吹倒的，但風根本沒那麼大。所有人都在聽，我們聽見電話上有很多人驚呼起來。突然莎莉又是一聲尖叫，說前院的籬笆剛被壓倒了，但看不見是被什麼壓倒的。然後電話上的所有人都聽見瓊西和賽斯·畢曉普在尖叫，莎莉也在喊有什麼東西重重地撞上了他們家——絕對不是被雷劈了，而是有什麼很重的東西在撞前面的牆，一下接一下地撞，但從前窗往外看啥也瞅不見。然後……啊……然後……」

所有人都驚恐地緊鎖眉頭；阿米塔奇儘管也嚇得渾身顫抖，但還能勉強保持平靜，示意對方說下去。

「然後……莎莉喊，『救命啊，屋子要塌了』……然後我們在電話裡聽見可怕的倒塌聲和齊聲驚叫……就像埃爾默·弗雷家一樣，但更恐怖……」

他停了下來，另一個人繼續講述。

「然後就沒了——電話裡沒有更多的響動和叫聲了。就是靜悄悄的。然後我們這些人就開著汽車和馬車，盡可能多地召集起了鎮民，先去寇里家，然後來這兒看你們有沒有什麼好辦法。但我認為這都是上帝在懲罰我們的罪孽，凡人都逃不過這場劫難。」

阿米塔奇意識到現在應該採取更積極的行動了，他毅然對這群驚恐得語無倫次的鄉下人說：「弟兄們，我們必須跟蹤追擊。」他盡量用讓人安心的聲音說，「我認為我們有機會解決這個問題。你們知道維特利一家是巫師——對，這個怪物就是巫術的產物，想擊敗它也只能用同樣的手段。我看過威爾伯．維特利的日記，讀過他讀的那些詭異古書，我認為我知道要唸誦什麼咒語才能驅散怪物。當然了，我無法保證肯定能成功，但我們必須抓住機會嘗試一下。怪物是隱形的，我知道它有這個本事，但這個長距噴霧器裡有一種粉末，能讓它暫時顯形。等會兒我們可以試試看。它是個恐怖的活物，但假如威爾伯還活著，他想迎進我們世界的東西還要更加恐怖。你們無法想像地球逃過了一場什麼樣的劫難。現在我們只需要戰勝這個怪物，而且它還不會繁殖。不過，它能造成很大的破壞，因此我們必須毫不猶豫地將它從人類社會中清除掉。

「我們必須找到它——首先是去剛被毀壞的那個地方去看一看。找個人給我們帶路，因為我不熟悉你們這裡的道路，但我猜肯定有一條捷徑可以過去。對吧？」

人們商量了一陣，索耶老爺抬起骯髒的手指，在漸漸變小的大雨中指著一個方向，輕聲說：「要是想去賽斯．畢曉普家，我看最快的路就是穿過那片窪地，蹚過底下的小溪，翻過凱利家的牧場和再過去的伐木場。出來到大路上就離賽斯家不遠了——只是稍微過去一點。」

阿米塔奇、萊斯和摩根沿著他指的方向走了起來，大部分當地人慢慢地跟著他們。天空開始變亮，看樣子暴雨快要結束了。阿米塔奇不小心拐錯了方向，喬．奧斯本提醒他，然後走到前面領路。人們漸漸積累起了勇氣和信心，但捷徑的盡頭是一道覆蓋著森林、近乎於垂直的山坡，他們必須像攀爬梯子般穿行於詭異的古樹之間，給眾人的意志品質帶來了嚴峻的考驗。

等他們終於爬上那條泥濘道路的時候，發現太陽已經出來了。這裡稍微過了賽斯．畢曉普家一點，但看一眼彎折的樹木和絕不可能認錯的恐怖足跡就知道曾經走過這裡的是什麼東西。拐過一道彎，浩劫後的廢墟出現在眼前，勘察現場只花了他們幾分鐘。弗雷家的慘案再次上演，畢曉普家倒塌的房屋和畜欄裡沒有找到任何活物或屍體。沒有人願意停留在惡臭和黏稠物質之中，而是都跟隨那道恐怖的足跡，走向維特利家農莊廢墟和哨兵山山頂的祭壇。

經過威爾伯．史密斯住處時，明顯能看見他們嚇得發抖，遲疑似乎再次影響了熱忱。追蹤體型龐大如房屋、惡毒如魔鬼的隱形怪物可不是鬧著玩的。到了哨兵山的山腳下，足跡離開道路，新彎折的樹木和倒伏的草叢為他們標出了怪物下山和上山的路徑。

阿米塔奇掏出高倍袖珍望遠鏡，掃視陡峭的翠綠山坡。他把望遠鏡遞給視力更好的摩根。摩根看了一會兒，突然驚呼出聲，將望遠鏡遞給索耶老爺，指著山坡上的一個位置讓他看。索耶從來沒接觸過光學儀器，他笨拙地摸索了一會兒，在阿米塔奇的幫助下調正焦距。他的叫聲沒比摩根克制到哪兒去。

「萬能的上帝啊！草叢和灌木都在動！它在往上爬，很慢，現在快爬到山頂了，天知道它要去幹什麼！」

恐慌像細菌似的在搜索者之中擴散。追蹤這個無可名狀的怪物是一碼事，真的找到它就完全是另一碼事了。咒語也許會起作用，但要是不起作用呢？他們開始問阿米塔奇究竟對怪物有什麼了解，阿米塔奇無論怎麼回答都不能讓他們滿意。所有人似乎都覺得他接近了大自然的另一面和某個徹底禁忌之物，而這些完全遠離人類心智的理性經驗。

10

最後，白鬚老者阿米塔奇博士、鐵灰色頭髮的健壯漢子萊斯教授和瘦削的年輕人摩根博士，來自阿卡姆的三個男人單獨走向山頂。出發前，他們耐心地講解了如何對焦和使用望遠鏡，然後將望遠鏡留給惶恐的敦威治人，村民們站在路邊，輪流用望遠鏡觀察他們的動向。這段路很難走，萊斯和摩根不止一次地停下來幫助阿米塔奇。在艱難前進的三個人之上，草木倒伏的寬闊痕跡顫抖延伸，可怖的怪物以鋼鐵般的決心重新爬向山頂。不過很明顯，追擊者漸漸拉近了距離。

阿卡姆的三個人繞大圈避開草木倒伏的痕跡，這時候拿著望遠鏡的是柯帝士·維特利，他來自家族中一個尚未墮落的分支。他告訴眾人，三個人似乎想爬上俯瞰怪物行進痕跡的次級峰頂，那個位置在此刻草木倒伏之處的前面。事實證明他們的決定是正確的，隱形邪魔剛經過那個次級峰頂，三個人就爬了上去。

衛斯理·寇里接過望遠鏡，看見阿米塔奇正在調試一直拿在萊斯手上的噴霧器，他知道馬上就要有事情發生了，情不自禁地大叫一聲。眾人不安地騷動起來，想起噴霧器應該能讓隱形的恐怖怪物暫時顯出身形。有兩、三個人閉上了眼睛，但柯帝士・維特利搶過望遠鏡，拚命瞪大了眼睛。他看見萊斯站在三個人裡的最高處，正對著怪物的後背，只要能抓住這個絕佳的機會，就能將擁有神奇效果的魔力粉末灑在怪物身上。

沒有望遠鏡的人只看見接近山頂的地方有一瞬間出現了一團灰色雲霧，這團雲霧和中等尺寸的房屋差不多大。柯帝士發出刺耳的尖叫聲，把望遠鏡扔進了路上齊踝深的泥漿裡。他膝蓋一軟，還好有兩、三個人及時攙扶住他，否則他也會摔倒在地上。他只剩下用幾不可聞的聲音呻吟的力氣：「啊，啊，萬能的上帝……那……那個……」

眾人七嘴八舌地問這問那，只有亨利・惠勒想到了撿起地上的望遠鏡，擦掉鏡片上的爛泥。柯帝士說話前言不搭後語，就連支離破碎地回答問題都讓他難以承受。

「比穀倉還大……全身都是蠕動的粗繩……地獄裡的東西，形狀像個雞蛋，但比什麼都大，有幾十條腿，和木桶一樣粗，一邁步就會半合攏……完全不是固體的——就像一團果凍，像是無數蠕動的粗繩打結糾纏在一起……渾身都是鼓出來的眼睛……側面長著十幾二十張嘴巴或象鼻，比煙囪還大，甩來甩去，一張一合……身體是灰色，有藍色或紫色的環……天上的上帝啊——頂上還有半張人臉！……」

最後這段記憶對可憐的柯帝士來說實在過於沉重，他連那句話都沒說完就昏了過去。弗雷德・法爾和威爾・哈金斯把他抬到路邊，放在潮溼的草地上。亨利・惠勒渾身顫抖，舉起從泥漿裡撿回來的望遠鏡，鼓足勇氣望向山峰。透過鏡片，他分辨出三個小小的人影沿著陡峭的山坡以最快速度爬向山頂。他只看見了這些，沒有看見其他的東西。就在這時，眾人聽見背後的峽谷深處甚至是哨兵山上的灌木叢裡響起了詭異而反常的聲音。那是不計其數的三聲夜鷹在啼鳴，刺耳的大合唱中隱約透出緊張和邪惡的期盼。

索耶老爺接過望遠鏡，說三個人已經爬上了最高的一道山脊，與祭壇巨石差不多平行，但還隔著一段相當長的距離。他說，有一個人按固定的節奏將雙手舉過頭頂；就在索耶描述那場面的時候，眾人隱約聽見遠處響起近似音樂的怪聲，像是伴隨著那個人的手勢響起了嘹亮的吟唱。遙遠峰頂上的詭異剪影無疑是一幅無限怪誕、令人難忘的奇景，但他們可沒有從美學角度欣賞的那份心情。「我猜他在唸咒語。」惠勒說著搶過望遠鏡。三聲夜鷹的啼鳴幾近癲狂，獨特而古怪的不規則節奏與儀式的節奏截然不同。

忽然間，雖然沒有烏雲的遮蔽，但陽光似乎黯淡了下來。這個現象非常奇異，所有人都注意到了。群山中漸漸響起隆隆聲，與顯然來自天空的隆隆聲詭異地混合在一起。閃電撕破高空，困惑的人群以為暴雨即將來臨，但無論如何都找不到半點徵兆。阿卡姆那三個人的吟唱聲變得清晰可辨，惠勒在望遠鏡裡看見他們隨著咒語有節奏地高舉手臂。遠處的農舍裡響起瘋狂的犬吠聲。

陽光質地的變化越來越明顯，眾人詫異地望著地平線。某種紫黑色像鬼魂似的憑空出現，加深了天空的藍色，壓向隆隆作響的群山。閃電再次撕破天空，比上一次更加耀眼，眾人覺得山頂的祭壇巨石周圍出現了一團朦朧雲霧，不過這會兒誰也沒有端起望遠鏡仔細查看。三聲夜鷹還在以不規則的節奏啼鳴，敦威治的村民緊張地鼓起勇氣，準備迎接大氣似乎再也容納不下的難以想像的險惡之物。

忽然間，沒有任何徵兆地響起了低沉、刺耳而嘶啞的說話聲，這個聲音將永遠烙印在聽見它的所有人的記憶中。它不可能來自人類的喉嚨，因為人類的發聲器官不可能製造出如此違背自然的怪異聲音。若不是它那麼明顯地來白山巔的祭壇巨石，你一定會認為聲音是從地獄深淵裡響起的。就連稱其為「聲音」都有可能大錯特錯，因為那可怕的超低音直接傳進了意識和恐懼遠比聽覺更微妙的深層根源；但你也不得不稱其為聲音，因為它們雖然模糊但無可否認地構成了近乎於連貫的字詞。它極為響亮，比群山的隆隆聲和迴蕩天空中的雷聲還要響，但又沒有可見的來源。想像力推測它來自不可見生物的世界，山腳下擠成一團的眾人靠得更近了一些，畏縮著像是在等待更大的打擊。

「伊戈奈衣阿……伊戈奈衣阿……斯弗斯肯恩哈……猶格—索托斯……」嘶啞的恐怖聲音在虛空中唸誦，「伊布斯恩克……赫艾伊——尼格爾克德拉……」

唸誦忽然變得斷斷續續的，虛空中像是發生了某種可怕的精神爭鬥。亨利．惠勒對著望遠鏡瞪大眼睛，但只看見山頂上那三個怪異的人類剪影在瘋狂而怪異地舞動手臂，咒語即將達到高潮。那雷鳴般的嘶啞聲音唸誦著近乎於連貫的字詞，它來自什麼樣流淌著恐懼或感覺的黑暗井底，什麼樣充滿著外宇宙意識或潛伏萬年的晦暗遺傳的無底深淵？那聲音開始聚集新的力量，變得越來越連貫，陷入極端而徹底的終極瘋狂。

「呃—呀—呀—呀—呀哈——呃呀呀呀呀……嗯啊啊啊啊……嗯啊啊啊啊……呵吁……呵吁……救命！救命！……父—父—父—父親！父親！猶格—索托斯！……」

但到此為止了。雷鳴般的渾厚喊聲從震顫不已的祭壇巨石旁的虛空中瘋狂傾瀉而下，使用的語言無疑是英語，站在路邊的鎮民嚇得頭暈目眩，但那聲音從此就再也沒有響起了。似乎要撕碎群山的恐怖爆裂聲驚得他們跳了起來，誰也分辨不清那震耳欲聾、彷彿世界末日的隆隆聲究竟來自地下還是天上。一道閃電從紫色天頂劈向祭壇巨石，看不見的力量巨浪和難以形容的惡臭順著山坡席捲而下，撲向周圍的鄉野，瘋狂地晃動著樹木、草叢和灌木。山腳下的驚恐鎮民被有毒的惡臭嗆得幾乎窒息，險些被那股力量掀翻在地。遠處的狗淒慘地嚎叫，綠色的野草和樹葉枯萎成病怏怏的灰黃色，田野和森林裡到處都是三聲夜鷹的屍體。

惡臭很快就消散了，但植物再也沒有恢復正常。直到今天，那座恐怖山丘及其周圍的植被依然透著怪異和邪惡的氣息。阿卡姆的三個人慢慢爬下山坡，陽光再次恢復燦爛的純淨顏色，柯帝士．維特利這時才悠悠醒轉。三位學者臉色凝重，一言不發，似乎還沒有從記憶和思緒中回過神來，比起將當地人嚇得顫慄畏縮的那份恐怖，他們的經歷還要可怕得多。鎮民七嘴八舌地提問，他們只是搖搖頭，一再重複最重要的事實。

「那個怪物永遠消失了。」阿米塔奇說，「它分裂成最初構成它的東西，永遠不會再存在了。它在常規世界中不可能存在，只有一小部分是我們能夠感知的真實物質。它很像它的父親，大部分身體追隨它的父親，回到了我們物質宇宙之外的某個朦朧位面或維度空間；人類只有通過最可憎的邪惡儀式才能將它召喚出晦暗的深淵，短暫地降臨在山頂的祭壇上。」

眾人沉吟片刻，可憐人柯帝士．維特利的散亂思緒漸漸變得連貫，他抬起雙手抱住腦袋，發出痛苦的呻吟。記憶從停頓之處重新接續，曾讓他昏厥過去的恐怖怪物再次出現在眼前。

「啊，啊，我的上帝，那半張人臉——頂上的半張人臉……那張臉長著紅色的眼睛和白化病人的捲髮，下巴很短，完全就是維特利家的長相……它是章魚，是蜈蚣，是蜘蛛，但頂上還有半張成形的人臉，很像巫師維特利的臉，但有好幾碼長好幾碼寬……」

他筋疲力盡地停下來，所有村民都瞪著他，情緒中的惶惑尚未凝結成驚恐。只有老澤布隆．維特利不一樣，他忽然想起多年來他始終保持沉默的一些往事，語無倫次地大聲說：「十五年前，我聽老維特利說什麼總有一天，我們會聽見拉維妮亞的孩子在哨兵山的山頂，呼喊它父親的名字……」

但喬．奧斯本打斷了他，向阿卡姆的三位學者提出又一個問題。

「那到底是什麼？真的是小巫師維特利把它憑空召喚出來的嗎？」

阿米塔奇謹慎地選擇他的措辭。

「它是——呃，它算是一種不屬於我們這個宇宙的力量。這種力量遵循與我們這個自然界不同的法則行動、成長和塑形。我們絕對不該將這種東西從宇宙外召喚到世界上，只有非常邪惡的人和非常邪惡的異教才會試圖這麼做。威爾伯・維特利身上也有部分這種力量，足以把他變成惡魔和早熟的怪物，讓他的外形越來越恐怖。我要燒掉他那本可憎的日記，假如你們足夠聰明，就該炸毀山頂的祭壇巨石，推倒其他山上的石柱圈。就是這種東西將維特利家崇拜的怪物帶到了人世間，他們想讓怪物抹掉整個人類，將地球為了無可名狀的目標拖進無可名狀的另一個宇宙。

「至於剛剛被我們送回去的這個怪物，維特利一家之所以餵養它，是為了在未來的惡行中讓它扮演一個恐怖的角色。它長得很快很大，與威爾伯長得很快很大的原因一樣，但它超過了威爾伯，因為它身上有更多外來的力量。你們不該問威爾伯是如何憑空召喚它的。威爾伯沒有召喚怪物。怪物是他的孿生兄弟，但比他更像他們的父親。」

這個世界沒有神聖性，在宇宙間人類其實微不足道——只是一個小小的族群，把自己的偶像崇拜投射到宏大的宇宙身上。人類就像互鬥的蟲或者雜亂的灌木一樣，沒了解到自己的渺小、短視與無足輕重。宇宙本身對人類的存在漠不關心。

——H·P·洛夫克萊夫特

幻想藏書閣

克蘇魯神話 I ：呼喚

作　　者／霍華・菲力普・洛夫克萊夫特
譯　　者／姚向輝
企畫選書人／張世國
責任編輯／張世國
版權行政暨數位業務專員／陳玉鈴
資深版權專員／許儀盈
行銷企劃／陳姿億
行銷業務經理／李振東
總 編 輯／王雪莉
發 行 人／何飛鵬
法律顧問／元禾法律事務所 王子文律師
出版／奇幻基地出版
城邦文化事業股份有限公司
台北市 104 民生東路二段 141 號 8 樓
電話：(02)25007008　　傳真：(02)25027676
網址：www.ffoundation.com.tw
e-mail：ffoundation@cite.com.tw
發行／英屬蓋曼群島商家庭傳媒股份有限公司城邦分公司
台北市 104 民生東路二段 141 號 11 樓
書虫客服服務專線：(02)25007718・(02)25007719
24 小時傳真服務：(02)25170999・(02)25001991
服務時間：週一至週五 09:30-12:00・13:30-17:00
郵撥帳號：19863813　　戶名：書虫股份有限公司
讀者服務信箱 E-mail：service@readingclub.com.tw
歡迎光臨城邦讀書花園　網址：www.cite.com.tw
香港發行所／城邦（香港）出版集團有限公司
香港灣仔駱克道 193 號東超商業中心 1 樓
電話：(852)25086231　　傳真：(852)25789337
e-mail : hkcite@biznetvigator.com
馬新發行所／城邦（馬新）出版集團
【Cite(M)Sdn. Bhd】
41, Jalan Radin Anum, Bandar Baru Sri Petaling,
57000 Kuala Lumpur, Malaysia.
Tel: (603) 90578822　Fax:(603) 90576622
email:cite@cite.com.my

書衣插畫／果樹 breathing（郭建）
書衣封面版型設計／ Snow Vega
排　　版／極翔企業有限公司
印　　刷／高典印刷有限公司
■ 2021 年（民 110）6 月 1 日初版一刷
■ 2023 年（民 112）3 月 15 日初版 4 刷
售價／ 499 元

國家圖書館出版品預行編目資料

克蘇魯神話 I：呼喚 / 霍華・菲力普・洛夫克萊夫特著，姚向輝譯—初版—台北市：奇幻基地出版；家庭傳媒城邦分公司發行；2021.6（民110.6）

面：公分. –（幻想藏書閣：116）

ISBN 978-986-06450-2-6（精裝）

874.57　　110006376

ISBN　978-986-06450-2-6

廣　告　回　函
北區郵政管理登記證
台北廣字第000791號
郵資已付，免貼郵票

104台北市民生東路二段141號11樓

英屬蓋曼群島商家庭傳媒股份有限公司城邦分公司 收

請沿虛線對摺，謝謝

每個人都有一本奇幻文學的啓蒙書

奇幻基地粉絲團：http://www.facebook.com/ffoundation

書號：1HI116C　　　書名：克蘇魯神話Ⅰ：呼喚

奇幻基地20週年 · 幻魂不滅，淬鍊傳奇

集點好禮瘋狂送，開書即有獎！購書禮金、6個月免費新書大放送！

活動期間，購買奇幻基地作品，剪下回函卡右下角點數，集滿兩點以上，寄回本公司即可兌換獎品&參加抽獎！

參加辦法與集點兌換說明：

活動時間：2021年3月起至2021年12月1日（以郵戳為憑）

抽獎日：2021年5月31日、2021年12月31日，共抽兩次

奇幻基地2021年3月至2021年12月出版之新書，每本書回函卡右下角都有一點活動點數，剪下新書點數集滿兩點，黏貼並寄回活動回函，即可參加抽獎！單張回函集滿五點，還可以另外免費兌換「奇幻龍」書檔乙個！

【集點處】（點數與回函卡皆影印無效）

1	2	3	4	5
6	7	8	9	10

活動獎項說明：

★ **「基地締造者獎 · 給未來的讀者」抽獎禮**：中獎後6個月每月提供免費當月新書一本。（共6個名額，兩次抽獎日各抽3名）

★ **「無垠書城 · 戰隊嚴選」抽獎禮**：中獎後獲得戰隊嚴選覆面書一本，隨書附贈編輯手寫信一份。（共10個名額，兩次抽獎日各抽5名）

★ **「燦軍之魂 · 資深山迷獎」抽獎禮**：布蘭登·山德森「無垠祕典限量精裝布紋燙金筆記本」。
抽獎資格：集滿兩點，並挑戰「山迷究極問答」活動，全對者即有抽獎資格（共10個名額，兩次抽獎日各抽5名），若有公開或抄襲答案者視同放棄抽獎資格，活動詳情請見奇幻基地FB及IG公告！

特別說明：

1. 請以正楷書寫回函卡資料，若字跡潦草無法辨識，視同棄權。
2. 活動贈品限寄台澎金馬。

當您同意報名本活動時，您同意【奇幻基地】（城邦文化事業股份有限公司）及城邦媒體出版集團（包括英屬蓋曼群島商家庭傳媒股份有限公司城邦分公司、書虫股份有限公司、墨刻出版股份有限公司、城邦原創股份有限公司），於營運期間及地區內，為提供訂購、行銷、客戶管理或其他合於營業登記項目或章程所定業務需要之目的，以電郵、傳真、電話、簡訊或其他通知公告方式利用您所提供之資料（資料類別C001、C011等各項類別相關資料）。利用對象亦可能包括相關服務的協力機構。如您有依個資法第三條或其他需要協助之處，得致電本公司（(02) 2500-7718）。

個人資料：

姓名：＿＿＿＿＿＿＿＿ 性別：□男 □女

地址：＿＿＿＿＿＿＿＿＿＿＿＿ Email：＿＿＿＿＿＿＿＿

想對奇幻基地說的話或是建議：＿＿＿＿＿＿＿＿＿＿＿＿＿＿＿＿

FB粉絲團

戰隊IG日常

奇幻基地20週年慶·城邦讀書花園2021/12/31前樂享獨家獻禮！
立即掃描QRCODE可享50元購書金、250元折價券、6折購書優惠！
注意事項與活動詳情請見：https://www.cite.com.tw/z/L2U48/

讀書花園

請剪下右側點數，貼於集點處，集滿兩點即可參加抽獎

MISKATONIC INQUISITOR
Coral Gables, Fla., Tuesday, October 4, 1927
H. P. Lovecraft
FROSH MUST OBEY SOPHS
University Is Invited
Habana Celebrates
By F. B. Peckham, Publisher and Proprietor
NEWPORT, WEDNESDA
Examiner
SAN FRANCISCO'S NEWEST RISING STAR
Arkham Advertiser
"Since 1832, Arkham's finest newspaper"
THOUGHT OF THE DAY: "Waste not, want not"
WEATHER
TWO CENTS
ARKHAM, THURSDAY, OCTOBER 11, 1928
ANGRY EXCHANGES AT TOWN COUNCIL MEETING
Memorable Words from the Reverend Mr. Bishop
By Roberta Henry
ADMIRAL BYRD'S CAMP ESTABLISHED
BENITO MUSSOLINI
POPE PIUS XI TO MEET WITH MUSSOLINI
ROBERT E. BYRD
OHIO MURDERS
MOTHER SLAYS HER THREE CHILDREN THEN KILLS SELF
MANCHESTER HAS EXCITING FIRE
TELEPHONE GIRL BLOCKS SUICIDE
Plugs In on Call and Man Who Had Taken Poison
Obituaries
Susan Simmons
LE PETIT ÉCHO DE LA MODE
"TEMPLE OF SUN" RAIDED.
Rendezvous Partly Wrecked by Officers; Much Evidence Seized.
(Continued on Sixteenth Page.)
OCCASIONS
TOUX
BENTHANE
ASTHMATIQUE
URINER AU LIT
NE SOUFFREZ PLUS de L'ESTOMAC, du FOIE, de L'INTESTIN
PEPSO-BRUN
SOUVENEZ-VOUS
Maladies de la Femme
LE RETOUR D'AGE
JOUVENCE de l'Abbé SOURY
POSSIBLE SEA-SERPENT
Prehistoric Monsters That May Not Be Extinct
CAPRICORNVS
VIGILANT
CTHULHU FHTAGN
EMMA
R'LYEH
LAY MURDER TO DEVIL WORSHIP
LETTER WRITTEN IN BLOOD
[By the Associated Press]